ANTHONY BURGESS

EIN-HAND-KLATSCHEN

AUS DEM ENGLISCHEN
ÜBERSETZT VON
WOLFGANG KREGE

KLETT-COTTA

Die Originalausgabe erschien 1961 unter dem Titel
»One Hand Clapping« im Verlag Peter Davies Ltd., London

Printed in Germany 1980
Umschlagfoto: © G + J Fotoservice/R. Binder
Gesamtherstellung: Mohndruck Graphische Betriebe GmbH, Gütersloh
ISBN 3-12-900511-0

CIP-Kurztitelaufnahme der Deutschen Bibliothek

Burgess, Anthony:
Ein-Hand-Klatschen/Anthony Burgess.
Aus d. Engl. übers. von Wolfgang Krege. –
Stuttgart: Klett-Cotta, 1980.
Einheitssacht.: One hand clapping «dt.»
ISBN 3-12-900511-0
[Erscheint: Ende Februar 1980].

Für Hazel

1

Ich, das war Janet Shirley, geborene Barnes, und mein Mann war Howard Shirley, und in dieser Geschichte war er fast siebenundzwanzig und ich grad dreiundzwanzig. Wir wohnten in der Shortshawe-Siedlung in Nordbradcaster, Cranmer Road 4, an der Whitgift Road, die in die Stadt führt, in einem Haus vom Gemeinderat für zweiunddreißig Shilling sechs Pence Miete die Woche. Ein Stück weiter die Straße runter war die Schuhgasse, und ich nehme an, sie ist noch da, die im Werbefernsehen mal als die Funkelschuhgasse kam, weswegen alle, die da wohnten, recht affig taten, als ob sie's sehr schlau angestellt hätten. Auf unserer Seite hießen die Straßen alle nach Bischöfen – Ridley Road, Latimer Road, Fisher Road und Laud Road –, und nie kam einer auf die Idee, die mal im Fernsehen zu bringen. Howard arbeitete im Gebrauchtwagenmarkt am Oak Crescent, und ich half im Supermarkt Hastings Road die Regale nachfüllen, war also damals nicht viel Besonderes dran an uns. Wir hatten Fernsehen, ein Radio mit einem Riemen wie ein Köfferchen zum im Haus Herumtragen, Waschmaschine, Staubsauger, aber keinen eigenen Wagen und keine Kinder. Geheiratet hatten wir, als ich neunzehn war. Für meine Familie war das nicht zu jung; meine Mutter hatte schon mit sechzehn geheiratet und meine Schwester Myrtle (Sadler) mit siebzehn. Meine Schwester Myrtle, wie Sie noch sehn werden, hat eine verpfuschte Ehe, aber das hat nichts mit dem frühen Heiraten zu tun; wäre in jedem Fall verpfuscht mit einem Mann wie Michael.

Howard lernte ich kennen, als ich noch auf die Moderne Sekundarschule in der Hawthorne Road ging, ich erst fünfzehn und er schon seit drei Jahren vom Gymnasium herunter. Ich sah älter aus, als ich war, wie die meisten von uns Mädchen, und weil es in der Schule nicht viel zu lernen gab, kümmerten wir uns die meiste Zeit über nur ums

Aussehen. Ich muß aber auch sagen, bei Miß Spenser hatten wir zweimal die Woche Schönheitspflege, Umgangsformen und Modekunde, nur verstand das arme Ding nicht viel davon. Außerdem kam es uns Mädchen immer nicht richtig vor, daß wir sowas in der Schule hatten und daß man mit den Steuergeldern nichts Besseres anzufangen wußte. Gesellschaftstanz hatten wir auch und was man Handarbeit nannte. Keiner von den Lehrern verstand allzuviel davon, was er unterrichtete, und es war manchmal schon mitleiderweckend, wie sie uns die Schulzeit versüßen wollten. Da war der junge Mr. Slessor mit seinem Bart, der sagte, er wäre ein Beatnik und nannte uns Miezen und Zähne. Englisch sollte er unterrichten, aber er sagte, das Königsgelaber möge er nicht. Irre, Mann, ganz cool. War schon ein Jammer. Mr. Thornton, der Geschichte gab, sagte, er wüßte ja, daß uns all die alten Könige und Königinnen nicht interessieren würden, darum spielte er bloß auf seiner Gitarre und sang äußerst dußlige Lieder, und Geschichte gab's überhaupt keine, und da war ich doch in der Volksschule gut drin gewesen. Dann Mr. Portman, Portman der Portwanst, könnte man sagen, pustend und schnaufend, bei dem wir Naturwissenschaft hatten, aber der war ein bißchen zu sehr drauf aus, uns Mädchen zu sich herkommen zu lassen, sollten ihm in dem kleinen Instrumentenraum was helfen, und dann japste er einen so aus der Nähe an. Einmal hab ich ihm eine geklebt, und er unternahm kein bißchen deswegen. Als ich von der Schule abging, wußte ich von nichts, aber man sagt ja immer, als Mädchen, und noch ganz hübsch dazu, braucht man so viel nicht zu wissen. Ich konnte umwerfend aussehn, wenn ich das selbst so sagen darf, und man pfiff mir nach, und ich war nicht auf den Mund gefallen, und wenn so ein Junge beim Tanzen anfing: »Na, was is, schöne Braut?«, dann mußte man antworten: »Nichts is, Dracula«, aber manchmal waren die so ahnungslos, daß sie nicht wußten, wer Dracula war, und dann mußte man sich was anderes ausdenken.

Howard war nicht so, der war ein ernster Junge und gut im Sport. Und bescheiden war er, obwohl er doch umwerfend aussah, ein ganz dunkler Typ, und er sagte immer, für die feinere Sorte Jobs hätte er nicht das Köpfchen (sowieso werden sie nicht gut bezahlt); er wäre besser in praktischen Dingen, zum Beispiel mit Automotoren, als mit Büchern und Zahlen und all den Sachen, mit denen die Jungen es zu tun kriegen, wenn sie die Mittelstufe hinter sich haben. Howard machte sich bei seinen Abschlußprüfungen sehr gut, aber es gab ein bißchen Ärger wegen der schriftlichen Arbeiten, weil die Prüfer sagten, er hätte abgeschrieben, Wort für Wort aus den Büchern. Aber das erklärte sein Direktor: Howard hätte nämlich so eins von diesen ganz ungewöhnlichen Gehirnen wie eine Kamera, es konnte etwas sozusagen fotografieren. Es war manchmal richtig unheimlich, wie sein Gehirn funktionierte. Man konnte Howard irgendwas anzuschauen geben, meinetwegen einen Liedertext oder eine Seite aus einem Buch oder eine Namensliste, egal was, und er sah es sich an und dann machte er die Augen zu und wiederholte fehlerlos, was er gelesen hatte. Damit hätte er eigentlich im Fernsehen kommen müssen, und später kam er ja auch in gewisser Weise, wie Sie noch sehn werden, aber er sagte immer, das hätte gar nichts mit Intelligenz oder sowas zu tun. Das sei bloß sein fotografisches Gehirn, so nannte er's, und er sagte, das hätten viele und es hätte überhaupt nichts zu bedeuten.

Kennen lernten wir uns, weil wir beide scharfe Tänzer waren; wir tanzten einen sehr sportlichen Rock 'n' Roll, wobei mich Howard über die Schulter warf und ich unter lautem Beifall Spagat machte und lauter so Sachen, und ein-, zweimal bekamen wir einen Preis und waren sogar bei ein paar großen Turnieren dabei, doch da wurden wir anscheinend immer von Urlauberpaaren aus Dänemark oder Schweden geschlagen, so hellblonden, schlanken und ganz braungebrannten. Ich war auch hellblond und schlank, aber nicht so, mehr englisch, wenn Sie wissen, was ich meine, wie so manche Modelle im Werbefernsehen. Ich hab schon immer älter gewirkt, als ich war, und nie so eine richtige Teenagerphase durchgemacht mit Fan-Klubs und Kreischen und all sowas. Ich glaube, das war's auch, was Howard gefallen hat; nicht daß ich je richtig *ernst* gewesen wäre, aber ein bißchen mehr Verstand hatte ich als die anderen.

Howard sagte anfangs nichts davon, daß er mich lieb hatte, erst als wir uns schon sechs Monate kannten, und auch dann ging ich oft noch mit andern Jungen aus – den lokalen Talenten, wie ich sie nannte, aber weit her war's damit nicht gerade –, aber von denen war keiner ganz so wie Howard. Howard konnte zum Mond und den Sternen hochkucken und sagen: »Denk bloß mal, all die Millionen Meilen weit weg«, und manchmal konnte er einem die genaue Zahl sagen, wenn er sie als Schnappschuß im Hirn hatte. Howard hatte eine tiefe Stimme, und wenn er wollte, klang sie wie die von Michael Denison. Er hätte als Verkäufer sehr gut sein können mit so einer Stimme, hatte aber nie viel Ehrgeiz. Wer zuerst vom Heiraten sprach, war ich – da war ich sechzehn –, aber er sagte, da müßten wir noch warten. Ich sagte zu Howard, er sollte was Besseres anfangen als die Arbeit in der Elm-Street-Autowerkstatt, wo er sich bloß mit lauter Öl und Fett beschmierte, aber er sagte, das Geld würde stimmen. Wir stritten uns hin und her, wieso er keinen Ehrgeiz hätte, und einmal waren wir volle drei Monate lang auseinander, und ich zog wieder mit einem Jungen nach dem andern herum, aber mit keinem davon war viel los, mit ihrem Fingerschnalzen zur Musik und ihren Redensarten, wie das bei ihnen ankäme, und, Mann, das schafft mich. Es war wieder ganz so wie bei Mr. Slessor in der Schule. Howard sah ich öfter, wie er ganz allein durch die Stadt spukte, und als er zu trinken anfing (wovon ich hörte), da mußten wir wieder ins reine kommen. Dann, kurz nach meinem siebzehnten Geburtstag, verlobten wir uns. Nachher setzten wir uns hin und machten ernsthaft Pläne und fingen zu sparen an, und Howard fand eine bessere Stelle im Gebrauchtwagenmarkt am Oak Crescent. Mit der Liebe wurde es nun allmählich auch ernster, aber ich ließ nicht zu, daß es allzu ernst wurde, wenn ich auch ein paar Mal drauf und dran war, mich ihm hinzugeben, in dem Park, den wir die Schlucht nennen, unter den Bäumen. Jedenfalls, um es kurz zu machen, wir heirateten, als ich neunzehn war. Es war eine nette kleine weiße Hochzeit in der St.-Olavs-Kirche, anschließend Empfang bei Horrocks mit Portwein und Sherry und einer dreistöckigen Torte von Renshaw, und wir küßten alle Leute und wurden geküßt. Mein Vater war ein bißchen pleite nach diesem Empfang, aber er verdiente gutes Geld bei Baxendale (als Vorarbeiter), und als seine beiden Töchter auf die Welt kamen, muß er sich ja gedacht haben, daß er über kurz oder lang all die Unkosten haben würde. Jedenfalls, Howard und ich, wir waren Mann und Frau; soll der Mensch nicht scheiden.

Wir beantragten eine Wohnung beim Gemeinderat und wohnten einstweilen bei meinen Eltern. (Howard war Kriegswaise, aber bei seiner Tante in Tinmarsh aufgewachsen.) Auf dies Zusammenwohnen legten wir keinen besonderen Wert, und die Wände waren sehr dünn. Wir hatten aber Glück, denn die Warteliste in Bradcaster war nicht allzu lang, und richtig aufregend war es, wie wir in eine Wohnung ganz für uns allein zogen, mit unseren paar eigenen Möbeln, die wir nach und nach vermehrten. Das ist immer eine echte Freude, Sachen für die Wohnung zu kaufen, und lange schenkten wir uns gegenseitig immer Kohleneimer und Küchengeräte und solche Sachen. Eine Menge kauften wir auf Raten wie die meisten Menschen, aber Howard hatte eine gute, saubere Arbeit mit Grundgehalt und Prämien, und ich war ja auch noch da und füllte im Supermarkt Hastings Road die Regale mit gebackenen Bohnen und Waschpulver nach. Ob wir Kinder wollten oder nicht, da konnten wir uns nicht drüber klarwerden, und Howard sprach immer sehr ernst von der Gefahr eines neuen Krieges und von der Wasserstoffbombe, und daß es nicht fair wäre gegenüber dem Kind, wenn man heutzutage eins in die Welt setzte. Er nahm das immer noch ernster, als wir erst verheiratet waren, und sprach viel von seiner Verantwortung, wie er das nannte. Ich hörte nicht so genau hin, was Howard redete, aber ich konnte mich auch nicht entscheiden, ob ich nun Mutter werden wollte oder nicht. Manchmal, wenn wir abends zusammensaßen und in den Fernseher schauten, Howard im Kaminsessel und ich auf dem Teppich neben ihm, kam mir so ein Gefühl, wie nett es doch wäre, so ein Kleines zu haben, das die Treppe herab nach der Mammi riefe. Das war besonders während der Reklame, wenn gezeigt wurde, wie Mutter und Kind sich von der gleichen Seife beschützen lassen, oder wie die Mutter ihre Kinder so sehr liebt, daß sie alle ihre Sachen mit Blink oder irgendsowas wäscht (in Wirklichkeit ist das doch alles eins), oder wie sich Vater, Mutter und die Kinder über eine gute, nahrhafte Mahlzeit von Sowiesos Fischstäbchen hermachen. Aber Howard und ich, wir hatten ein schönes Leben zusammen, gingen abends tanzen oder ins Kino (das ja bloß eine Art größeres, unbequemeres Fernsehen ist und Eintritt kostet), auch wenn man nicht sagen kann, daß es aufregend war. An den Wochenenden lieh Howard manchmal einen der Wagen vom Automarkt aus, und wir fuhren aufs Land und tranken irgendwo Tee. Ein- oder zweimal war es ein richtig dicker Wagen – ein Bentley, Cadillac oder sowas, ich versteh nicht viel von Autos – und dann fuhren wir zum Essen in so einem Hotel in einem der Städtchen meilenweit weg von Bradcaster, eins von diesen Häusern mit ganz niedriger Decke und Messing an den Wänden, Bratenduft überall, und nach allem, was man sehen konnte, ich ganz schick und Howard mit seiner BBC-Stimme und dem dicken Wagen draußen, konnten wir jemand ganz Großes sein. Wir machten ganz auf cool, wie der gute Mr. Slessor gesagt hätte. Nett war's, hin und wieder.

Howard, das merkte ich, wurde manchmal von etwas gepiesackt. Ehrgeizig, wie schon gesagt, war er nicht, aber er sagte ein- oder zweimal, besonders nach einem Film oder Fernsehprogramm oder wenn er irgendwas im *Daily Window* gelesen hatte: »Ach, was werden wir schon noch von der Welt sehn?« oder: »Du müßtest triefen von echten Diamanten und ganz in Nerz eingepackt sein.«

»Na dann«, sagte ich, »warum tust du nicht mal was dafür?« – meinte ich nicht ernst, natürlich nicht, denn wir konnten uns ja eigentlich nicht beklagen mit unsrer Wohnung und dem Fernseher und der Flasche Portwein im Schrank und Bitter Lemon in der Kammer, und wo wir doch ab und zu ausgehen und uns auf bescheidene Art was gönnen konnten.

Eines Abends sagte Howard ganz im Ernst: »Ich würde nie Geld klauen, nicht weil's nicht recht ist, zu klauen, obwohl das auch stimmt, sondern weil man sich damit alles zu einfach macht. Ich meine, wir sind ein bißchen altmodisch in dem Laden, wo ich arbeite, und stopfen das Geld einfach in so eine sehr altmodische Kasse, manchmal ziemlich hohe Summen. Ich könnte einfach mal so ein paar Hunderter mitnehmen, und dann säßen wir zwei im Zug nach London oder irgendwohin, und die würden uns nie kriegen. Aber das ist die Sache nicht wert. Wenn wir zu Geld kommen sollen, dann ehrlich. Wenn wir überhaupt je zu Geld kommen, dann nur durch Glück, ohne daß wir etwas dazu tun können, du oder ich. Denn was sind wir denn schon?«

»Vielen Dank«, sagte ich, so in meinem kratzigen Ton.

»Nicht doch«, sagte er, stirnrunzelnd. »Du weißt schon, wie ich's meine. Wir haben der Welt nicht viel zu bieten, ich meine Talente oder sowas. Wir haben nicht viel von irgendwas, worauf die Welt scharf ist. Außerdem, was ich mir für dich wünsche, ist das echte große Geld, so viel, daß du dir die Zigaretten mit anstecken kannst.«

»Setz du mal schön weiter in der Lotterie, mein Junge«, sagte ich. »Einer muß ja mal gewinnen.« Wir spielten damals Litplan Nummer 42.

»Ach, sch . . . doch auf die Lotterie«, sagte Howard grob, und nun wurde ich auch grob, denn die Sorte Ausdrücke mag ich nicht. Der Mann, der in der Schule Mathe unterrichtete, hatte auch mit solchen Ausdrücken angefangen; dachte, damit könnte er sich bei den Jungen beliebt machen. Mr. Lithgow. »Ich meine«, sagte Howard, »ich meine, ich möchte mal leben wie 'n Millionär, sagen wir bloß einen Monat.«

»Und dann wieder zurück zum Gebrauchtwagenmarkt?«

»Nein«, sagte Howard. Er steckte immer voller Überraschungen. »Dann abschniefen, nachdem man ein bißchen was vom Leben gekostet hat. Denn, alles in allem, soviel gibt's ja nicht, wofür man lebt, oder?«

»Vielen Dank«, sagte ich noch mal.

»Jaja, ich hab dich, wofür ich lebe, und wenn ich aussteigen wollte, dann nur mit dir zusammen, ein Fleisch, wie's bei der Trauung geheißen hat. Manchmal«, sagte er träumerisch, »wenn ich bei der Arbeit bin und auf Kunden warte, dann denk ich mir, wir beide müßten leben wie Könige und uns nicht um die Zukunft sorgen. Denn vielleicht gibt es bald gar keine Zukunft mehr, um die man sich sorgen könnte, weißt du ja. Für niemand mehr, einestags. Und es ist eine böse Welt.«

»Die Welt ist nicht böse«, sagte ich. »Die Menschen in ihr, die sind's.« Ich hatte eine Büchse Sahnebonbons neben mir auf dem Boden, für ein Shilling sieben, und ich klemmte mir einen davon in die Backe. Dann, aus weiß ich welchem Grund, versteh einer die Männer, lächelte er und kam runter zu mir auf den Teppich, drückte und küßte mich und sagte: »Ach, du bist herrlich.«

Nach einem Weilchen sagte er: »War halt so eine Idee, weiter nichts. Kommt von der Stimmung, glaub ich, und wie man sich fühlt.« Ich kuckte schief, verstand nicht, was das nun wieder heißen sollte, und dann sagte ich mit einem Blick auf die goldbronzene Uhr, hatten wir ganz billig gekauft, die auf dem Kaminsims stand:

»Jetzt kommt Noch und Noch. Gleich jedenfalls.«

»Was 'n das?« sagte er und stand vom Boden auf.

»Ach, hatt' ich vergessen.« Es war seit langem der erste Donnerstagabend, an dem Howard zu Hause war, hatte sonst gewöhnlich sein Tantchen in Tinmarsh besucht; die lebte jetzt, wo er verheiratet war, ganz allein, und sehr gut ging ihr's auch nicht. Aber jetzt war sie in Rosscourt im Krankenhaus, und das war viel zu weit weg für Besuche. »Ach, das ist so eine Quiz-Show«, sagte ich, »und heute ist der Junge dran mit der Tausendpfundfrage. Über Pferderennen.«

»Verrückt, daß ein Junge da was drüber wissen soll! Was ist er, Stallbursche?«

»Ach was, Schüler auf der Modsek, genau wie ich. So wie ich das sehe, muß ein Junge sich doch irgendwas ins

Hirn stopfen heutzutage. Ist doch klar, wo man in der Schule nicht viel lernt, jedenfalls nicht in der, wo ich war.«

Howard schaltete an, und dann wurde der Apparat warm, und dann konnte man die Stimmen erst wispern und dann dröhnen hören, und dann sah man das Bild. Immer ist es ein bißchen spannend, wenn so der Ton rauskommt, und immer ein bißchen ein Schock und eine Überraschung, wenn man das Bild sieht. Wie ein Wunder. Jetzt zeigte das Bild eine sehr pummlige blonde Sängerin und einen sehr dußligen Komiker. »Oje«, sagte Howard, »nun seh einer sich das an! Was für Wunder der modernen Wissenschaft, Freuden der verfluchten Zivilisation! Herr, was sind wir eine Bande!« Das war eine echte Schimpfwortlaune bei ihm heute abend, aber ich sagte nichts mehr, denn lieb war er ja auch wieder.

»Ist gleich vorbei, fünf Minuten«, sagte ich. Die Sängerin und der Komiker machten eine Art Schlußnummer in Nachtkleidung unter einem großen Pappmond, sie in einem Torerojama, sehr flott. Dann war Schluß mit einer Nahaufnahme ihrer Backenzähne, wie sie den letzten Ton sangen, und die Reklamen fingen an. Fischfrikadellen fünf Pence billiger, Splazz, die Familienflasche drei Pence. Warten wir noch ein bißchen, und sie verschenken's. Und *unsere* Waschmaschine, zwei Pfund zehn billiger, als wir sie gekauft hatten; Frechheit! Dann kam das Quiz. Howard sah mit Interesse zu. Der Quizmaster war so ein Amerikaner oder ein Ire, konnte man nicht genau sagen, mit einem Gesicht, wo man drin lesen konnte. Allerhand ziemlich widerliche und dußlige Leute kamen dran und wurden leichte Sachen gefragt, und der Quizmaster half ihnen ganz tüchtig nach, ein bißchen zu tüchtig, fand ich. Das Publikum im Studio klatschte wie verrückt, weil ein doofes Ehepaar mittleren Alters auf die richtige Antwort kam, als der Quizmaster ihnen sagte: »Füllen Sie die Lücke hier aus, Salz, Senf, Essig . . .« Die beiden sahen ihn ratlos an, also sagte er's ihnen noch mal. »Salz, Senf, Essig . . .« Dann sagte der Mann: »H.-P.-Soße.« – »Keine Werbung, bitte«, sagte der Quizmaster, blöder Witz, denn das ganze Privatfernsehen ist doch Werbung. Dann sagte er: »Wenn Sie das jetzt zu Hause auf dem Tisch vor sich sehn könnten, dann würden Sie mir die Antwort doch nur so hin*pfeffern.*« Und die Frau sagte: »Ich dachte, wir müssen's hier beantworten.« Dann sagte der Quizmaster: »Ist in einem Streudöschen oder inner Handmühle. Feuer, Feuer, FEUER!« Dann kam es ihnen, und sie freuten sich so, daß sie's rausgekriegt hatten, und das Publikum freute sich auch, daß man denken konnte, es wär eine ganz große Sache. Also bekamen sie acht Pfund, trauten sich aber nicht, um sechzehn weiterzumachen, und ich konnte's ihnen auch nicht verdenken. »Stockdumm«, sagte Howard. »Wo nehmen sie denn bloß diese Leute her?«

»Die melden sich und kommen auf eine Warteliste«, sagte ich. »Wie beim Wohnungsamt.«

»Na«, sagte Howard, »könnt ich nie.« Ist bloß so eine Redensart. Nach der Pause und noch ein paar Reklamen kam nun der Kleine mit der Tausendpfundfrage dran, ein Jungchen mit Pausbacken, ohne Schlips, obwohl es schon mitten im Herbst war. Er sprach stockend und schluckend, sehr nervös, wie so ein Junge eben spricht, und der Quizmaster sagte ihm, er brauche doch nicht so nervös zu sein. Dann setzten sie also den Jungen in eine Glaskabine mit einer Uhr mit großem Sekundenzeiger genau hinter ihm, und der Quizmaster zitterte noch mehr vor Nervosität als der Junge, als er das Papier mit den Fragen bekam. Der Junge setzte die Kopfhörer auf und sagte, er sei fertig, und der Quizmaster sagte:

»Diese Frage hat drei Teile. Du sollst uns den Namen des Siegers von drei Rennen aus verschiedenen Jahren sagen mit den Namen des Besitzers, des Trainers und des Jockeys. Hast du das verstanden?« Der Junge hatte verstanden. Man konnte sehen, wie besorgt der Quizmaster war, daß der Junge auch ja gewann, denn er wußte, wenn nicht, dann würden alle »Schiebung« brüllen und sich einig sein, daß er, der Quizmaster, an allem schuld war. Dann sagte er also: »Nummer eins. Denk genau nach, bevor du antwortest. Du hast dreißig Sekunden Zeit. Die Zweitausend Guineen, neunzehnhundertfünfunddreißig.« Blitzschnell sagte der Junge:

»Bahram. Aga Khan. F. Butters und F. Fox.« Und dann sagte er noch, was gar nicht gefragt war: »Sieben zu zwei.«

Der Quizmaster drehte durch, und die Zuschauer drehten durch, als sie merkten, daß das die richtige Antwort war. Dann fragte er: »The Oaks, neunzehnhundertsiebenundfünfzig.« Der Junge sagte:

»Leicht. Carozza. Ihre Majestät die Königin. Murlett. Lester Pigott im Sattel. Ich glaube, es war hundert zu acht.« Wieder Durchdrehen, weil das richtig war, und dann kam eine furchtbare, tödliche Ruhe, denn wenn der Junge jetzt bei der letzten etwas falsch machte, auch wenn es nur ein klein bißchen falsch war, dann würde es ihm kein Fitzelchen nützen, daß er bei den andern Rennen auch noch den Wettstand gewußt hatte. Nun kam also die letzte Frage, und sogar Howard lehnte sich mit offenem Munde vor. »Sieger, Besitzer, Trainer, Jockey. Das Derby, achtzehnhundertneunundneunzig.« Und dieser Junge, ohne jede Mühe, platzte grad damit heraus:

»Flying Fox. Herzog von Westminster. J. Porter, M. Cannon.« Aber die Wetten, sagte er, wisse er nicht mehr.

»Pfeif auf die Wetten, mein Junge«, brüllte der Quizmaster. »Deine tausend Pfund hast du gewonnen.« Und dann wurde dieser Junge aus der Kabine gezerrt, und alles schrie und tobte, und dann kam das Mädchen und gab ihm seinen Scheck und einen Kuß, und man konnte sehen, wie der Junge verlegen wurde und wie er über den Scheck enttäuscht war, hatte wohl gedacht, er bekäme alles in richtigem Geld. Howard schaltete ab, und das ganze Geschrei und Gejubel ging aus wie gelöscht. »Na«, sagte er, »das ist doch nicht das Richtige, daß so ein Junge, der noch zur Schule geht, sich den Kopf mit Pferderennen vollstopft. Ein Haufen unnützes Zeug! Ist doch wahr.«

»Wieso unnütz?« warf ich ein. »Hat doch tausend Dinger dafür gekriegt, oder nicht?«

»Ja, schon, ich glaub's, aber das ist nichts für einen Jungen. Bei einem Erwachsenen, da ist das natürlich was anderes. Der braucht keine Schularbeiten mehr zu machen und so weiter. Tausend Dinger«, sagte Howard.

»Du könntest das ja auch mal versuchen, wenn du wolltest«, sagte ich. »Du sagst doch immer, dafür wär dein Gehirn gerade richtig.«

»Ich würde nie drankommen«, sagte Howard. »Soviel ist doch wohl klar, daß da gemauschelt wird.«

»Wieso soll das klar sein?«

»Das ist einfach so.« Manchmal konnte Howard sehr unvernünftig sein. Wenn sich eine Idee in seinem Schädel einmal festgesetzt hatte, bekam man sie nicht wieder raus, obwohl ihm selbst klargewesen sein muß, daß er unvernünftig war. Also ging ich das Abendessen machen, gebakkene Bohnen auf Toast. Man sollte denken, daß ich gebakkene Bohnen über hätte, wo ich sie doch im Supermarkt den ganzen Tag vor mir seh. Aber sie sind schnell angerichtet und sehr nahrhaft. Ich wollte dafür sorgen, daß Howard immer gut genährt war. Manchmal konnte er sehr lieb sein.

2

Was ich bis jetzt geschrieben und was Sie gelesen haben, gehört eigentlich nicht mit zu dieser Geschichte. Die fängt jetzt erst an, und jetzt bin ich also in dieser Geschichte grad dreiundzwanzig und Howard bald siebenundzwanzig, und Sie können sich das vorstellen, wir sind beide ein bißchen älter als im letzten Stück, wie wir da auf dem Teppich saßen. Wir haben uns im Grunde nicht viel geändert, und alles ging ungefähr so weiter, nur daß Howard mehr las und manchmal auf das *Daily Window* schimpfte, von dem er sagte, es sei ein Fetzen. Aber wir bekamen es weiter. Und wir schauten uns weiter das Fernsehen an. Und wir hatten immer noch dieselben Stellen wie vorher.

Eines Vormittags, draußen auf der Straße war ein scheußliches Herbstwetter, war ich im Supermarkt Hastings Road, füllte wie üblich meine Regale nach, sang vor mich hin. Es war gemütlich da mit den andern Mädchen in unseren luftwaffenblauen Overalls und bei dieser sauberen, leichten Arbeit, während die Käuferinnen mit ihren Drahtkörben rumgingen und die Kassenmaschinen ratterten, und die Räume waren ganz hell von all den bunten Büchsen und Paketen mit allerlei Sachen. Und es roch nach Käse und Schinken, ganz leicht, vermischt mit dem Zeug, das man überall versprühte, um die Luft rein zu halten. Aber Howard, er hatte so ein paar häßliche Ausdrücke, sagte, es würde riechen wie im Schlafzimmer einer Nutte. Nicht, daß er wirklich gewußt hätte, wie es da riecht; war doch immer ein rundum braver Junge gewesen, sogar während seiner Militärzeit. Und in den Supermarkt kam er auch nicht so oft, wartete meist lieber draußen, wenn er mich abends abholte.

Also, wer da nun an diesem Vormittag hereinkommt, ist meine Schwester Myrtle; sie sucht mich. Sie war in einem schlimmen Zustand. Sie war drei Jahre älter als ich und hatte so sherrygetöntes Haar, der Erbin Bobo Sigrist nachgemacht, hinten aufgesteckt. Manzanilla nannte der Friseur den Sherryton, den Myrtle drinhatte. Aber sie sah krank und elend aus. Sie sagte:

»Ach, da bist du ja. Hör zu, ich halt es nicht mehr aus. Keinen Tag länger bleib ich bei ihm im Haus. Bitte, laß mich zu dir kommen und ein Weilchen bei euch bleiben.«

»Ist wegen Michael, stimmt's?« sagte ich. »Was hat er denn jetzt angestellt?«

»Ach«, sagte sie, »es ist ja nicht wegen des Trinkens, auch nicht wegen der Schimpfworte. Gestern abend hat er mich verhauen wollen. Und heute morgen wollte er wieder auf mich los, bevor er aus dem Haus gegangen ist.« Ihr Mann, Michael Sadler, arbeitete in einem Laden, wo Schreibmaschinen verkauft wurden und was man Bürozubehör nennt. Eine sehr launische Sorte Mann, aber hübsch, und er wußte's.

»Weswegen will er dich denn schlagen?«

»Er sagt, er kann mein Gesicht nicht mehr ausstehn und meine Stimme auch nicht mehr.« Nun war Myrtle doch ein hübsches Mädchen, wenn auch vielleicht nicht ganz so wie ich, wenn auch natürlich von ihrer Ehe verschlissen, mit schlaffem Mund und Tränensäckchen unter den Augen. Aber das mit ihrer Stimme konnte ich verstehn. Myrtle hatte so eine von diesen quengelnden hohen Stimmen, so ein ewiges Njäh-njäh-njäh, und ich fand nur begreiflich, daß einer das sattbekommen konnte, aber es entschuldigte nicht, daß er sie verprügelte.

»Wo hat er dich gehauen? Zeig mal.«

Wir standen in einer Art Nische, ganz aus Suppenbüchsen, meist herabgesetzte Mulligatawny, und niemand war zu sehn, aber Myrtle kuckte erst einmal geniert nach rechts und links, als ob sie über die Straße gehen wollte, dann drehte sie sich um und hob den Rand ihrer Jacke hoch und zeigte mir ihren Rücken. Man konnte Fingerspuren sehen, eine Art fingeriger Stoßstellen, ganz blau und braun.

»Da hast du ja was Schönes«, sagte ich. Aber mit ihren Gründen war ich nicht zufrieden. Ich hatte das sichere Gefühl, daß noch mehr dahinter war als bloß ihr Gesicht und ihre Stimme. Ich sagte: »Ich glaube, du sagst mir nicht die Wahrheit. Nicht die volle Wahrheit.« Es war wie eine Gerichtsszene im Fernsehen. Ich kannte doch meine Myrtle. Ich wußte, daß Myrtle etwas angestellt haben mußte. Tadeln konnte ich sie alles in allem nicht, ich kannte ja Michael. Michael hatte sie schon mehr als einmal einem andern so gut wie in die Arme getrieben. Es war eine gräßliche Ehe mit den beiden.

Myrtle verkniff ein bißchen die Lippen. Sie hatte so einen Golden-Frost-Lippenstift aufgelegt. »Na ja«, sagte sie, »er hat gemeint, ich hätte was mit Charlie Evans gehabt.«

»Und das hast du auch, nicht?«

»Na ja, da war nicht viel dabei. Und Michael hat ja sowieso auch was gehabt, nicht? Und sich obendrein noch betrunken. Und die Schimpfworte.« Sie schniefte ein bißchen, damenhaft. Schimpfworte waren bei uns in der Familie nie sehr beliebt.

»Also, was willst du denn machen?« fragte ich.

»Es ihm mal zeigen«, sagte Myrtle. »Soll er mal ein Weilchen mit allem allein fertig werden. Und ich kann auch kein Auge mehr zumachen. Soll er doch mal sehen, daß er seine miese Laune am Küchenherd ausläßt. Ich möchte für ein Weilchen zu euch kommen und in eurem freien Zimmer wohnen. Aber er darf's nicht wissen, klar? Soll sich mal Sorgen machen. Außerdem, ich laß mich doch nicht einfach so verdreschen.«

»Könntest du nicht auch zu Mama und Papa gehn und eine Weile bei denen bleiben?«

»Tu mir den Gefallen! Wenn die wieder davon anfängt,

daß sie's mir ja immer gesagt hat, und den ganzen Jatz?« Myrtle hatte auch so ein paar Ausdrücke drauf, war auch auf unserer Schule gewesen. »Lacht sich ins Fäustchen, wie mir alles danebengeht und wie sie Michael noch nie gemocht hat, und den ganzen Jatz.« Wiederholte sich mächtig oft. »Soll nur mal wieder zur Vernunft kommen, weiter nichts. Soll sich Sorgen machen. Außerdem...« Und schon fing sie wieder davon an, sie würde sich doch nicht verdreschen lassen. Die gute Myrtle! Hatte noch nie viel Verstand gehabt. Ich glaube, sie dachte wirklich, sie wäre doch so attraktiv und Michael hätte sie doch so lieb, daß ihm das Herz brechen würde, wenn sie fort war, und daß er vor Freude überschnappen würde wie ein Quizpublikum, wenn sie wieder zu ihm zurückkam. Jedenfalls, ich sagte:

»Na gut, bring zum Mittagessen deine Sachen mit.« Mittags gingen wir immer nach Hause und aßen was Warmes, etwas, das ich morgens im Herd aufgesetzt hatte, Eintopf oder Eierkuchen mit Speck. Ich haute ab um halb eins, Howard um eins, und dann war der Tisch gedeckt, wenn er zehn nach hereinkam, und weil sein Chef ihn meist einen der Gebrauchtwagen nehmen ließ, mit einem Angebotsschild drauf, konnte er mich gegen zwanzig vor zwei zum Supermarkt zurückfahren, was ein bißchen spät war, aber niemand sagte was deswegen. Dann fuhr Howard noch mal nach Hause und machte den Abwasch, und um zwei mußte er wieder zum Automarkt. Abends gab es Tee – mit einem Auflauf, Kuchen oder Marmelade – und später, wie Sie gesehn haben, etwas Gebratenes wie Speck mit Ei oder Wurst oder sowas wie gebackene Bohnen auf Toast. Wenigstens haben Sie ja schon gesehen, was es bei mir so zum Abendessen gibt, und da waren es gebackene Bohnen. Wenn für uns beide Feierabend war, denn beide Läden machten um sechs zu, kam Howard ziemlich rasch zum Supermarkt herübergelaufen, und ich hatte grad noch Zeit, mich zurechtzumachen und den Mantel anzuziehn, ehe wir nach Hause liefen, wenn es ein schöner Abend war; wenn nicht, nahmen wir den Bus. Sehr weit war es nicht. Der Oak Crescent ging ab von der Yew Tree Road, und die ging ab von der Whitgift Road, und auf der anderen Seite der Whitgift Road waren lauter Straßen mit historischen Schlachtennamen, eine davon die Hastings Road. Dann kam man durch die Waterloo Street, wo der Naseby Crescent abging, und dann fingen die Bischöfe an, und wir waren der dritte von denen. Jedenfalls, ich sagte:

»Na gut, bring zum Mittagessen deine Sachen mit.«

»Dank dir, Kleine«, sagte sie. »Nur für ein paar Tage. Und viel geschlafen hab ich auch nicht.«

Mir war nicht klar, wie sie bei uns im Haus besser schlafen sollte als in ihrer Wohnung, die am anderen Ende der Stadt war, denn Howard konnte nachts sehr laut sein, höchstwahrscheinlich im ganzen Haus zu hören, weniger weil er schnarchte, als vielmehr weil er im Schlaf stöhnte und Sachen rausschrie. Manchmal lief er auch rum im Schlaf, und ich traute mich dann nicht, ihn zu wecken, denn das ist gefährlich. Na ja, würde sie selber sehn. Mich störte Howard gar nicht so sehr, weil ich ihn ja gewöhnt war.

Na jedenfalls, Myrtle kam und brachte ihre Sachen mit, und ich räumte das freie Schlafzimmer für sie auf (das Kinderzimmer nannten wir's, natürlich nur zum Spaß), und wir hatten den Tisch gedeckt, und Myrtle hatte sich sehr flott zurechtgemacht mit ihrem Golden-Frost-Lippenstift, bevor Howard nach Haus kam. Er sah ein bißchen verdutzt drein, daß Myrtle da war, aber sie schelmte ihn an und wedelte ein bißchen mit ihren Wimpern, darum brummte er bloß. Myrtle hätte das gar nichts ausgemacht, meinen Howard ein bißchen zu belagern, aber Howard war immer noch sehr ernst, und ich, wenn ich das selbst so sagen darf, ich war die einzige Frau für ihn. Myrtle wollte uns beiden einschärfen, besonders aber Howard, wenn ihr Michael vorbeikäme und nach ihr fragte, dann müßten wir sagen, daß sie nicht da wäre und daß wir keine Ahnung hätten, wo sie sei. Howard sagte:

»Lügen, da hast du's. Durch nichts als Lügen geht's, das Leben heutzutage. Lug und Trug und fern der Wahrheit. Diese Pferde von Dean Swift, die sagen's dir, daß du eine Zunge im Mund hast, um den Leuten zu sagen, was zu ihrem Vorteil ist, und nicht, um sie zu täuschen. Daß die Sprache für die Verständigung ist.« Und er redete noch ein bißchen weiter über diese sprechenden Pferde, so daß Myrtle ihn ansah wie einen Irren. Ich verstand soviel, daß Howard von einer Cowboy-Sendung sprach oder sowas für Kinder, in der vielleicht ein Dean Swift vorkam. Er hatte für diese Kinderfilme so eine irgendwie finstere Vorliebe, sah sie sich an den Donnerstagnachmittagen immer an, wenn ich unseren Extratee machte, für den halben Tag frei, denn donnerstags wurden in Bradcaster die Läden früher geschlossen. Myrtle sagte:

»Ich nenn das aber nicht lügen, wenn ihr sagt, ich bin nicht da, wenn Michael kommt. *Wenn* er kommt, heißt das, aber ich denke, er muß wohl. Wenn das gelogen ist, dann doch nur so wie eine Notlüge, so nennt man das.«

»Paß auf«, sagte Howard, sah ganz umwerfend und grimmig aus und legte Messer und Gabel hin, denn wir aßen grad Käseauflauf mit Zwiebeln, reichlich für drei. »Ich mag Lügen nicht und ich mag Betrug nicht, egal wie klein. Grad heute vormittag hab ich Krach gehabt mit Old Watts, das ist mein Chef, wegen des Betrugs. Jetzt komm ich nach Haus zum Mittagessen, und da muß ich mir in meinem eigenen Haus anhören, wie meine eigene Schwägerin zum Betrug auffordert.«

»Oh«, sagte Myrtle, und man konnte sehen, daß sie kurz davor stand, ihre alte Schau abzuziehen – die Serviette hinschmeißen, aufstehen und tränenschniefend hinausrennen. Darum sagte ich zu Howard:

»Warum, weswegen denn, Howard?« Howard sagte:

»Ach, wegen eines Amiwagens, ob man Öl mit Sägemehl vermischt in die Kurbelwanne tun soll, damit man nicht mehr hört, wie ausgeleiert die Gänge sind. Er hatte mit jemand drüber gesprochen, das konnte man sehn.« Und dann redete Howard weiter über die faulen Tricks im Gebrauchtwagenhandel. Old Watts, sein Chef, hatte davon gesprochen, daß man die Reifen anstreichen solle, weil dann die Profile viel besser rauskämen, und dann hatte Howard darauf gedrängt, daß irgend so ein Kunde den Zweiter-Hand-Wagen, den er zu kaufen gedachte, mal über eine ordentliche Strecke ausprobieren sollte, weil doch, meinte Howard, alles unter zehn Meilen keinen Sinn hätte. Außerdem, sagte Howard, müßte man auch eine holprige Strecke fahren, um die Lenkung zu prüfen, und weil man da das Klappern und Quietschen besser hören könnte. Und er sagte, der Kunde müßte den Öldruck kontrollieren, denn wenn der Öldruck sank, wenn der Wagen normal warm wurde, dann hieß das, daß an den Ringen und Ventilen oder sonstwo etwas gemacht werden mußte, und wenn Rauch kam, dann hieß das, daß der Wagen zuviel Öl verbrauchte. Und wenn zuviel Öl nach draußen kam, dann hieß das, daß im Behälter ein Sprung war, und es hieß auch, daß im Behälter ein Sprung war, wenn der Stab mit viel Grütze im Öl herauskam, denn dann war Wasser drin. Und der Kunde müßte auch das Getriebe und die Heckseite auf Öllecks und Sprünge prüfen, und so ging das weiter, noch und noch, bis Myrtle ihn bloß noch anstierte. Dann sagte Myrtle:

»Aber ich dachte, du verkaufst Wagen und kaufst sie nicht selber.«

»Kauf sie und verkauf sie«, sagte Howard, »und versuche gegen Käufer und Verkäufer fair zu sein. Betrügereien, wie gesagt, sind abscheulich, und ich mache für Watts keinen Betrug und für niemand seinesgleichen, und wenn das dem Alten nicht paßt, wie ich diese verdammte Arbeit anfasse, dann weiß er ja, was er mit seiner Arbeit tun kann.«

Jedenfalls sagte er nichts mehr davon, daß er es Michael sagen würde, daß seine Frau bei uns wäre, und so verlief die Mahlzeit des weiteren ganz friedlich. Myrtle sagte, sie würde abwaschen, und wenn wir heimkämen, würde sie ein bißchen Tee fertig haben, wenn wir wollten. Also sagte ich, das wäre eine prima Idee, und ich würde alles ihr überlassen. Ich war richtig neidisch, daß sie das nette, gemütliche Haus den ganzen Nachmittag für sich hatte, konnte schön am Feuer meine Frauenzeitschrift lesen und dann kam MUSIK ZUR ARBEIT um Viertel vor vier und dann Mrs. Tale um halb fünf. Feines Leben für eine Frau, und so gut hatte Myrtle es schon immer gehabt, seit sie verheiratet war, wußte es nur nicht recht zu schätzen. Nichts geht über einen Winternachmittag, wenn Sie ganz dösig sind und nichts zu tun haben, bloß so am Feuer sitzen und ein bißchen träumen, wenn Sie ausspinnen, wen Sie vielleicht alles hätten heiraten können statt des einen, den Sie kennen, wie Sie mit Sonnenbrille und im Strandanzug auf den Bermudas oder sonstwo herumliegen, wie so ein hübscher Schuft mit weißen Zähnen und brauner Tarzanbrust sich so über Sie beugt mit dem Feuerzeug und Sie ihm so einen geheimnisvollen Blick schenken, während sie sich Feuer geben lassen, aber natürlich haben Sie Ihre Sonnenbrille auf, und da kann er den Blick nicht sehn. Allerdings, im Traum ist es besser als wirklich. Können Sie mir glauben!

3

Zur Feier des Tages, weil Myrtle für ein Weilchen zu uns gekommen war, gab Howard eine Mitternachtsvorstellung, daß Myrtle Hören und Sehen verging und sie Schlaftabletten nehmen mußte. Etwa fünf nach zwölf, nach dem Leuchtzifferblatt des Weckers, wurde ich davon wach, wie Howard ganz laut lachte und mich heftig anstubste, so als ob wir im Kino etwas sähen, was er urkomisch fand. Dann fing er an, allerhand Unsinnswörter zu brabbeln, und dann schien er sich wieder zu beruhigen und einzuschlafen, und ich sagte mir schon, na Gott sei Dank. War aber viel zu früh, denn fast augenblicklich fing Howard wieder an, diesmal aber nicht lachend, ganz im Gegenteil, laut aufheulend, obwohl es kein richtiges Weinen war.

Aus dem Zimmer nebenan rief Myrtle mit verängstigter Stimme:

»Alles in Ordnung mit ihm?« Ich antwortete, um sie zu beruhigen:

»Ja, ja, kümmer dich nicht drum, das macht er öfter. Schlaf weiter.«

»Och«, machte sie ein bißchen besorgt. Dann schrie Howard mit ganz klarer Stimme: »Kannst du das Fenster nicht putzen, so schlag es ein!« Und dann lachte er auf eine gemeine Art, wie sich das in so einem Horrorfilm anhören könnte. Ich fragte mich, was er damit meinte, denn es schien doch was zu bedeuten zu haben, aber natürlich, ich fand es noch früh genug heraus. Dann stöhnte er, und dann brüllte er noch mehr Unsinn, und dann stand er auf. Nun wußte ich ja, es hatte keinen Zweck, ihn daran hindern zu wollen, und ich wußte, daß es richtig gefährlich wäre, wenn ich versuchte, ihn wieder ins Bett zu ziehen, denn dabei könnte ich ihn aufwecken, und der Schock könnte ihn umbringen; Angst hatte ich aber davor, daß Howard nach nebenan gehn und, ohne es zu wollen natürlich, zu Myrtle ins Bett steigen und damit auf die eine oder andere Weise allerhand Ärger stiften könnte. Also, dachte ich, das beste wär's, wenn ich ihm nachginge. Howard jedenfalls, irgendwie vor sich hinsummend, torkelte im Dunkeln durch das ganze Zimmer, aber ohne allzusehr irgendwo anzustoßen, fast wie eine Fledermaus, und knipste das Licht an. Es war verblüffend, wie er das konnte, mit viel weniger Herumtasten, als wenn er wach gewesen wäre. Als das Licht an war, sah ich ihn an der Tür stehen in seinem Pyjama, so irgendwie lächelnd und immer noch summend, die Augen offen, aber glasig, so irgendwie. Dann rief Myrtle wieder:

»Bist du sicher, daß alles in Ordnung ist?«

»Ja«, rief ich zurück. Dann überlegte ich. Ich rief: »Deine Tür geht nicht abzuschließen, aber stell doch lieber einen Stuhl dahinter oder irgendwas, bloß für den Fall, daß er auf die Idee kommt, dich zu besuchen.« Dann konnte man hören, wie sie aus dem Bett sprang, »och, och, och« machte und barfuß herumtappte, um zu tun, was ich ihr gesagt hatte.

Inzwischen war Howard am Treppenabsatz, knipste alle Lichter an, die er nur fand, wie als Festbeleuchtung. Dann stieg er die Treppe runter, und nun sang er eine Art langes Lied ohne Worte und ohne richtige Melodie, nichts für die Hitparade, aber jetzt bin ich wohl doch ein bißchen albern, und grausam auch. Mein armer alter Howard! Ich ging hinter ihm her die Treppe runter, hatte mir den Morgenrock übergezogen, und er knipste unten alle Lichter an, so zielstrebig, daß man hätte schwören können, er sei wach. Nachdem alle Lichter an waren, entschied er sich dafür, ins Wohnzimmer zu gehn, das heißt das Zimmer, wo wir meistens saßen beim Essen und beim Fernsehen und so weiter, während wir das beste Zimmer nur bei besonderen Anlässen benutzten, zu Weihnachten oder wenn Besuch kam.

Ich ging ihm nach ins Wohnzimmer, und dort ging er zur Anrichte, machte den Schrankteil auf und nahm die Portweinflasche raus, die wir dort stehen hatten, und stellte sie auf den Eßtisch mit zwei Gläsern dazu. Dann, Sie können's glauben oder nicht, ganz wie Sie wollen, jedenfalls macht es keinen Unterschied für das, was wirklich gewesen ist, dann zog er das oberste Fach auf und nahm das Kartenspiel raus, packte es aus, setzte sich an den Tisch, immer noch irgendwas vor sich hin singend und mit diesem Lächeln im Gesicht, und teilte aus, ob Sie's glauben oder nicht, vier Blatt für ein Kartenspiel. Das eine davon nahm er selbst auf und schien es sich anzusehn, so irgendwie glasig. Dann schien er die anderen Leute anzusehn, mit denen er wohl zu spielen glaubte, dann wartete er. Als wohl niemand anders eine Karte ausspielte, schmiß Howard seine Karten auf den Tisch und fing an zu weinen wie ein kleines Kind. Dann ging er zu dem Kaminsessel, in dem er gewöhnlich saß, und nahm sich das *Daily Window* und sah hinein, als ob er lesen würde, obwohl seine Augen ganz verquollen waren vom Weinen. Aber Tränen sah man keine. Er hielt die Zeitung mit beiden Händen, breitete sie so aus, daß er die Rückseite in der linken Hand hatte und die Titelseite in der rechten, und man konnte Rückseite und Titelseite gleichzeitig sehn. Auf der Rückseite konnte man sehn, daß da was über neunundachtzig Menschen stand, die bei einem Flugzeugunglück umgekommen waren in einer Verkehrsmaschine, die irgendwo in Amerika abgestürzt war, und auf der Titelseite konnte man bloß ein Bild von Rayne Waters sehn, so einem Filmstar, wie sie viel Busen zeigte und das Kind hochhielt, das sie gerade gekriegt hatte (ihr zweites, und alle Welt mußte's wissen, so wichtig war es), und die Überschrift war MEIN HATZI-PUTZI SCHREI-SCHREI. Und da saß Howard und weinte vor sich hin. Es schien komisch irgendwie, als ob er darüber weinte, was auf der Titelseite und auf der Rückseite des *Daily Window* stand, denn ich meine, eigentlich stand da gar nichts zum Weinen, die beiden Seiten schienen doch bloß zu sagen, daß, auch wenn neunundachtzig Leute umkommen, die Geburt eines Kindes das doch immer noch wettmacht, und es war auch richtig, daß sie das neugeborene Kind auf der Titelseite brachten und die umgekommenen Leute auf der Rückseite. Ich konnte nicht sehn, was daran schlecht sein sollte. Aber natürlich konnte Howard das auch nicht, weil er ja schlief und überhaupt nichts sehn konnte, aber er weinte vor sich hin, so richtig mit lautem Buuhuuh, während er die Zeitung vor sich hielt.

Dann stieß Howard ganz plötzlich sowas wie einen Seufzer aus, legte die Zeitung hin, stand seufzend auf und ging schnurstracks aus dem Zimmer, ohne irgendwas wieder wegzulegen oder das Licht auszumachen. Ich ging ihm nach und sah, wie er gleich die Treppe hinaufstieg; kümmerte sich nicht um die Lichtschalter, mochte es die ganze Nacht brennen, wenn es nach ihm ging, aber ich machte sie hinter ihm aus. Er ging ins Schlafzimmer, friedlich wie ein Lamm, legte sich ins Bett und atmete bald ganz ruhig, und ich konnte dafür sorgen, daß alle Lichter ausgemacht wurden. Er machte keinen Ärger mehr in dieser Nacht, aber meine Myrtle muß verrückt geworden sein vor Angst über das, was er schon gemacht hatte, oder vielmehr über die Geräusche. Jedenfalls schien Myrtle eine Tablette genommen zu haben oder irgendwas, denn sie atmete nun ganz ruhig, und nur ich war noch wach; war irgendwie nicht fair, denn ich mußte am nächsten Tag zur Arbeit, und Myrtle konnte im Bett bleiben, solange sie wollte, wie eine Dame.

Aber am Morgen war Myrtle zugleich mit uns beiden auf, kam zum Frühstück in einem todschicken Morgenrock, in Türkis gesteppt, ihr sherrygetöntes Haar mit einem Tuch aufgebunden, während Howard und ich schon fertig angezogen waren, um zur Arbeit zu gehn. Howard wußte natürlich kein bißchen mehr von der letzten Nacht und sah ganz ausgeschlafen und kläräugig drein. Wir standen immer um sieben auf, damit wir reichlich Zeit hatten. Das Mittagessen für den nächsten Tag machte ich immer schon am Abend vorher fertig, so daß ich es bloß noch aufzusetzen brauchte, und diesmal war es eine Art Fleischtopf mit Koteletts, Zwiebeln und Kartoffelscheiben geschichtet, und ich steckte es in den Herd, bevor ich das Frühstück machte, die Zeit richtig eingestellt, damit ich's nicht vergaß. Howard schwor auf ein gutes Frühstück, wie er das nannte – Ei mit Speck oder Wurst, dasselbe, was es auch abends geben konnte, denn Frühstück und Abendbrot erfordern ja die gleiche Art Dinge zum Essen: ganz komisch, wenn man sich's mal überlegt, und überlegt sein will es. Ich machte zwei Scheiben Räucherschinken und ein Spiegelei für Howard, mir reichten Cornflakes. Myrtle hatte ihren Kopf für sich und hatte sich eine Flasche Zitronensaft mitgebracht, und davon trank sie ein Glas, und dann machte sie sich einen sehr dünnen Toast und ließ sich herab zu einer Tasse von dem Tee, den ich für Howard und mich gemacht hatte, aber ohne Milch und Zucker. Als wir uns zum Frühstück hingesetzt hatten, kam der Briefträger und brachte einen Brief für Howard. Howard kuckte den Umschlag lange nachdenklich an, ließ Ei und Schinken kalt werden, machte weder den Brief auf noch aß er. »Na, komm schon«, sagte ich, »wollen doch wissen, von wem der ist.«

»Von den Fernsehleuten«, sagte Howard. Er zeigte uns den Umschlag mit dem Namen der Sendeanstalt in piekfeiner Schrift in der linken Ecke oben. »Lange genug haben sie gebraucht«, sagte er.

»Ach, Howard«, sagte ich wütend und stampfte unter dem Tisch mit dem Fuß auf, »jetzt mach ihn schon auf und kuck, was es ist.« Also, er machte ihn auf und las ihn ganz langsam, wobei er mit der Gabel in der rechten Hand weiteraß, wie ein Ami. Dann gab er ihn mir, ohne was zu sagen, und ich las ihn und begriff, was er gemeint hatte, als er sagte, sie hätten lange genug gebraucht. Denn Howard hatte es klammheimlich gemacht und ihnen geschrieben und sich für das NOCH-UND-NOCH-Quiz angemeldet, war schon fast ein Jahr her, und nun schrieben sie endlich, in vierzehn Tagen sei er dabei, sie würden ihm die Fahrt nach London erstatten, und sie wünschten ihm viel Erfolg in der Show. »Na«, sagte ich, luftschnappend, »das ist doch herrlich, oder? Ist das nichts, Howard? Ist doch fein, nicht, Myrt?« Aber natürlich wußte Myrtle gar nicht, weswegen ich so aufgeregt war, bis ich ihr den Brief rüberreichte. Sie las den Brief, aber er regte sie kein bißchen auf. Sie guckte Howard säuerlich an, als ob sie ihm zeigen wollte, daß er kein Recht hätte, so eine gräßliche Mitternachtsvorstellung zu geben und dann am Ende statt der Strafe auch noch eine Belohnung zu kriegen, denn eine Belohnung war's sozusagen, weil Howard immer ein guter Mann gewesen war und mal eine kleine Abwechslung verdient hatte, schwer gearbeitet für Weib und Haus, und gelitten haben muß er auch, sonst wäre doch das nicht gewesen, dieses Herumschlurfen und Schreien tief in der Nacht. Ich sagte, scheinbar schimpfend, aber in Wirklichkeit natürlich sehr, sehr froh:

»Warum hast du denn nichts gesagt, Howard? Warum sagst du der eigenen Frau nicht ein Wort davon? Meldest dich einfach heimlich an und verrätst keine Silbe!«

»Ach«, sagte Howard, »du solltest nicht denken, ich bin ein Idiot. Hättest du gut denken können, denn die Chancen, bei so einer Show dabeizusein, sind ja winzig. Und ich hab mich auch selbst ein bißchen geschämt, wirklich, daß ich ihnen geschrieben hab. Hab sowas noch nie gemacht.«

Myrtle schniefte ein bißchen und sagte: »Bücher, steht hier. Hier steht, du sollst Fragen über Bücher und ihre Verfasser beantworten.«

»Ist richtig. War mein Wunsch.«

»Na, was weißt denn du über Bücher?« Richtig gemein war das von ihr, aber Myrtle hatte die Vorstellung, daß Bücher was für einen Mann wie ihren Michael wären, der in einem Schreibmaschinenladen arbeitete, aber nichts für jemand, der Gebrauchtwagen verkaufte. Und richtig war auch, daß wir nicht viele Bücher im Hause hatten, während Myrtle und ihr Mann irgend so einem Buchklub angehörten, der einem jeden Monat oder so Bücher schickt, ob man sie lesen will oder nicht. Aber Howard ging manchmal in die Stadtbücherei, und ich wußte nie, was für Bücher er las, denn mich hatte man in der Schule nie ermuntert, mich sehr für Bücher zu interessieren. Und man konnte sehn, daß Myrtle neidisch war wie nur was, daß Howard im Fernsehen kam, wo doch sie ihren Schick und ihren tiefen Ausschnitt und ihre wedelnden Wimpern hätte vorführen können, bloß ihr sherrygetöntes Haar natürlich, das würde man nicht sehen können, denn das Fernsehen war noch schwarzweiß. Na gut, lag ja bei ihr, nicht? Sollte sie doch den Fernsehleuten schreiben, wie es Howard gemacht hatte. Aber sie hatte ja nicht das Köpfchen für eine Quizshow (nicht doch, wie blöd, das zu sagen, wenn man sieht, was da so für Leute auftreten). Nein, faul war sie, das war's, zu faul, irgendwas zu tun; glaubte wohl, jemand würde sie mal auf der Straße anhalten und staunen: »Mein Gott, so ein Gesicht, so eine Figur! Sie *müssen* augenblicklich zum Fernsehen – Taxi, Taxi.« Alles muß ihr in den Schoß gelegt werden, nichts macht sie selbst. Howard sagte:

»Es reicht. Hab ein bißchen gelesen. Was ich lese, behalt ich. Außerdem schau ich viel in diese dicken Bücher in der Bibliothek rein, lauter Tatsachen! Nur ein klein bißchen Glück«, und das sagte er eher finster als froh, »und ich komme bis zu den tausend Pfund durch.«

»Ach, Howard«, rief ich und ließ meine Cornflakes stehn, »wär das nicht herrlich?« Myrtle sagte:

»Vielleicht kannst du dann einen Superarzt oder so einen bezahlen, daß er dich davon heilt, im Schlaf herumzutoben, denn die Kasse zahlt das ja nicht.« Eine Gemeinheit war das, sowas zu sagen. Howard schaute ein bißchen verdutzt drein, verstand nicht recht. Er sagte:

»Hab ich nicht ganz mitgekriegt. Wie meinst du das?«

»Kaum ein Auge hab ich zugemacht bei deinem Gerede die ganze Nacht«, sagte Myrtle. »*Drei* von diesen Tabletten hab ich nehmen müssen.« Dann zog sie aus der Tasche ihres Morgenrocks eine wahrhaft riesige Flasche mit braunen Tabletten, müssen rund hundert Stück drin gewesen sein. Ich sagte:

»Jetzt hör aber auf, Myrtle! Komm uns nicht damit, nicht als erstes am frühen Morgen, bitte nicht.«

»Wenn du was dagegen hast, daß ich im Schlaf spreche«, sagte Howard sehr scharf, wie das manchmal so seine Art sein konnte, »dann weißt du ja, was du dagegen tun kannst. Das hier ist mein Haus, und ich mach hier, was mir paßt, ob ich wach bin oder schlafe.«

»Ist gar nicht dein Haus«, sagte Myrtle, dumm und frech wie Oskar. »Ihr zahlt dem Gemeinderat Miete genau wie wir für unsre Wohnung. Ihr habt bloß Glück mit euren Nachbarn, weiter will ich nichts sagen.« Sie sagte nichts mehr, und das war auch gut so. Man konnte sehn, daß sie richtig sauer war über diesen Brief vom Fernsehen und daß Howard nun Quizfragen über Bücher beantworten sollte. Sie war schon zu weit gegangen, dachte ich, ohne daß sie jetzt noch mehr sagte, darum sagte ich, denn ich wollte keinen Krach:

»Genug jetzt. Bringen wir mal das Geschirr hier in den Ausguß; ich muß um halb neun bei der Arbeit sein.« Ich mochte es nicht, wenn ich nach Hause kam und ungespültes Geschirr vorfand, aber ich hatte nicht vor, Myrtle zu bitten, daß sie es machte, um auch ihr Teil beizutragen. Irgendwie mußte einem Myrtle ja sehr leid tun. Ich glaube, Howard sah auch, daß sie allerhand Grund hatte, unglücklich zu sein, während wir beide glücklich waren wie zwei Schweinchen, denn er sagte auch nichts mehr, sondern lächelte bloß ein bißchen und machte sich über das Geschirr her.

Na, es wurde ein ereignisreicher Tag, oder zumindest Vorspann und Ende des Tages waren aufregend. Das Mittelstück, der größte Teil, war bloß Arbeit. Aber als Howard und ich zum Essen nach Hause kamen, sahen wir, daß Myrtle ausgegangen war, ohne einen Zettel dazulassen, wo sie hin war und wann sie zurück sein würde; unhöflich war das von ihr. Am Abend, als wir heimkamen, war Myrtle inzwischen zurück (sie hatte Howards Schlüssel) und saß weinend am Kamin. Ich fragte sie, was denn sei, und auch Howard war sehr lieb und freundlich, aber eine ganze Weile bekamen wir kein Wort aus ihr heraus. Also machte ich Tee, und Myrtle nahm eine Tasse an und weinte in sie hinein. Und dann gelang es uns, bröckchenweise etwas aus ihr herauszuholen, und die Geschichte war, daß sie in ihre Wohnung zurückgegangen war, um sich ihre Flasche Hautöl für nach dem Baden zu holen, oder jedenfalls erzählte sie das, und als sie da war, hatte sie ein großes Stück Papier von ihrem Michael gefunden, auf dem stand: WENN DU DENKST, DU KANNST KOMMEN, WANN ES DIR PASST, HAST DU DICH GEIRRT, DENN WENN ICH DICH NIE WIEDERSEHE, IST DAS IMMER NOCH ZU FRÜH. Na, das schien sie mächtig getroffen zu haben, denn sie lief gleich zu dem Laden, wo Michael arbeitete, und spielte im Laden verrückt, vor der Kundschaft, was eine Dummheit war, aber verständlich. Jedenfalls meinte sie, jetzt sei alles aus zwischen ihnen, aber man konnte sehn, daß das nicht stimmte, sonst wäre sie nicht in so einem Zustand gewesen. Howard und ich, wir versuchten sie zu trösten, aber davon wollte sie nichts wissen, sie wollte bloß mit ihrem Kummer allein gelassen werden, wie sie sagte, aber später trank sie noch eine Tasse Tee und aß sogar ein Viertel von einer Harris' Schweinspastete. Jetzt ließ sie sich so ziemlich beruhigen, und dann stellten wir das Fernsehen an, dachten, das würde sie ein bißchen ablenken, aber unglücklicherweise waren alle Sendungen an diesem Abend von derselben Sorte. Da gab es die Serie ÄRGER IM REVIER, und diese Woche versuchte eine Frau sich umzubringen, weil ihr Mann abgehauen war und sie allein gelassen hatte, und das brachte die arme Myrtle wieder in Fahrt. Dann kam ein bißchen was von einer Unterhaltungsshow, richtig deprimierend, sagte Howard, obwohl ich es eigentlich ganz hübsch und komisch fand, und dann gab es so ein Stück, und das war wieder so was wie die REVIER-Sache, die wir eben gesehen hatten, mit einem Mann und seiner Frau, die sich zankten wie verrückt und mit dem Milchnapf schmissen, und dann ging er mit einem Messer auf sie los, und sie rannte kreischend weg, und dann stürzte sie in den Treppenschacht, weil das Geländer kaputt war. Diesmal schaute Myrtle sehr ruhig zu, und ihr Gesicht sah sehr blaß aus und ganz entfärbt von dem Licht, das aus dem Fernseher kam. Dann sagte sie, sie möchte jetzt zu Bett gehen und versuchen, ein bißchen zu schlafen, und wir sagten, wäre wohl das beste für sie, und sagten ihr Gutenacht, und ich fing an, für Howard und mich das Abendbrot zu richten. Und dann sagte Howard: »Komisches Mädchen, nicht?

Richtig eine gequälte Seele, würd ich sagen, so eine, die nie im Leben glücklich gewesen ist.«

»Ach was, wir waren beide glücklich zusammen«, sagte ich, »als wir klein waren. Freche Göre ist sie gewesen, glücklich von morgens bis abends.« Aber als ich die Toasts machte, konnte ich mir nicht helfen, es kam mir nicht geheuer vor, daß Myrtle einfach so still schlafen gegangen war und jetzt still da oben lag, als ob überhaupt niemand da oben wäre. Aber dann merkte ich, daß die Toasts anbrannten, darum machte ich weiter mit dem Abendessen und überließ Myrtle ihren Launen, wie man so sagt. Howard und ich aßen also unser Abendbrot, Spaghetti romana auf Toast heute abend, und dann ging ich in die Küche, um eine paar Schokoladenkekse von einer neuen Sorte zu holen, die ich an diesem Tag mitgebracht hatte (mit Schokolade auf der einen Seite und einer Art Zuckerguß auf der andern). Aber ich konnte mir nicht helfen, mir war so, als ob mit der armen Myrt etwas nicht so ganz stimmte, und darum ging ich rauf und fand Myrtle im Bett, das Licht voll an, nur sie selbst war ganz weg und schnarchte auf sehr eigenartige Weise. Neben dem Bett stand diese Flasche mit den braunen Tabletten, die am Morgen fast voll gewesen war und die sich nun um einiges geleert hatte. Ich konnte zwei und zwei zusammenzählen, und der ganze Anblick gefiel mir gar nicht und dieses sehr eigenartige Schnarchgeräusch auch nicht. »Howard, Howard«, rief ich nach unten und lehnte mich über das Geländer, »komm doch mal schnell hier rauf.« Er konnte hören, daß etwas nicht stimmte, denn er kam gesprungen, daß das ganze Haus wackelte. Er kam in Myrtles Schlafzimmer und nickte so irgendwie, als er sie sah, wie sie still vor sich hin schnarchte, auf dem Rücken liegend, mit ihrem besten Nachthemd an. Er sagte:

»Klar, was sie gemacht hat. Armes Ding. Jetzt sieht sie

richtig friedlich aus.« Er tat den Daumen auf ihr Auge, um das Lid anzuheben und zu sehn, was darunter vorging, und das Auge blickte ganz leer zum Kopfende hin. Er nickte noch mal so irgendwie. »Schau bloß mal, ihr Gesicht«, sagte er. »Alle Sorgen und Nöte wie ausgeplättet. All ihr Gezänk und die Eifersucht und die Unzufriedenheit mit ihrem Leben. Irgendwie sieht sie jetzt schön aus, in Frieden, verstehst du?«

Ich sah Howard erstaunt an. »Ja, willst du denn nichts unternehmen?« sagte ich. »Sie kann doch sterben, so wie das aussieht. Sollen wir ihr nicht was in den Hals stecken, damit sie alles ausbricht oder sowas? Mir gefällt das hier gar nicht.«

»Wir können jetzt nichts tun«, sagte Howard. »Sie ist schon zu weit. Was sie jetzt im Magen hat – und natürlich, du siehst ja, das sind diese Tabletten –, das kommt nicht hoch, ohne daß man eine Magenpumpe ansetzt.«

»Aber dann«, sagte ich und hopste auf und nieder, »ruf doch den Arzt an oder hol einen Krankenwagen, mach was! Sie ist meine Schwester.« Ohne zu überlegen, kniete ich mich aufs Bett und fing an, die arme Myrtle zu schütteln, als ob das sie aufwecken könnte, und sagte: »Wach auf, Schätzchen. Komm, Schätzchen, ich bin's, Janet.« Howard sagte:

»Wer sind wir, daß wir uns in die Angelegenheiten anderer Menschen einmischen dürften? Sie hat beschlossen, allem ein Ende zu machen, und sie *hat*'s gemacht. Sie hat keinen Ärger mehr. Keine Sorgen mehr wegen ihres Mannes oder ihres Aussehens oder ihrer Kleider oder der Fischpreise. Schluß mit dem Schund und Schmutz und der Verkommenheit aus dem Fernsehen und dem *Daily Window*. Aus all dem ist sie jetzt raus. Sie ist ein sehr tapferes Mädchen gewesen, und sie hat sich richtig entschieden.«

Howard stand einfach so da, taumelte ein bißchen, sah

ein bißchen so aus wie beim Schlafwandeln, ein bißchen glasig um die Augen. Es war auch so ein bißchen was von einem Hypnotiseur an ihm, darum stand ich eine ganze Weile da, kann eine volle Minute gewesen sein, mit offenem Munde und sah ihn an. Dann nahm ich mich zusammen. Ich sagte: »Willst du denn nichts tun? Willst du denn nicht wen anrufen gehn? Oder willst du das alles mir überlassen?«

»Sie wird's dir nicht danken, wenn du ihre Ruhe störst«, sagte Howard. »Tiefer Schlaf und ein schöner Traum, wenn der lange Schwindel vorüber ist. Ein richtiger Schwindel ist es, ja doch. Mehr ein Witz als ein Schwindel, aber ein Schwindel ist es auch, ein gemeiner Schwindel von irgend so einem.« Und er stand einfach so da, irgendwie fasziniert, und sah auf die arme Myrtle hinunter.

»Ach, du . . .«, sagte ich und rannte hinaus, die Treppe hinab, nahm Mantel und Handtasche und ging los; die Telefonzelle war gleich an der nächsten Ecke. Ich hatte sowas noch nie gemacht, aber ich hatte lange genug ferngesehen, um zu wissen, daß ich 999 wählen mußte, und ich verlangte die Ambulanz, und sie sollten sich bitte beeilen, und ich sagte unsere Adresse. Dann merkte ich, daß ich kein Kleingeld mehr hatte, um unsern Arzt, Doc Kilmartin, anzurufen, nur Sixpence-Stücke und anderes Silbergeld. Aber da kamen grad ein paar Jungen in italienischen Anzügen die Straße entlang mit Schnabelpiekern und allem, was dazugehört, darum steckte ich den Kopf aus der Zelle und sagte: »Können Sie mir Sixpence wechseln, ist sehr dringend.« Einer von diesen Jungen, voller Pusteln und Mitesser, der arme Kerl, sagte, ich sei aber eine schicke Mieze oder sowas, aber alle meinten sie's nicht bös, die armen Kerle, und sie brachten vier Pennies gegen mein Sixpence-Stück zusammen. Und dann rief ich Doc Kilmartin an.

Ich ging zum Haus zurück, und da stand Howard immer noch in Myrtles Schlafzimmer, rauchte allerdings eine Zigarette jetzt, und Myrtle war noch lebloser als vorher, denn jetzt konnte man dieses Schnarchen nicht mehr hören. Howard trank sie irgendwie in sich rein, murmelte was vor sich hin, und zum erstenmal, seit wir verheiratet waren, eigentlich zum erstenmal, seit ich ihn kannte, spürte ich, daß in Howard etwas drinsteckte, das ich nicht verstand und wovor ich ein bißchen Angst hatte. Doc Kilmartin kam vorbei und äußerte sich sehr streng und schottisch über das, was Myrtle gemacht hatte, wäre verwerflich oder irgend so ein Wort, und dann kam der Krankenwagen in seiner ganzen Herrlichkeit mit tönenden Sirenen und blitzenden Lichtern, und zwei Mann kamen mit einer Bahre rauf. Und so wurde Myrtle ins Königliche Krankenhaus von Bradcaster gebracht; sie lag still wie der Tod und wußte überhaupt nichts von allem, was vorging, und ich fuhr mit und ließ Howard allein zu Hause. Die Leute in unserer Straße kamen nicht nach draußen, um zu sehen, was los war, wie sie es in der neugierigen alten Zeit vor dem Fernsehen gemacht hätten. Sie waren vollauf beschäftigt mit ihrem Programm. NOTAUFNAHMESTATION ZEHN würde ihnen viel echter vorkommen als jeder echte Notfall wie dieser.

4

Nachdem Myrtle eingeliefert war, setzten sie ihr die Magenpumpe an und holten alles raus, aber sie blieb wie tot. Ein junger Arzt mit Brille und stark brylcremeglänzendem schwarzen Haar kam zu mir, wo ich wartete, in einer Art Vorzimmer und rief eine andere Station im Krankenhaus an, um zu sagen, sie würden einen schweren Fall von Barbarit- oder Barbiturvergiftung oder so ähnlich überweisen; dann fragte er mich nach Einzelheiten über Myrtle und wo die Flasche mit den Tabletten wäre, mit denen sie sich hatte umbringen wollen. Zu Hause, sagte ich, was nicht viel half, und dann fiel mir ein, daß es besser wäre, Michael, ihren Mann, zu benachrichtigen. Sie hatten kein Telefon, Michael und Myrtle, aber die Polizeiwache war bei ihnen gleich um die Ecke, darum wurde die Wache angerufen und gebeten, einen Schupo hinzuschicken um ihm zu sagen, daß sie im Krankenhaus war; sollte es ihm aber schonend beibringen. Und dann fragte ich ihn, ob sie die Polizei was unternehmen lassen würden, denn mir fiel ein, daß so ein versuchter Selbstmord ja immer noch ein Verbrechen war, aber sie sagten nein, gäbe viel zuviel Selbstmordversuche heutzutage, und die Bewährungshelfer würden sich die Hacken ablaufen, wenn sie die alle betreuen müßten; hätten viel Wichtigeres zu tun, besonders mit den Banden von Leuten, die überhaupt nicht sterben wollten, weit gefehlt und ganz im Gegenteil.

Michael ließ nicht sehr lange auf sich warten, kam hereingestürmt wie in so einer Sendung, wo der Gatte hereingestürmt kommt, um ans Bett seiner Frau zu eilen, die eben eingeliefert worden ist, und hübsch sah er aus, wie's auch beabsichtigt war, aber hübsch auf eine so irgendwie laschwabblige Art. Andauernd sagte er: »Meine Frau, meine arme liebe Frau, oh, wo ist sie denn?«, wie im Pantoffelkino, aber sie sagten ihm, er könnte sie jetzt nicht sehen und ob er nicht vielleicht morgen vormittag wiederkommen könnte, wenn zu hoffen war, daß sie wieder zu sich gekommen wäre, aber mit ihm hätten sie gern ein kurzes Gespräch, und an ihren strengen Mienen konnte man sehn, daß sie Michael an allem die Schuld geben wollten. Bevor sie aber mit Michael weggingen, blaffte Michael mich an, und er hätte auch Howard angeblafft, wenn der dagewesen wäre (und ich meine immer noch, er hätte dasein *sollen*), sagte, wir hätten kein Recht, sie sowas machen zu lassen, und bei ihnen zu Hause hätte sie sowas noch nie gemacht, und es wäre doch sehr sonderbar, daß sie sich zu sowas ausgerechnet bei uns entschlossen hätte, und wir müßten sie doch sehr gekränkt haben und so weiter. Es tut mir immer noch leid, daß Howard nicht da war, um ihm eine runterzuhauen für das, was er sagte, gleich an Ort und Stelle, aber Howard hatte mich im Stich gelassen. Jedenfalls, ich blaffte zurück, und Michael bekam einiges zu hören, so daß es sehr laut wurde und man uns aufforderte, doch still zu sein. Dann ging ich weg aus dem Krankenhaus, die Nase hoch, bekam einen Bus und fuhr direkt nach Hause, kochend.

Um die Geschichte nicht zu lang zu machen (obwohl, genau das würde Myrtle so passen, daß ich hier ihre Geschichte draus mache und nicht meine und Howards), Myrtle wurde ein paar Tage später aus dem Krankenhaus entlassen, gesund und munter, nachdem der Psychiater ein ernstes Wort mit ihr geredet hatte und mit Michael auch, und die beiden waren wieder ein Herz und eine Seele. Aber es dauerte nicht lange, und sie lagen sich wieder in den Haaren; glaube allerdings nicht, daß Myrtle es mit der Selbstmordtour noch mal probiert hat. Was schon mal eins war, diese Tabletten verschwanden, Gott wußte wohin, und dann gab es in Myrtles Wohnung kein Gas, und sie wäre viel zu feige gewesen, um aus dem Fenster zu springen, sich mit dem Brotmesser zu erstechen oder sich mit Michaels Rasierklingen die Pulsadern aufzuschlitzen. (Das sowieso nicht, Michael rasiert sich elektrisch.) Und ich weiß Bescheid, daß Myrtles Hausarzt ihr keine Schlaftabletten mehr verschreiben wollte, auch nicht, wenn sie ganz kaputt war vor Schlaflosigkeit, zumindest nicht so viele, wie er ihr früher verschrieben hatte, was eine Dummheit von ihm gewesen war, und ich glaube, er wußte's. Obwohl, was wirklich passiert war, glaube ich, war ein Fehler im Rezept gewesen, vielleicht war eine Null hinzugefügt worden, wo keine hätte sein sollen. Jedenfalls muß ich jetzt weitermachen mit der Geschichte von Howard und mir (oder, wie unsere gute Miß Spenser in der Schule gesagt hätte, von Howard und ich).

Howard verbrachte an den Abenden viel Zeit über seinen Büchern, und manchmal saß er auch in der Stadtbibliothek mit den dicken Bänden, die er nicht mitnehmen durfte. Aber zu Hause war es verblüffend, ihm zuzusehen. Er schlug ein Buch auf bei einer Seite voller Daten und Fakten, und dann *fotografierte* er sozusagen die Seite. Klick, und man wußte, er hatte's drin. Aber er fand auch noch Zeit, sich zu erholen. Tatsache, er selbst sah wohl seine Chancen bei der Quizshow sehr zuversichtlich, und ich war es, die von Tag zu Tag mehr in Aufregung kam. Eines Abends in der BBC gab es eine Sendung über Filme, mit einem Besuch in Hollywood. Man führte uns am Sunset Boulevard in der fabelhaften Villa von Miß Rayne Waters herum, derselben, die ich schon erwähnt habe, ein stark sonnengebräunter, busiger Star, eigentlich vielleicht ein ganz nettes Mädchen, aber man konnte nicht anders als sich über ihr albernes Gekicher ärgern, wenn sie immerzu »Ich schätze doch« und »Na klaahrrr« sagte oder »Na, ich schätze, das ist doch klaahrrr, hi, hi, hi«. Man sollte auch denken, wenn man zusah, wie sie den BBC-Mann in ihrer fabelhaften Villa herumführte, daß sie sich einen Büstenhalter hätte kaufen können (pfui, wie gehässig!). Am Tor ihrer Villa war so 'n elektronisches Dings, um das Tor automatisch zu öffnen, und daneben war ein Telefon, wo man sagen mußte, wer man war, und fragen, ob man rein durfte, und Rayne Waters war selbst dran und sagte: »Na klaahrrr.« Das Haus allerdings kam mir nicht sehr geschmackvoll vor, als wir herumgeführt wurden. Es war so ein Gemisch aus verschiedenen Möbelstilen mit Chinesisch und Altenglisch im gleichen Zimmer, mit einem Swimming-pool drinnen und einem draußen, und überall waren Herzchen mit Pfeilen hingemalt, und I LOVE YOU stand in Diamanten an den Wänden sämtlicher vierundzwanzig Badezimmer. In jedem Raum war ein Fernseher, und jeder Fernseher war als was anderes getarnt, in einem Raum als ein Kamin, wobei das ganze Haus natürlich zentralgeheizt war, in einem andern stand der Fernseher hoch oben an der Wand mit einem Bilderrahmen rundherum (warum kann man nicht sagen *eckherum*?). Wir sahen uns das an, und dann kam Howard mit einer seiner überraschenden Bemerkungen raus. Er sagte:

»Das Geld, das ich kriegen werde, soll nicht für irgendwas ausgegeben werden, das von Dauer ist. Und wenn ich bei einer von diesen Quizshows zehn Millionen Pfund gewinnen sollte, sie müßten ganz für Sachen draufgehen, die sozusagen *verheizbar* sind. Anders gesagt, aufzehrbar. Kleider für dich natürlich auch, denn du mußt was anhaben, was im Verhältnis zu den Ausgaben steht, die du machen willst. Die Zeit, um Sachen von dauerhafter Art zu kaufen, ist längst vorbei, kannst du mir glauben. Geld ist zum Verheizen im Leben und nicht etwa zum Sparen oder zum Umtausch in Schmuck oder Möbel oder Sachen von der Art.«

Na, ich verstand ihn schon, aber Howard hatte immer

viel aufs eigene Haus gehalten, und ich hätte gedacht, er würde, sagen wir, eine neue Einrichtung fürs Eßzimmer kaufen wollen oder eine Hifi-Anlage oder richtig gute Vorhänge für das Vorderzimmer. Aber jetzt sagte er nie: »Wenn ich das Geld gewinne, dann hängen wir uns was Beßres an die Wand als diesen Ramsch.« Er änderte sich von innen her, Howard, auf eine vertrackte Art und Weise, aber ich traute ihm.

Und so kam die Zeit für Howards große Chance, und am Abend vorher war er genauso zuversichtlich wie schon immer. An diesem Abend ließ er sich von mir über Shakespeares Dramen abfragen, wer die Personen drin waren und wann sie geschrieben wurden undsoweiter, und ich hatte so dies Buch vor mir und stellte ihm daraus die Fragen. Er beantwortete jede einzelne absolut richtig und aufs Haar genau. Dann kam wieder einer von seinen vertrackten Aussprüchen. Er sagte: »Aaaaach, das muß doch verflucht viel besser gewesen sein, in der Zeit zu leben als in dieser. Ich meine, das waren alles vollblütige Männer und Frauen damals, soffen ihr Bier gallonenweise – und das war stark, das Zeug damals, kann ich dir sagen – und trabten zu Pferde dahin, statt paffend hinter einem Lenkrad zu sitzen, und lasen nicht die ganzen Lügen und den Mist, den das *Daily Window* ausschwitzt, und glotzten nicht jeden Abend in die Röhre. Und keine Polaris-Raketen und so Sachen. Bloß sauberes, ehrliches, gesundes Leben mit Fässern voll Sherry und Kanarier und Kinder, die zu ihren Eltern aufsehen und sie nicht wie Dreck behandeln und sie Spießer und Miefke schimpfen. Und wenn es Krieg gab, dann waren alle mit dabei und kämpften, wie es sich gehört, mit Schwertern und Blutvergießen und Kopf ab, auf anständige und saubere Weise, und schmissen nicht Wasserstoffbomben und dergleichen auf Leute, die niemand was getan hatten. Und wenn sie Lieder sangen, dann waren das anständige, schöne Lieder mit vernünftigem Text und nicht der wüste Schund, den man heute in Millionen Platten den Teenagern andreht. Aber gut«, sagte er, obwohl ich kein Wort dagegen gesagt hatte, »du kannst sagen, es war unhygienisch, und sie kannten nicht die verfluchten Segnungen des abgepackten Schnittbrots und der Speckscheiben in Polyester, und sie hatten keine Waschmaschinen und keine Zentralheizung, aber trotzdem, es war ein besseres Leben als das hier, das wir heute haben.«

»Woher weißt du's?« sagte ich. »Du hast doch damals nicht gelebt, wie willst du's da wissen?«

»Ich weiß es«, brüllte er. »Ich weiß es einfach, und so ist es.«

Er war in so einer Stimmung, wo es keinen Sinn hatte, mit ihm zu streiten. In der Modsek hatten wir Shakespeare nie gehabt, weil die Lehrer sagten, das würde uns doch nicht gefallen und wir würden uns langweilen. Ob es uns nun langweilte oder nicht, konnten wir nie feststellen, denn sie gaben uns nie die Gelegenheit. Aber ich hatte Bilder aus jener Zeit gesehn, mit den Halskrausen, wie die Leute sie damals trugen, und langem Haar und Bärten und was nicht noch allem, so daß die Männer wie Sir Walter Raleigh und Sir Francis Drake aussahen wie so Beatniks auf einem Kostümfest. Und Männer mit Ohrringen gab es auch. Ich hatte dabei so ein Gefühl von Dunkel und Grausamkeit und sehr schlechten Gerüchen. Und das jubelte Howard nun hoch, als ob er's verkaufen wollte. Wie einen von seinen Gebrauchtwagen.

Jedenfalls, es war Zeit geworden, daß Howard nach London fuhr. Er hatte natürlich den Tag freigenommen, und sein Chef dachte vielleicht, wenn Howard im Fernsehen kam, könnte das sein Geschäft nur heben, darum machte er keine Schwierigkeiten und gab ihm frei. Im Supermarkt, das können Sie glauben, hatte ich die Neuigkeit schon längst überall verbreitet, und die Leute aus der Funkelschuhgasse waren schon ganz sauer deswegen, manche jedenfalls. Wir hatten uns überlegt, ob ich nicht vielleicht nach London mitfahren und auch in der Sendung auftreten sollte, einfach so neben Howard stehn, sozusagen in Konkurrenz mit den Netzstrumpfmädchen, die immer die Fragen holten und anbrachten, aber dann fanden wir, daß es für mich doch besser wäre, ich bliebe zu Hause und schaute mir's im Fernsehn an. Irgendwie würde es da *echter* aussehn.

5 »Und jetzt«, rief der Amerikaner oder Ire mit dem Gesicht, wo man drin lesen konnte, »jetzt rühren wir mal alle die Hände, dankeschön, für unsern nächsten Mitspieler.« Und dann fing er selber zu klatschen an, und die Elektroorgel spielte so einen Marsch, und da kam er, geführt von einer Brünetten in tief ausgeschnittenem Trikot mit Fischnetzstrümpfen bis rauf zum Hintern, als ob sie 'ne Tänzerin wäre, er ganz grimmig und sie grinsend, daß ihr schier die Zähne rausfielen, da kam er, mein Howard in seinem besten Anzug, und marschierte über den Schirm.

Ich hatte den ganzen Abend so nervös darauf gewartet, daß es losging, bis mir ganz schlecht geworden war, das heißt, mir war tatsächlich übel geworden nach dem Tee, und alles kam mir prompt wieder hoch. Aber nachdem ich mich ein Weilchen hingelegt hatte, war mir's wieder besser, und dann ging ich nach oben und machte mich ausführlich zurecht und zog mein schwarzes rückenfreies Abendkleid an und kam wieder runter und setzte mich ein bißchen mit dem Rücken zum Feuer. Dann, gut eine Stunde bevor NOCH UND NOCH anfing (so hieß es, nebenbei, weil man noch und noch und immer wieder von vorn Geld dabei gewinnen sollte, oder so ähnlich), stellte ich den Fernseher an. Das Herz wollte mir irgendwie zum Hals raus. Wenn nun irgendwas schiefging! Die Röhre konnte plötzlich kaputtgehn, gerade wenn es losging. Oder eine Stromsperre. Oder ein Kurzschluß, und ich hatte keine Ahnung, wie man sowas wieder hinbog, denn das war Howards Sache. Ich war ein bißchen sauer, daß Howard nicht da war, aber dann sah ich ein, wie blöd ich war. Jedenfalls, wie Sie sich ja denken können, es ging alles gut. Am meisten war ich stolz, als sie die Nachrichten brachten, so mit Harold Macmillan und Präsident Kennedy und so weiter und dem Schah von Persien und Adam Faith, denn nun gehörte

Howard ja irgendwie mit dazu, weil er auch im Fernsehen kam.

Also, Howard kam als zweiter dran, und die erste war eine geschwätzige Alte, die ganz stolz war auf ihre neunundachtzig oder so und unbedingt einen Tanz und ihre Schlüpfer vorführen wollte. Natürlich war der Quizmaster kein Spielverderber und stellte ihr leichte Fragen übers Kochen und half ihr, die richtigen Antworten zu finden, dann umarmte er sie und küßte sie, und alles jubelte. So würde es für Howard ein bißchen schwierig werden, denn Howard war so ein ernster Typ, hatte sicher keine Lust, zu tanzen oder Fratzen zu schneiden wie ein Affe oder blöde Witze zu reißen. Jedenfalls, ich weiß noch jedes Wort, das an dem Abend gesprochen wurde. Zuerst sagte der Quizmaster: »Wie heißen Sie, Sir?«, und Howard sagte es ihm, dann sagte der Quizmaster: »Ein bißchen lauter, bitte«, und nun brüllte Howard es so laut heraus, daß die Vasen auf dem Kaminsims wackelten. »Und sind Sie verheiratet, Sir?« Howard sagte ja. »Und Ihr Beruf, Sir?« Howard sagte, daß er Gebrauchtwagen verkaufe, und aus irgendeinem Grund bekam er dafür ganz stürmischen Applaus; warum, weiß ich heute noch nicht. »Und was haben Sie so für Hobbys?« fragte ihn der Quizmaster. Howard, sehr ernst, sagte: »Ich hab nur ein Hobby, und das ist meine Frau.« Und da stürzte schier das Haus ein. Der Quizmaster klatschte und klatschte und dirigierte den Beifall, und ich fühlte mich ganz blöd, aber doch stolz. Ich hoffte inständig, daß Myrtle es sah. Ich wußte, sie würde es natürlich ansehen müssen, ebenso wie Mama und Papa und im Grunde die ganze Nachbarschaft, aber Myrtle würde wahrscheinlich sagen, sie hätte vergessen, es sich anzusehen, oder sie und Michael wären eingeladen gewesen oder irgendsowas. Was ich mir wünschte, war, daß Myrtle *zugab*, daß sie's gesehn hatte, und sich nicht anders rausredete. Und ich wünschte mir, daß sie das über mich als Howards einziges Hobby gehört hatte. »Und worüber wollen Sie gefragt werden, Howard?« Den »Sir« ließ er weg und war nun ganz Kumpel. »Bücher«, sagte Howard. Der Quizmaster rief das Mädchen mit den Fischnetzstrümpfen und dem Riesenlächeln – als ob das *ihre* Show wäre – und ließ sie die Fragen über Bücher bringen. Nun ging's also los, und das Herz klopfte mir so hoch im Halse, daß ich's fast *schmecken* konnte.

»Die erste Frage für ein Pfund«, sagte der Quizmaster. Ich meine, es klingt mehr nach Kumpel, da *er* ja nun mal Kumpel sein wollte, wenn ich ihn beim Namen nenne, und er hieß Laddie O'Neill, ein richtiger Hundename. Jedenfalls, Laddie sagte: »Was ist besser zum Frühstück, Shakespeare oder Speck schier?«

»Verdammt blöde Frage.«

Das Publikum wußte nicht, was es davon halten sollte, und ich wurde rot, denn das war typisch Howard, aber der Quizmaster, das heißt Laddie, alberte drüber hinweg und sagte: »Soll auch blöd sein, denn die erste Frage ist immer blöd.« Dann setzte Howard ein großes Lächeln auf und sagte:

»Na schön, Shakespeare, aber bitte mit etwas Shelley.« Niemand im Publikum hatte's kapiert, aber Laddie lachte sich tot und sagte: »Sehr, sehr gut, ganz hervorragend, heißt natürlich ein Ei, denn das ist was Schaliges. Hervorragend. Und jetzt für zwei Pfund Frage Nummer zwei. Welche drei Schwestern schrieben Bücher unter dem Namen Bell?« Howard sagte:

»Die Schwestern Brontë. Das heißt Charlotte Brontë, achtzehnhundertsechzehn bis achtzehnhundertfünfundfünfzig, Emily Brontë, achtzehnhundertachtzehn bis achtzehnhundertachtundvierzig, und Anne Brontë, achtzehnhundertzwanzig bis achtzehnhundertneunundvierzig. Sie nannten sich – in der Reihenfolge – Currer Bell, Ellis Bell und Acton Bell.«

Alle waren ein bißchen erschlagen davon, konnte man sehn, und unserm guten Laddie O'Neill fiel das Kinn runter, als hätte ihn plötzlich auf der Stelle der Schlag gerührt. »Ah«, sagte er, »richtig. Aber ich hab das gar nicht alles hier stehn.«

»Stimmt alles«, sagte Howard. »Können Sie mir glauben.« Und er schaute ganz großspurig und seiner Sache sicher drein.

»Frage Nummer drei«, sagte Laddie, »für vier Pfund.« Und er fing an, die Frage abzulesen wie ein Schuljunge, stolperte ein bißchen auf den Wörtern herum. Konnte man sehn, daß er nicht viel davon wußte. Aber er war so ein netter, hilfsbereiter Kerl, und man mußte ihn einfach gernhaben. Hätte mir nur gewünscht, Howard wäre auch ein bißchen netter gewesen und nicht so streng und ernst. Dann, während er auf die Frage wartete, winkte Howard plötzlich zu mir hin, und ich, wie ein Idiot, winkte zurück. »Für vier Pfund«, sagte Laddie. »Diese Frage hat drei Teile, und Sie müssen alles richtig haben. Nennen Sie die Verfasser der folgenden drei Bücher aus dem siebzehnten Jahrhundert: *Hesperides. Religio Medici. Tetrachordon.*« Ich kann Ihnen nicht beschreiben, wie er diese Namen aussprach, aber er stotterte und stolperte auf ihnen herum, wollte dem Publikum ein bißchen was zu lachen geben. Aber Howard zeigte's ihm gleich, wie man sie aussprach, und sagte: »*Hesperides* hießen die weltlichen Gedichte von Robert Herrick, fünfzehnhunderteinundneunzig bis sechzehnhundertvierundsiebzig. *Religio Medici* oder Die Religion eines Arztes ist von Sir Thomas Browne, sechzehnhundertfünf bis sechzehnhundertzweiundachtzig. *Tetrachordon* ist ein Buch über die Ehescheidung von John Milton.« Er lächelte so ein bißchen verkniffen, dann sagte er: »Entschuldigung. Sechzehnhundertacht bis sechzehnhundertvierundsiebzig.«

Also man konnte's sehn, dem Publikum war gar nicht recht klar, was es von alldem halten sollte, weil Howard so viel wußte und zu glatt damit rauskam. Was die Leute wollen, ist doch, daß man auch mal was falsch macht und Hilfe braucht, oder daß es mal ein bißchen länger dauert, bis die Antwort kommt – aber nicht bei Howard, der hatte alles im Kopf und gab noch Auskünfte dazu, nach denen er gar nicht gefragt war, so daß es nach Angeberei aussah. Ich wollte ihm dazu etwas zurufen, aber natürlich konnte ich gar nichts machen, außer daß ich mit den Zähnen mein Taschentuch zerfetzte und leise stöhnte. Dann sagte Laddie O'Neill: »Es ist wirklich nicht nötig, Howard, hören Sie, daß Sie uns noch all diese Daten dazusagen.« Er legte Howard den Arm auf die Schulter. Man konnte sehn, was für ein netter Mensch er doch war. »Wir bewundern alle Ihr Wissen und so weiter, Howard, aber sagen Sie uns bloß die Antworten und weiter nichts. Okay?« Howard lächelte dazu, und dann entschied sich das Publikum, daß es zu Howard auch sehr nett sein wollte, und die Leute klatschten und johlten. Ist schon komisch, das Publikum. »Also«, sagte Laddie. »Für acht Pfund.« Und er räusperte sich. »Nennen Sie mir die Verfasser der folgenden Verszeilen. Fertig?« Und er las sie vor, so mit ganz steifer Stimme.

»Musik hat Macht, des Wilden Herz zu rühren.«

»Das ist William Congreve«, sagte Howard. »Aus seinem Stück *The Mourning Bride.*«

»Ein Mensch von Ehre, Gottes Meisterwerk.«

»Alexander Pope«, sagte Howard. »Aus seinem *Essay on Man.*«

Es wurde langsam eintönig. »Des Ruhmes Pfade führen nur ins Grab«, sagte Laddie.

»Thomas Gray, *Elegy in a Country Churchyard.*« Und

dann jagte Laddie O'Neill Howard mal einen Schreck ein. Er sagte:

»Ich briet ein Ei auf heißem Pflasterstein.«

Howard fiel das Kinn runter. »Wie bitte?« sagte er. Und auch mir rutschte das Herz. Howard kannte es nicht. Laddie wiederholte die Zeile. Howard war fast am Weinen. Er wußte's nicht, er wußte's nicht. Er sagte:

»Ich weiß es nicht.«

»Ganz richtig«, sagte Laddie. »Wie sollen Sie's auch wissen, wo ich das doch eben erst gedichtet hab?« Und dann überschlugen sich alle vor Vergnügen und Erleichterung und was weiß ich. Denn die Frage hatte nur drei Teile gehabt, und die hatte Howard alle richtig gehabt, aber Laddie hatte ihn noch so ein bißchen gefoppt. Und schlecht war die Idee eigentlich nicht, denn Howard war nun nicht mehr so hochnäsig wie zuerst. Mein armer schlauer Howard! Aber Schlauheit war's ja gar nicht, wie er selbst immer sagte. Es war sein armes fotografisches Gehirn.

»Also«, sagte Laddie. »Die nächste ist für sechzehn Pfund. Und ein ganz schöner Brocken. Hier ist sie. Welches waren die beiden großen literarischen Schwindeleien des achtzehnten Jahrhunderts, und wer waren die Verantwortlichen?«

»Chatterton war verantwortlich für die Rowley-Gedichte«, sagte Howard jetzt in bescheidenem Ton, »und Macpherson war in Wahrheit der Autor des Ossian.«

»Richtig«, schrie Laddie auf, und das Publikum jubelte. Alle standen sie jetzt sehr gut miteinander. »Und für zweiunddreißig Pfund«, sagte Laddie, und man konnte sehen, daß er den Blick auf der Uhr hatte, »nennen Sie mir die Namen der Verstorbenen, zu deren Andenken die folgenden Gedichte geschrieben wurden.« Dann rasselte er die Namen herunter. *In Memoriam. Lycidas. Adonais. Thyrsis.*« Und Howard rasselte die Antworten herunter, ebenso schnell: »Hallam. Edward King. Keats. A. H. Clough.«

Und das Haus fiel wieder fast zusammen, und Sachen wurden in die Luft geschmissen, und Howard bekam seine zweiunddreißig Pfund in Scheinen von dem Fischnetzmädchen, das den Arm um ihn legte. »Weiter geht's in ein paar Minuten«, schrie Laddie O'Neill, und dann kamen die Reklamen. Sie machten es so bei dieser Sendung, daß in der zweiten Hälfte erst noch ein paar andere Leute drankamen, und dann kamen alle wieder, die schon zweiunddreißig Pfund gewonnen hatten, und die konnten sie behalten, nichts konnte ihnen die wieder wegnehmen, und wenn der Betreffende sich für Das Große Geld qualifizieren wollte, wie man das nannte, dann mußte er oder sie eine schwere Frage beantworten. Wenn sie diese Frage richtig beantworteten, dann konnte der Betreffende, er oder sie oder mehrere, in der nächsten Woche wiederkommen und versuchen, es bis auf fünfhundert Pfund zu bringen. Noch eine Woche später dann ging es um die tausend Pfund, und die würde Howard holen, so wie's aussah, wenn alles glattging. Ich bekam plötzlich mächtigen Hunger, sobald sie die Reklamen brachten, erst für Nierenhackpudding in Büchsen und dann für Büchsenrisotto und was weiß ich. Also machte ich mir ganz schnell ein Brot mit einem Kanten Cornedbeef, der morgens übriggeblieben war, als ich Howard seine Brote für die Bahnfahrt gemacht hatte, zwei große Scheiben Brot und das Cornedbeef dazwischen mit Senf drauf. Es muß ein bißchen komisch ausgesehn haben, wie ich da fein angezogen ganz allein zu Hause saß mit meiner Riesenstulle, aber es war ja niemand da, der mich hätte sehn können, außer den Leuten in den Werbefilmen. Dann ging der zweite Teil von Noch und Noch los, und es kamen zwei oder drei sehr dämliche Leute, die alle schon mit vier Pfund abzogen oder mit acht, interessierte mich nicht weiter, und dann war Howard wieder dran. Als er auf die Bühne kam, brach ein riesiger lauter Beifall los, und ich war sehr stolz. Sie ließen ihn auf so eine Art Podest klettern mit Scheinwerferlicht drauf und einem Netzstrumpfmädchen an jeder Seite, vermutlich, um ihm wieder runterzuhelfen, und die zeigten beide alle Zähne vor, die sie hatten, und noch einiges mehr. Dann machten sie eine ganz große Geschichte daraus, wie sie den Umschlag mit der Sonderfrage brachten, weil es ja darum ging, wie schon gesagt, daß er, wenn er die richtig hätte, nächste Woche dann weitermachen könnte um vierundsechzig, dann hundertfünfundzwanzig, dann zweihundertfünfzig und dann fünfhundert. Also mir klopfte das Herz bis in den Mund, verkrümelt mit der Cornedbeefstulle, während sie auf der Elektroorgel so eine Art Gruselmusik machten und Laddie O'Neill den Umschlag aufriß, kam mir nun schon richtig wie ein alter Freund vor, Laddie, und Laddie sagte:

»Dies ist die Frage, die Sie, wenn Sie richtig antworten, für Das Große Geld nächste Woche qualifiziert. Sind Sie bereit?« Ja doch, alle waren wir bereit. Howard stand da oben im Scheinwerferlicht wie eine Statue im Sonntagsanzug, still wie nur was, aber man konnte sehn, daß er ein bißchen nervös war. Das kam davon, daß sie so eine feierliche Sache draus machten. »Also«, sagte Laddie. »Dies ist die Frage. Hören Sie genau zu.« Und er las die Frage in einem ganz feierlichen Ton vor, als ob dies alles in der Kirche wäre. Er sagte: »Sie werden aufgefordert, zwei Beispiele für Tet . . . Tet . . . Tet . . .«

»Tetralogien?« fragte Howard.

»Tetralogien. Danke. Mein Gebiß sitzt heut nicht richtig«, sagte Laddie, ins Publikum blinzelnd. Dann, wieder ganz ernst, sagte er: »Zwei Beispiele für Tetralogien aus dem Werk moderner Romanautoren. Dreißig Sekunden

Zeit für die Antwort, ab *jetzt.*« Und Howard sagte gleich drauflos und ganz klar:

»Also, da gibt's das sogenannte Alexandria-Quartett von Lawrence Durrell und die Tietjens-Tetralogie von Ford Madox Ford.«

Und, ganz klar, er hatte recht. Aber natürlich mußte er sich's wieder mit Angeberei versauen und noch dazusagen: »In der modernen Lyrik natürlich, da gibt's T. S. Eliot mit seinen *Vier Quartetten*, aber Sie haben gesagt Romane, nicht?« Aber als er das sagte, wurde schon geklatscht. Hatte nicht begriffen, der Dussel, daß sie's ihm von jetzt an wirklich schwermachen würden. Von jetzt an würden sie ihm die gemeinsten Fragen geben, die all die Professoren an den Universitäten und wo noch sich aus dem Bart zupfen konnten. Er hatte sich doch richtig selber reingelegt, Howard, allen Leuten so seine Verachtung zu zeigen mit seiner Angeberei! Aber die Sendung endete damit, daß Howard von seinem Podest runtergeholfen wurde von den beiden blendenden Zahnbleckerinnen mit ihren Fischnetzstrümpfen bis rauf zum Hintern, und die Leute jubelten, und Laddie klatschte und klatschte mit offenem Mund, und die Elektroorgel spielte sowas wie eine Siegeshymne, fast wie der zweite Hochzeitsmarsch. Und ich war sehr stolz.

6

Howard bekam den Zug fünf nach neun von Euston und war in den allerersten Morgenstunden zurück, als ich schon lange im Bett lag und viel zu verschlafen war, um viel zu sagen, außer daß ich ganz stolz war und daß er das nächste Mal nicht so angeben sollte. Darüber war er ganz beleidigt und wollte gleich einen langen Streit anfangen, aber ich sagte ihm, komm schon ins Bett, und er kam auch, aber erst nachdem er mir die zweiunddreißig Pfund gezeigt hatte, die er gewonnen hatte. Ich sagte ihm, die sähen auch nicht anders aus als andere Pfundscheine, und er sollte jetzt ins Bett kommen, und drüber reden könnten wir am Morgen. Also kam er ins Bett, und da wurde's mir ganz schön warm. Wenn es sonst keinen Grund gäbe, zu heiraten, das wäre immerhin einer, daß einen das im Bett so warmhält. Am Morgen waren wir beide ein bißchen müde, aber wir standen auf wie gewöhnlich, frühstückten, und Howard erzählte mir alles – wie es in den Fernsehstudios aussah, wie die Kameras mit kleinen roten Lämpchen dran im ganzen Haus herumfuhren und wie nett sie alle gewesen waren. Und ich sagte: »Paß du nur auf, mein Junge, so hochnäsig und so weiß-ja-alles, wie du gewesen bist!« Und das mit der Angeberei mußte er zugeben, sagte aber, es wäre mehr Nervosität gewesen als sonstwas. Dann gingen wir beide zur Arbeit, und natürlich hatten sie im Supermarkt alle ein bißchen was über gestern abend zu sagen, und die ganz Geriebenen waren mit mir einig (obwohl ich es für mich behielt, daß ich *mit ihnen* einig war), daß Howard angegeben hatte.

Howard wollte unbedingt an diesem Abend ausgehen, mit einem der Wagen aus seinem Geschäft und ein bißchen in Schale, um zur Feier des Tages ein paar von den zweiunddreißig Pfund kleinzumachen, und wir gingen und tranken ein bißchen zuviel beim Essen im *Grünen Mann* draußen bei Willbridge, und das führte auf die eine oder andere Weise dazu, daß Howard seinen Job im Gebrauchtwagenmarkt verlor. Howard war ein guter Fahrer, war beim Militär eine Zeitlang Dienstwagenchauffeur für einen Oberst oder sowas gewesen, aber er gab manchmal ein bißchen an, wie bei der Quizsendung, und er konnte leichtsinnig sein. Und was sollte sein, er fuhr den Bentley, in dem wir saßen, gegen eine Mauer, als wir grad nach Pelham hineinkamen, wenn ich auch sagen muß, daß er überhaupt nicht allein schuld war. Ein anderer Wagen kam im Zickzack aus Pelham herausgezischt mit einem *richtig* Besoffenen am Steuer, und Howard bog scharf ab, um ihm auszuweichen, und korrigierte zu stark oder so, und dann fuhr der Wagen direkt gegen die Mauer, obwohl er fast noch rechtzeitig auf die Bremse getreten war oder so. Die beiden Vorderscheinwerfer waren zersplittert, und die Haube hatte eine große Delle, und dieser Bentley, obwohl es auch nur ein Gebrauchtwagen war wie alle Wagen in Howards Geschäft, war noch ein bißchen neuer als die meisten, soll irgendwie der Augapfel der ganzen Firma gewesen sein, besonders natürlich von Old Watts, Howards Chef. Na, und wie Sie sich denken können, am nächsten Tag gab es ein bißchen Krach im Gebrauchtwagenmarkt, besonders, was alles noch schlimmer machte, weil wir nach dem Trinken und alldem vergessen hatten, den Wecker zu stellen und so beide ein bißchen zu spät aufwachten, ich auch noch mit ekligen Kopfschmerzen. Als Howard mittags nach Hause kam, kam er zu Fuß, nicht in einem der Wagen mit dem Angebotsschild drauf wie gewöhnlich, und er sagte mir, er würde nächste Woche aufhören, und zum Teufel mit dem elenden Old Watts.

»Was ist denn passiert?« fragte ich.

»Ach«, sagte Howard, »als ich reinkam, sagte ich, das täte mir leid, alles, und sie müßten mir eben die Reparaturkosten abziehen und so weiter, aber der Alte wurde ganz ausverschämt. Neid, glaub ich, mehr als sonstwas, weil ich im Fernsehen komme. Jedenfalls, er sagt, er wär überhaupt nicht damit zufrieden, wenn ich's wissen wollte, wie die Dinge gelaufen wären, gab an, wie viele Verkäufe ihm schon geplatzt wären, weil ich zu ehrlich mit den Kunden wäre und immer sagte, sehen Sie sich das an und passen Sie mal da auf und sie könnten's zurückbringen, wenn sie mit dem Kauf nicht zufrieden wären, und eins ins andere, ehe wir recht wußten, wie uns geschah, fauchten wir uns richtig an, und ich, wo mein Kopf noch so ein bißchen schwer ist und mit dem fiesen Geschmack im Mund, ich hab's ihm gegeben. Ich hab ihm gesagt, was er mit seinem verdammten schäbigen Laden machen kann und mit seinen Betrügereien und Unehrlichkeiten, und er hat gesagt, was ich denn dächte, wer ich bin, und was gingen einen Arbeiter wie mich denn die Bücher an, und wie ich dazu käme, schlaue Fragen im Fernsehen zu beantworten. Da hab ich ihm gesagt, daß er eine ordinäre alte Sau ist, mit nichts im Kopf, als wie er Geld zusammengaunern und sich vielleicht noch in dunklen Gassen an kleine Mädchen ranpirschen kann, stimmt nämlich, und er hat gesagt, er würde mich wegen Verleumdung und Beleidigung drankriegen, und was weiß ich. Dann haben wir uns irgendwie wieder so 'n bißchen beruhigt, hat ja wohl gewußt, daß ich was Wahres gesagt hatte, und mir hat er ja auch wieder ein bißchen leid getan, die häßliche alte Sau; also haben wir ausgemacht, daß ich noch bis Ende der Woche arbeite, und dann hole ich meine Papiere ab, und dann hat sich's mit dem Gebrauchtwagenmarkt, jedenfalls was mich angeht.«

»Na, und was willst du nun machen?« fragte ich.

»Ist nicht so eilig«, sagte Howard in seiner ganz ruhigen Art. »Das Quiz nächste Woche und übernächste will vorbereitet sein. Ich könnte die Zeit gut gebrauchen. Manche

Fragen, die sie mir gestellt haben, waren ganz schön schwer.«

»Kann doch sein, daß du nicht mal die erste Stufe fürs Große Geld durchstehst«, sagte ich. »Nächste Woche bist du vielleicht schon draußen und hast nichts mehr davon auf der Hand als zweiunddreißig Pfund. Und die auch nicht mehr ganz«, sagte ich, »nach gestern abend.«

»Ich hab so ein Gefühl«, sagte Howard und schlug seinen prophetischen Ton an, »daß wir keine Sorgen mehr haben werden. Daß ich dies Häufchen da gewinne und noch mehr. Wenn du willst, kannst du deinen Job beim Supermarkt gleich aufgeben. Wir beide werden es nicht mehr nötig haben, zu arbeiten.«

»Bist du irre?« sagte ich. »Auch wenn du die tausend holst, denkst du denn, die reichen ewig? Und außerdem«, sagte ich, »ich bin mir gar nicht so sicher, daß ich meinen Job aufgeben möchte. Mir gefällt es da, komm unter Leute und kann ein bißchen schwätzen, und ich müßte doch sowieso hin, nicht, zum Einkaufen. Bringt ein bißchen Leben für mich, ein Stück von der Welt draußen«, sagte ich.

»So«, sagte Howard, »bloß mit mir wärst du nicht zufrieden, bloß wir zwei zusammen?« Er schaute ganz hündisch drein, als er das sagte, so um Liebe bettelnd. Und ich sagte:

»Ach, natürlich. Aber wir müssen doch am Ball bleiben, nicht? Ich meine, die Welt dreht sich doch weiter, oder?« Kam mir so ganz komisch vor, alles. Howard schien so viele Interessen zu haben, aber eigentlich war es bloß sein fotografisches Gehirn. Tatsächlich, er wollte bloß bei mir sein, hatte die Wahrheit gesprochen im Fernsehen, als er sagte, ich wäre sein einziges Hobby. Er ging nie zum Fußball oder zum Boxen oder auf die neue Kegelbahn wie andere Männer oder auch nur mal allein in die Kneipe, wollte immer mit mir zusammen sein. Sicher, das war ganz schmeichelhaft und freute mich, wie es jede Frau freuen müßte, aber so einen wie Howard hatte ich vorher noch nie gekannt, und es war schon ein bißchen beängstigend. Manchmal schaute er mich so an, Liebe in den Augen, und es war sowas wie ein großes glimmendes Feuer. Aber dann, bei diesem erbärmlichen Regenwetter, dachte ich mir, wie hübsch das wäre, wenn wir die ganze Zeit zusammen sein könnten, die Tür zugesperrt mit zwei tüchtigen Feuern in beiden Zimmern unten, wie zu Weihnachten, und draußen müßten alle Leute zur Arbeit, während wir uns die MUSIK ZUR ARBEIT anhörten und hinterher Mrs. Tales Tagebuch, während die Schneegraupeln gegen die Fenster peitschten, und drinnen alles warm und gemütlich. Aber an die andere Seite im Leben mußte man auch denken: unter Leuten sein, ein paar Worte reden, Schaufenster ankucken und das Gekicher bei der Arbeit mitten im Gewühl der Kundinnen mit ihren Drahtkörben. Alles im Leben hat zwei Seiten, und ich kann Ihnen nur raten, vergessen Sie's nie.

Die Woche darauf war ganz eigenartig; ich ging zur Arbeit, und Howard blieb zu Haus. Ich kann's nicht leugnen, daß ich so ein leichteres Leben hatte, denn so war's. Howard konnte kochen, nach rauher Männerart, aber das Essen war jedenfalls immer heiß, und nie war etwas nicht richtig gar – ganz im Gegenteil, die Würste waren fast schwarz –, und auch beim Abwaschen war er sehr penibel. Den Staubsauger gebrauchte er sehr gründlich und wütete gegen Spinnweben und Staub allgemein. Aber ich hätte fast schreien mögen, wie er mich an der Tür begrüßte, sobald er mich aufschließen hörte, Howard mit einer von meinen Rüschenschürzen an und die Küche voller Qualm, wenn er etwas gebraten hatte, was er normalerweise tat. Und Howard war immer sehr lieb und dankbar, wenn ich heimkam. Und dann wurde es Donnerstag, und es war Zeit, daß Howard nach London fuhr, um sich an den Teil des Quiz zu machen, der das Große Geld bringen sollte, und immer noch war er sehr zuversichtlich und wollte es aller Welt zeigen, daß er ein bißchen zu gut war, um Gebrauchtwagen zu verkaufen.

Also da saß ich wieder abends vor dem Fernseher, mit meinem schwarzen Kaminkleid an. Ein paar leckere Brote hatte ich mir im voraus gemacht, und ich hatte eine Flasche britischen Sherry da, doch mit alldem wollte ich warten, bis ich nicht mehr so nervös war und mir nicht alles gleich wieder hochkam. Außerdem hatte ich die Haustür abgeschlossen und wollte so tun, als ob niemand da wäre, wenn jemand klopfen sollte. (Von den Nachbarn könnte jemand kommen und sagen: »Herzchen, unsre Röhre ist hin, und nun können wir doch deinen Männe nicht versäumen, nicht? Da sind wir losgegangen, um ihn bei dir anzusehn.« In Wirklichkeit hofften sie natürlich, daß er reinfallen würde, und wär das nicht nett, wenn sie sich dann ein bißchen an meiner Enttäuschung weiden könnten – wäre doch nur natürlich.)

Jedenfalls, mir wär fast das Herz rausgesprungen, als die Worte NOCH UND NOCH auf dem Schirm erschienen. Es gab Störungen, wenn Wagen vorbeifuhren, so daß das Bild verschneit war, und ein lautes, schmorendes Geräusch kam, und ich fluchte, genau wie Howard auch geflucht hätte. Aber nach einem Weilchen war alles klar, und die Leute, die in der ersten Hälfte der Show drankamen, waren der übliche Haufen Dummköpfe, bis auf einen Bankangestellten, der ganz schön über Modern Jazz Bescheid wußte und ums Große Geld hätte weitermachen können. Aber die Regel war, daß niemand damit drankam, solange noch jemand anders dran war, und das war in diesem Fall Howard. Dann kamen die Reklamen, und ich aß ein paar Brote und spülte sie mit britischem Sherry hinunter, und als ich Howard in der zweiten Hälfte der Show auf den

Bildschirm kommen sah, war ich doch ganz ruhig. Howard sah sehr zuversichtlich aus und bedankte sich für den lauten Beifall mit sowas wie einer würdevollen Verbeugung. Dann steckten sie ihn in eine große Kabine mit Glastür, und er setzte die Kopfhörer auf, und die große Uhr stand bereit, loszuticken. Und dann verlangte Laddie O'Neill, nun wirklich schon sowas wie ein sehr alter Freund, die Fragen für das Große Geld, und die Brünette, diese Woche in fleischfarbenem Trikot, brachte sie an und griente übers ganze Gesicht. Laddie sagte sehr feierlich:

»Und nun haben wir hier die Vierundsechzig-Pfund-Frage.« Er hüstelte sich die Kehle frei, und man konnte fast hören, wie die Leute atmeten, schnell und nervös, aber sonst hörte man kein anderes Geräusch, als er sagte: »Bitte nennen Sie vier Bücher mit dem Wort ›golden‹ im Titel, mitsamt den Namen der Autoren. Haben Sie verstanden?« Howard sagte ja. »Na dann«, sagte Laddie. »Dreißig Sekunden Zeit ab – *jetzt.*« Und Howard sagte:

»*Der goldene Esel* von Lucius Apuleius. *Der goldene Zweig* von Sir James Frazer. *Die goldene Schale* von Henry James. Und. Und. Und.« Es war gräßlich, wie Howard verzweifelt überlegte, während die Uhr tickte. »Und«, sagte Howard, »*Die goldene Legende* von Longfellow.«

Natürlich klatschten alle wie verrückt, und da fing Howard noch mal an und sagte: »Oder *Das goldene Zeitalter* von Kenneth Graham. Oder *Der goldene Pfeil* von Mary Webb. Oder *Der goldene Cheroneser* von . . .« Aber sie brachten ihn zum Schweigen, und Laddie fragte ihn, ob er zur Hundertfünfundzwanzig-Pfund-Frage weitergehen wollte. Howard wollte. Diesmal bekam er gesagt, er müßte dreißig Sekunden *warten*, ehe er die Antwort gab. Laddie O'Neill sagte:

»Ich nenne Ihnen jetzt die richtigen Namen einiger Autoren. Sie sollen mir für hundertfünfundzwanzig Pfund ihre Pseudonyme oder Schriftstellernamen sagen. Klar?« Klar. Dann spulte er die Namen runter, und, ehrlich, mir sagten sie nichts. Es waren fünf, und Laddie sagte die ganze Liste zweimal auf, und Howard mußte diese Namen die dreißig Sekunden, während er wartete, im Kopf behalten. Diese dreißig Sekunden waren wie eine Ewigkeit, und es wurde auch nicht leichter dadurch, daß die Elektroorgel so eine Gespenstermusik machte, und dabei sollte Howard sich die Antworten überlegen. Aber dann kam er damit raus, vergnügt und zuversichtlich wie nur was:

»Armandine Aurore Lucine Dupin war als George Sand bekannt. Mary Ann Cross war George Eliot. Charles Lamb nannte sich Elia. Eric Blair schrieb als George Orwell. Und den fünften hab ich vergessen. O je, o je.« Das war ein furchtbarer Moment, denn er durfte den Namen nicht noch mal wiederholt bekommen, was mir sehr unfair vorkam. Aber als ich mich eben auf den Teppich übergeben wollte, da erinnerte er sich und sagte: »Ah ja«, und nun kam es mir so vor, als ob er nur so getan hatte, als hätte er ihn vergessen, »Samuel Clemens nannte sich Mark Twain.«

Also wieder so ein Applaus, und dann kam die Zweihundertfünfzig-Pfund-Frage, und es hatte keinen Zweck, daß ich mich jetzt schon wie ein nasser Lappen fühlte, denn dann stand noch die Fünfhundertpfundfrage bevor, und das würde dann reichen für diese Woche. Jedenfalls, da kam die nächste Frage, und sie hätte ebensogut griechisch sein können, so viel verstand ich davon:

»Diese Frage hat drei Teile. In welchen Romanen kommen die folgenden Personen vor? Erstens Glossin.«

»Scotts *Guy Mannering*«, sagte Howard.

»Imlac.«

»Dr. Johnsons *Rasselas*«, sagte Howard.

»Densil Ravenshoe.« Und schon daran, wie er den Namen aussprach, konnte man sehen, daß es sehr schwer war. Aber Howard sagte:

»Ist leicht. Aus einem Roman gleichen Namens, *Ravenshoe* von Henry Kingsley.«

Ehrlich, und Sie sehen's ja selbst, Howard war wirklich enorm. Und nur ich und noch ein paar Leute, aber bestimmt niemand in diesem Fernsehstudio, wußten, daß das alles nur davon kam, daß der arme Howard so ein fotografisches Gehirn hatte. Na, und als der Beifall verrauscht war und Howard gefragt wurde, ob er die Fünfhundert-Pfund-Frage machen wollte, und ja sagte, da bekam man so einen Eindruck, als ob sie jetzt ihre Äxte schliffen. Und dann kamen diese zwei Mädchen an und zeigten keine Beine mehr, sondern trugen Röcke, als ob dies jetzt eine zu feierliche Sache wäre zum Beinezeigen. Sie hatten überhaupt nichts zu tun, sondern standen bloß an beiden Seiten der Kabine, in der Howard sowas wie eingesperrt war, sozusagen als Verzierung, und jetzt grienten sie nicht mehr, sondern waren todernst. Und dann kriegte Laddie O'Neill die Fünfhundertpfundfrage in die Hände, und er hüstelte, und man konnte sehen, jetzt würde was Hundsgemeines kommen. Aber alles oder nichts, und mir wäre es lieber gewesen, wenn Howard jetzt verlor, als daß er feige gewesen und bloß mit den zweihundertfünfzig abgezogen wäre. Und wenn er die schaffte, dann sollte er auch noch bis zum Ende weitermachen. Und da kam sie. »Über welches Gedicht«, sagte Laddie, »welches königlichen Autors hat Sir W. A. Craigie ausführlich in den *Essays and Studies by Members of the English Association*, Band vierundzwanzig, geschrieben?«

»Fangfrage«, sagte Howard, »wirklich. Das einzige bedeutende Gedicht, das jemand Königliches geschrieben hat, ist *The King's Quair* von James I. von Schottland, geschrieben vierzehnhundertdreiundzwanzig und vierzehnhundertvierundzwanzig, während er als Gefangener in England war und etwa um die Zeit seiner Heirat mit . . .« Aber weiter konnte man von Howard nichts mehr hören, denn Laddie O'Neill machte einen Luftsprung und sagte, es sei richtig, richtig, und das Publikum johlte, und dann war die Sendung vorbei, und ich hatte noch eine Woche Nervenflattern vor mir bis zur Tausendpfundfrage, denn ich wußte genau, daß Howard die fünfhundert nicht nehmen, sondern bis zum Ende weitermachen würde, und ich bewunderte ihn deswegen und liebte ihn, spürte aber auch ein bißchen Angst, ich wußte nicht recht, warum.

7

Sie können sich's denken, Howard war jetzt in ganz Bradcaster berühmt, und auf der Straße zeigten die Leute nach ihm. Aber mir wollte es so vorkommen, als ob sie das nicht auf die nette Art machten, so wie wenn er ein Popsänger gewesen wäre, sondern so auf eine gemischte Art, halb bewundernd, halb hämisch, wenn Sie sich das vorstellen können, so als ob es für einen erwachsenen Mann doch was ganz Faules wäre, seine Zeit mit Bücherlesen zu vertun, auch wenn er damit vielleicht mal tausend Pfund gewinnen konnte, so als ob das irgendwie unmännlich wäre. Sind schon komisch, die Leute. Wenn einer zum Beispiel Professor ist, denken sie immer, der müßte häßlich und unsauber sein, glatzköpfig und zerstreut, und dabei gibt's doch keinen Grund, warum das stimmen sollte. Eines Abends unter der Woche gingen wir ins Waldhorn, eine Kneipe in der Innenstadt, um einen zu trinken, und ein paar Bengels in der Kneipe erkannten Howard und fingen an, Bemerkungen zu machen. Sie waren eigentlich mehr blöd als beleidigend, denn die Bengels waren noch sehr jung, so mit Lederjacken und engen Hosen, und ein schönes Geld mußten sie auch schon verdienen, konnte man an ihren Getränken sehn, Babycham und Pony und lauter so Sachen, von denen ich immer gedacht hatte, das wäre mehr was für Frauen. Jedenfalls, sie blödelten sich was vor und erzählten was von der nächsten Frage für »hondertondvorzick Pfond« wie mit 'ner heißen Kartoffel im Maul. Aber Howard grinste bloß, waren ja nur dumme Jungen.

In gewisser Weise war es doch schade, daß Howard seine Stelle im Gebrauchtwagenmarkt los war, denn allerhand Leute fingen an zu reden, wieso er sie aufgegeben hätte und daß er sich dafür nun zu fein wäre und Hochmut kommt vor den Fall, und man konnte sehn, wie manche nur so drauf brannten, daß Howard bei der Tausendpfundfrage reinfiel. Ich wußte über alles Bescheid, denn ich arbeitete ja im Supermarkt Hastings Road und hörte, was die Leute am Brotregal und bei den Waschpulvern und so weiter redeten, und die meisten wußten nicht, wer ich war. Und manche waren rotzfrech und sagten's mir ins Gesicht, daß Howard einen schweren Fehler gemacht hätte, als er seine Stelle aufgab, und was man hat, das hat man, und ein Spatz in der Hand ist besser als 'ne Taube auf dem Dach – und lauter so Sachen. Ich versuchte natürlich, mich zu beherrschen, aber es war nicht leicht, besonders als ein paar von den andern Mädchen im Supermarkt ihre Späßchen über mich machten, weil ich noch arbeiten ging, während Howard zu Hause im Feuer stocherte, und die eine, Edna Simons, nannte mich »gnädige Frau«. War eine Unverschämtheit, so richtig sarkastisch, und ich ging ganz schön auf sie los und hätte ihr das Gesicht zerkratzt, wenn sie den Energieaufwand wert gewesen wäre, aber ich ließ es damit genug sein, daß ich ihr die Säule Büchsen mit Sonderangebotspfirsichen in Sirup umschmiß, die sie gerade aufgebaut hatte, und dann fing sie an, rumzuschreien wie eine ganz ordinäre Person. Der ganze Supermarkt schien an dem Tag auf mich sauer zu sein, und als ich zu Mittag nach Hause kam und sah, wie Howard alles hübsch saubergemacht hatte, wie das Feuer bullerte und was er so für ein Mixed Grill gemacht hatte, mit Würsten, Eiern, Speck und ein paar aufgebratenen Kartoffeln von gestern, alles dampfend heiß, wenn auch ein bißchen verbrannt, da war mir wirklich danach, zu tun, was Howard gesagt hatte und den Supermarkt Supermarkt sein zu lassen und die Haustür abzuschließen, und dann hätten wir den ganzen Nachmittag am Feuer für uns, und sollte die Welt sich ohne uns drehn, wie es in so einem Lied heißt. Aber am Nachmittag ging ich wieder zur Arbeit wie gewöhnlich.

Als ich abends heimkam, tanzte Howard in der ganzen

Wohnung herum und brüllte, er hätte gewonnen, gewonnen. Ich dachte zuerst, bei ihm wär was durchgebrannt, denn das Quiz war ja erst am nächsten Tag (Donnerstag), aber dann erklärte er mir's. Wie schon gesagt, er steckte immer voller Überraschungen, mein Howard, und diesmal hatte er, ohne mir was zu sagen, ein Konto beim Wettbüro George Welbeck (»Welbeck welscht nie«) in der Bahnhofsstraße eröffnet. Das hatte er heute vormittag gemacht, heimlich, und dann hatte er je fünf Pfund für Sieg oder Platz auf ein Pferd mit Namen Caper Spurge gesetzt, weil er sich erinnerte, Caper Spurge mal im Wörterbuch nachgeschlagen zu haben, und da hatte gestanden, es würde dasselbe bedeuten wie Myrtle Spurge, und Howard hatte an meine Schwester Myrtle gedacht und je fünf Pfund Sieg oder Platz auf dieses Pferd gesetzt im Drei-Uhr-Rennen in Doncaster. Und, wie Sie sich ja schon denken können, das Pferd hatte gewonnen bei hundert zu acht, und darum hatte Howard allerhand Grund zur Freude und ich natürlich auch, wenn man's so sah. Irgendwie war das typisch Howard, und doch konnte man sich nicht vorstellen, daß Howard Glück haben könnte. Und obwohl ich mich über seinen Gewinn freute, konnte ich mir doch nicht helfen, mir war ein bißchen flau in der Magengrube. Warum, weiß ich nicht, aber so war's. Immerhin war dies vielleicht ein gutes Omen für morgen abend. Howard sagte, es sei eins, und er war zuversichtlich wie nur was.

Nächsten Morgen, als das *Daily Window* kam, stand was über Howard drin. Das *Daily Window* hatte eine Fernsehecke, wie sie das nannten, so ein bißchen Klatsch über Stars im Fernsehen und ein bißchen was über die Sendungen, die es abends gab. Da stand: »In NOCH UND NOCH wagt sich heute Howard Shirley, entlassener Gebrauchtwagenverkäufer, an die Tausendpfundfrage über Bücher.« (Mir wurde klar, daß Howard zu irgendwem in den Fernsehstudios etwas von seiner Entlassung gesagt haben mußte, was eine Dummheit war.) Mehr stand nicht da, ganz so als ob die eigentlich wichtige Sache wäre, daß Howard entlassen war, und das ärgerte mich irgendwie, und ich spürte keine Lust mehr, an diesem Tag zur Arbeit zu gehn. Das sagte ich Howard, und er sagte:

»Geh nicht zur Arbeit. Komm mit mir nach London. Wenn ich gewonnen habe und die Show ist vorbei, dann gehn wir irgendwo essen und übernachten in einem Hotel.« Kam mir ganz vernünftig vor, und ich dachte, also da im Studio unter dem Studiopublikum wird's mir nicht so leicht schlecht werden, wie wenn ich hier ganz allein zuschaue. Also sagte ich ja. Howard ging zur Telefonzelle an der Ecke und rief im Supermarkt an, hinterließ Nachricht, daß ich an dem Tag nicht käme. Das jedenfalls sagte er mir, als er vom Telefonieren zurückkam. Wirklich und tatsächlich hatte er gesagt, daß ich überhaupt nicht mehr zum Supermarkt kommen würde, aber das erzählte er mir erst später. Ganz seine heimliche Art, wie üblich.

Jedenfalls, es war klar, von nun an begann für uns ein neues Leben, egal was passierte. Wir würden jetzt bestimmt anders werden, als wir gewesen waren, egal was passierte, und es kam mir sehr seltsam und irgendwie auch sehr traurig vor. Ich machte das Frühstück, ein ordentliches, das vorhielt, denn wir hatten eine Reise vor uns, Eier mit Speck für uns beide, und nach dem Frühstück machte ich mich sehr sorgfältig zurecht in meinem Zimtfarbenen und mit frischer Unterwäsche drunter, nicht nur sauberer, sondern neuer, die ich noch nie getragen hatte. Und auch Howard zog lauter frische Sachen an mit sehr blanken braunen Schuhen und seinem besten Anzug. Es war so, als ob wir zur Trauung aufs Standesamt gingen. Ich trug meinen gefärbten Opossummantel und hatte mich sehr sorgfältig geschminkt, und ich glaube, wir müssen ein bildhübsches Paar abgegeben haben, als wir zum Bus gingen. Und als wir zum Bus gingen, da sagte Howard: »Zum Teufel! Wozu machen wir das denn? Ich ruf uns ein Taxi.« Die Bushaltestelle war bloß ein Stückchen hinter der Telefonzelle, und die Idee muß ihm wohl gekommen sein, als er die Telefonzelle sah. Jedenfalls, er schickte mich noch mal nach Hause, um dort zu warten, und dann kam er zurück, und dann fuhr einer von Greenfields Leuten vor und brachte uns zum Bahnhof.

Howard war schon sehr leichtsinnig heut, oder er war seiner Sache übertrieben sicher, denn als wir in die Schalterhalle im Bahnhof London Road kamen, sagte er noch mal: »Zum Teufel!«, und dann nahm er Erster Klasse für uns. Ich war noch nie Erster Klasse gefahren, zumindest hatte ich's noch nie bezahlt; wie wohl jeder hatte ich schon mal Zweiter Klasse gelöst und war Erster eingestiegen, aber nur für ganz kurze Fahrten, wenn der Schaffner nicht durchkam, und auch das nicht sehr oft. Heute war der Zug ganz schön voll mit allerhand Geschäftsleuten, die nach London fuhren, und in dem Abteil, wo wir Platz fanden, saßen vier sehr alte und wohlhabend aussehende Männer und lasen die *Times*, waren aber nicht so eifrig am Lesen, daß sie mich nicht erst mal gründlich taxiert hätten. Es war so ein Geruch im Abteil wie Weihnachten, so nach Portwein und Zigarren, und die Männer hatten lauter Sprenkel und blaue Adern über der Nase, und an den Händen, mit denen sie die Zeitungen hielten, traten die Venen meilenweit vor. Das waren reiche alte Männer, fuhren nach London, um mal zu sehen, wie die Lage an der Börse war, oder um eine Aktienmehrheit zu übernehmen oder irgendsowas. Howard hatte für mich ein sehr schickes Magazin gekauft, *Vogue*, denn die Frauen-Illustrierten für fünf Pennies waren ja hier nicht ganz das Richtige, und sich selbst hatte er eine *Times* gekauft. Da waren also fünf *Timese* in einem Abteil; kam gar nicht in Frage, daß jemand sagte: ›Wenn Sie mit Ihrem *Haus und Garten* fertig sind, geben Sie's mir doch mal rüber, Sie können auch meine *Leckerbissen* dafür lesen.‹ Howard las die *Times*, wie sich's gehört, stirnrunzelnd, und da mußte ich mich dran erinnern, daß Howard ja tatsächlich aufs Gymnasium gegangen war, und wenn auch sein Gehirn wirklich bloß fotografisch war, ein paar Sachen wußte er ja doch, und ein paar Sachen interessierten ihn, über die er mit mir nie redete. Er runzelte sich durch einen Artikel über Strawinski oder wie der Mann hieß, während der Zug aus der dreckigen Stadt raus aufs saubere Land und nach London brauste.

Im Speisewagen Erster Klasse aßen wir sehr nett zu Mittag, trotz des sehr starken Geruchs nach Rosenkohl, der da drin hing. Wir aßen Fleischsuppe, dann Kalbskoteletts mit Kartoffelbrei und Tiefkühlerbsen, dann Kabinettpudding. Wir tranken auch eine halbe Flasche *Médoc*, wie das hieß, und als der Kaffee kam auch noch einen Schnaps. Nachher, wieder im Abteil, war ich ein bißchen schläfrig, und alle hatten ein bißchen sowas wie einen Schwips, nur der arme Lokomotivführer mußte wach bleiben, um uns nach London zu bringen. Einer von den alten Aktienmehrheitsherren im Abteil schnarchte ganz laut. Trotzdem nickte ich ein, und als ich aufwachte, war es dunkel, und Howard sagte, wir kämen jetzt gleich nach Euston. Ich war ein bißchen überrascht, als Howard mir sagte, daß wir noch nicht am Ziel waren. Wir mußten erst nach Charing Cross und von da in den Zug nach irgendsoeinem Vorort außerhalb von London, denn da war diese Sendeanstalt.

Die Sendeanstalt, als wir schließlich hinkamen, war ein mächtig großes Ding, sehr modern, mit einer Menge Autos und Lieferwagen davor. Der Mann an der großen Glastür schien Howard schon zu kennen, und für mich hatte er auch ein nettes Lächeln. Dann führte mich Howard, der sich auskannte, als ob er da arbeitete, durch die Korridore, und zuletzt kamen wir in eine Art Empfangszimmer mit ganz dicken Teppichen und Aschbechern wie großen gläsernen Rädern, und dann brachte man uns Tee. Es war ganz ruhig, und alle Leute waren sehr nett. Bald war es Zeit, daß Howard zum Schminken geholt wurde, und dann fing das alte Herzklopfen wieder an. Aber alle Leute waren sehr nett. Und sehr gut angezogen waren sie auch.

8

Und als ich endlich mit Laddie O'Neill bekanntgemacht wurde, fand ich den auch sehr nett, richtig charmant, und er hatte irgendwas gelutscht, damit sein Atem gut roch. Er hatte eine sehr nette Art. Und die ganze Zeit über rückte die Schicksalsstunde näher und näher, und ich wurde ins Auditorium geführt, wie sie das nannten, und bekam einen Platz in der ersten Reihe. Leute kamen an, wollten unbedingt diese Show sehen, und ich konnte ums Verrecken nicht begreifen, wieso jemand eine lange Reise machen sollte, wie es manche getan hatten, bloß wegen dieser halben Stunde Show, wo sie doch gar kein persönliches Interesse dran hatten. Ich meine, es war schon in Ordnung, wenn man's sich zu Hause ansah, solange man kein persönliches Interesse dran hatte, aber die ganze Reise hierher zu machen, das war doch was anderes. Und eigentlich war es gar keine sehr *interessante* Show, wenn man sich's recht überlegte. Inzwischen kamen immer mehr Leute an, und die Uhrzeiger krochen voran. Oben an der Decke waren Monitorschirme, und wir konnten überall Lichter darauf blitzen sehen, und die Männer an den Kameras fuhren herum und stiegen in die Luft rauf und kamen wieder runter. Ich konnte sehen, daß an alldem schon was Aufregendes dran war, viel aufregender als die Show, abgesehen natürlich von meinem persönlichen usw. usw. Dann kam Laddie O'Neill uns anheizen, erzählte ein paar Witze und bat uns, immer an den richtigen Stellen zu klatschen, und dann warteten wir und konnten auf den Monitorschirmen die Reklamen vor der Show sehen, und dann kam Stille, dann die Buchstaben B.A.A.D., wie Musik gespielt, bedeuteten *British And Affiliated Distribution*, weiß ich, was das heißen soll, dann der Titel der Show, dann klatschten wir alle, während so ein Kerl auf der Elektroorgel spielte, und die Show hatte angefangen. Die Frau rechts neben mir hatte die ganze Zeit so einen pfeifenden Atem und roch nach sehr starkem Pfefferminz. Links neben mir saß ein kleines Mädchen, etwa neun oder zehn, die zu niemand zu gehören schien. Der erste Teil der Show war das Übliche, ziemlich dußlige Leute wurden beklatscht, weil sie wußten, daß zwei mal zwei vier ist, und auch dabei mußte man ihnen noch helfen, und ein alter Mann mußte bejubelt werden, weil er achtundachtzig war und von nichts wußte. Und dann mußten wir uns eine alte Reinemachefrau anhören, voller Cockney-Humor, wie man das nennt, obwohl es mir wie platte Unverschämtheit vorkam. Sie nahm sich zum Spaß die Zähne raus und tanzte einen Röcke-hoch-Mutter-Brown mit dem armen lieben Laddie O'Neill, der so tun mußte, als hätte er einen Spaß dran wie noch nie. Und dann war es Zeit für die Pause mit den Reklamen. Alle Leute im Studio schienen gehört zu haben, daß ich Howards Frau war, und sie lächelten mich so gütig an, als ob ich ihnen sehr leid täte. Eine alte Frau hinter mir stubste mich in den Rücken und sagte: »Sie sollten doch mit ihm da oben sein, sind doch jede Menge Ehepaare da oben gestanden, andauernd.« Aber einer neben ihr, vielleicht ihr Mann, sagte: »Red kein' Stuß, in den Kabinen, da ist doch bloß für einen Platz, und sie würd ja ganz belämmert aussehen, wenn sie da bloß rumsteht und nichts zu tun hat.«

Mir wär wirklich fast schlecht geworden, als die Vorhänge wieder aufgingen, und man sah eine Art schwarzen Vorhang mit £ 1.000 drübergeschrieben. Die zwei Mädchen, Hostessen nannte man sie eigentlich, kamen mit Howard rein, und dann wurde laut geklatscht und gejohlt, aber ich hatte vollauf damit zu tun, den großen Kloß runterzuschlucken, der mir hochkommen wollte, immer wieder ein neuer, wenn ich den einen geschluckt hatte. Die beiden Mädchen waren mir nun vorgestellt worden, bevor die

Show anfing, waren beide sehr nett, doch, und ganz wohlerzogen, war ja alles bloß Theater, was sie da machten, lächeln und Fischnetzstrümpfe tragen, und sie machten's fürs Geld, weil sie sagten, der Schauspielerberuf wäre überlaufen, und sie hätten's schwer, gute Rollen in Stücken zu kriegen. Vicki und Maureen wurden sie genannt. Howard sah hübsch aus wie üblich und sehr zuversichtlich, und er verbeugte sich leicht und grinste ein bißchen, um für den Applaus zu danken. Dann wurde er in die Glaskabine gesteckt, in der innen ein Licht an war, und an der Wand war eine große Uhr. Er mußte seine Kopfhörer aufsetzen, und Laddie sagte: »Können Sie mich gut hören, Howard?«, und Howard sagte ja. Dann brachte Vicki die Tausendpfundfrage in einem Umschlag. Es war ein sehr spannender Moment, als Laddie den Umschlag aufmachte, und wie er bloß das Papier überflog, da konnte man schon an seinem Gesicht sehen, daß die Fragen sehr schwer waren. Dann kamen die üblichen Sprüche über die Zeit zum Antworten und daß die erste Antwort galt, ohne Nachschüsse, und daß Howard gut überlegen sollte, bevor er antwortete. Dann las Laddie die drei Fragen auf einmal vor und fragte Howard, ob er die Fragen verstanden hatte, und Howard sagte ja. Aber mir sagten die Fragen natürlich überhaupt nichts und allen andern Leuten im Publikum auch nicht. Dann fing Laddie also an und fragte jede Frage noch mal einzeln, und die Uhr tickte los, und Howard beantwortete die Fragen genau und sehr deutlich. Sie wundern sich vielleicht, wie es kommt, daß ich die Fragen noch weiß und die Antworten auch, und ob ich mich bloß irgendwie an sie erinnere. Tatsache ist aber, daß Howard ein Blatt mit allen Fragen drauf sozusagen als Andenken bekam, und dies Blatt habe ich aufgehoben. Der arme, arme Howard! Frage Nr. 1 war diese:

»Mittelalterliche Literatur: Wer waren die Verfasser der

folgenden Werke? *Confessio Amantis, Cressidas Testament, Das Gesicht Peters des Pflügers.*« Und Howard antwortete:

»John Gower, Robert Henryson, William Langland.«

War richtig, natürlich, und es gab sehr großen Applaus, aber einen Augenblick kam mir der Gedanke, und es war fast so, als ob es Howards Gedanke wäre und nicht meiner, daß es doch billig und gemein war, bei einer Sache zu klatschen, von der niemand eine Ahnung hatte, daß sich doch niemand im geringsten um diese drei Männer kümmerte, wer sie auch gewesen sein mochten, und daß die drei Männer, die ich richtig vor mir sah, so mit Bärten und sehr altmodischen Kleidern und voll Schmutz, weil sie nicht gebadet hatten, ganz würdevoll tot und still waren und irgendwie all die Leute hier in diesem Studio verachteten. Und ich hatte sie nie gelesen oder auch nur von ihnen gehört, und ich kam mir schlecht und schuldig vor, und das Bild von Mr. Slessor kam mir in den Sinn, unserm Englischlehrer, dem sogenannten, mit seinem Mann, ist ja irre, und seinem Beatnik-Getue, und mir wurde schlecht, und ich hatte eine Wut. Und das alles dauerte vielleicht eine Sekunde. Frage Nr. 2 war diese:

»Elisabethanisches Drama: Wer schrieb *Das Fest der Schuster, Bartholomäusmarkt* und *Neues Rezept, alte Schulden zu zahlen*?« Und Howard sagte:

»Thomas Dekker, Ben Jonson, Philip Massinger.« Und wieder war es richtig, und unter dem lauten Beifall konnte ich wieder so drei andere Männer sehen mit Bärten, stumm und würdevoll, und sie trugen alle kleine goldene Ohrringe und große Krausen um den Hals. Und nun würden wir eigentlich erst sehen, ob Howard es schaffte oder nicht, denn alles kam auf diese letzte Frage an, denn wenn Howard auch nur bei einem Teil davon eine Kleinigkeit falsch machte, dann waren wir das Geld los, und jede Menge

Witze und Gemeinheiten erwarteten uns in Bradcaster. Frage Nr. 3 war diese:

»Moderne Romane: Wer waren die Verfasser der folgenden? *Die Gesandten, Engel und Narren, Die allertraurigste Geschichte.*« Und Howard sagte:

»Henry James, Edward Morgan Forster, Ford Madox Hueffer.« Dann war Totenstille, weil Laddie nicht sagte, wie er's bisher immer gesagt hatte: »Und richtig!« Statt dessen schien er irgendwie über seinem Zettel zu grübeln und ein bißchen zu zittern. »Tut mir entsetzlich leid, Howard, tut mir ehrlich ganz gräßlich leid, denn es ist bloß so ein winziger Fehler, den Sie gemacht haben . . .« Das Publikum machte »Oooch«, sehr laut. »So ein winziger Fehler«, sagte Laddie lauter. »Was ich hier stehen habe, ist nicht Ford Madox Hueffer, sondern Ford Madox Ford.«

»Na gut«, sagte Howard, »Ford Madox Ford.«

»Tut mir ehrlich furchtbar leid, Howard, aber Sie haben keine zweite Chance. Ihre erste Antwort ist die Antwort, die gilt, das hatte ich doch klargemacht, nicht?« Und man konnte sehn, daß der arme Laddie den Tränen nahe war, und ich wäre am liebsten in den Boden versunken, aber ich verließ mich immer noch auf Howard, Howard mußte recht haben, und der Zettel mußte falsch sein. Howard sagte:

»Das ist schon richtig. Er hieß Ford Madox Hueffer, und dann änderte er seinen Namen in Ford Madox Ford. Es ist ein und derselbe, verstehn Sie? Sie können das nachprüfen, wo Sie wollen.« Dann kam so was wie ein Chaos. Man hatte den Eindruck, Leute telefonierten wild herum und andere stöberten wild in dicken Büchern irgendwo in den hinteren Räumen des Studios, und inzwischen spielte der Organist, den ich auch kennengelernt hatte und nicht so nett gefunden hatte, wieder die Gruselmusik auf seiner

Elektroorgel, um die Zeit auszufüllen. Auch im Publikum war die Hölle los, und es wurde herumgestritten, und immerzu klopften mir Leute auf die Schultern und sagten: »Nu, nu, Mädchen.« Aber nicht lange, dann bekam Laddie einen Zettel von Vicki, und er las ihn, und dann strahlte er vor Freude, und dann rief er ganz, ganz laut: »Er hat recht, absolut recht! Er hat vollkommen recht, Beifall!« Dann zerrte er Howard aus der Kabine und riß ihm fast die Hand ab, und die beiden Mädchen küßten ihn, aber ich machte mir nichts draus, und dann, ehe ich wußte, wie mir geschah, wurde ich auf die Bühne geschubst und stand vor den Kameras und küßte Howard selbst und sah mit eigenen Augen den Scheck über tausend Pfund, und es gab lauten Jubel, und dann war die Show vorbei. Howard drückte mich ab und sagte: »Das ist noch gar nichts, Liebling, gar nichts. Das ist bloß der Anfang.« Und dann schleppte man uns hinter die Bühne, um anzustoßen.

9

Wir nahmen einen Zug in die Stadt zurück, und vor dem Bahnhof rief Howard ein Taxi, und wir wurden zu einem der ganz großen Hotels mitten in London gebracht. Es war, als ob die Welt uns zu Füßen lag, wie wir durch den Trubel der Stadt fuhren mit all den Lichtern ringsum, obwohl das Taxi öfter anhalten mußte und in Verkehrsstauungen geriet, aber mir machte es nichts, hatte ja keine Eile, und ich hielt im Taxi Howards Hand, als ob unsere Liebespaarzeit noch mal von vorn anfing. London schien irgendwie einen eigenen Geruch zu haben, ganz anders als Bradcaster, eine Art Großstadtgeruch, aber für uns beide war es an diesem Abend nicht zu groß. Wir kamen zu dem Hotel, das ein großes Riesendings war, mit lauter Lichtern drinnen und Leuten, die kamen und gingen, und die Drehtüren standen überhaupt nie still, und der Dienstmann kam an unser Taxi, uns die Tür aufmachen, und mein Howard verteilte mit beiden Händen Trinkgelder. Dann fiel mir ein, daß wir ja gar kein Gepäck mitgebracht hatten. Das war dumm, und ich mußte ein bißchen lachen, obwohl ich mich auch ein bißchen schämte. Wir waren am Morgen aus dem Haus gegangen, fein angezogen, und hatten einfach nicht dran gedacht, auch nur Zahnbürsten einzupacken. Ich glaube, das war, weil ich mich frei wie ein Vogel fühlte, ich jedenfalls, nachdem ich den Job im Supermarkt aufgegeben hatte, und auch eine Zahnbürste ist schon etwas, das einem das Gefühl gibt, angebunden zu sein. Howard mußte auch lachen, denn er hatte auch nicht dran gedacht, und nun wußten wir nicht, was wir machen sollten, denn alle Läden waren schon zu. Wir konnten ja nicht einfach reingehen und ein Zimmer für die Nacht verlangen, wo wir doch kein Gepäck hatten, wenn auch Howard einmal sagte, warum denn nicht? Der Dienstmann war ein sehr netter großer Mensch mit einer Menge Orden und interessierte sich sehr dafür, worüber Howard und ich redeten und lachten; war so einer vom väterlichen Typ. Er sagte, wenn wir in so einer Lage wären, dann wär das schon ein bißchen unangenehm, weil ja die Leute an der Rezeption immer gleich das Schlimmste befürchten, und das hier wäre ein anständiges Hotel. Dann erklärte ihm Howard, wer er war, und der Dienstmann sagte: »Ihr Gesicht kam mir doch gleich so bekannt vor, Sir. Letzten Donnerstag hab ich krank gemacht, nichts Ernstes, nur meine Malaria aus dem Ersten Krieg, und da hab ich diese Sendung gesehen, und, sag ich, jetzt seh ich doch, daß Sie derselbe Herr sind. Na, stell sich das einer vor, Sir, tausend Nicker gewonnen.« Howard und ich, wir mußten beide lächeln über dies Wort, weil es ein Londoner Wort ist. »Nun, mein Herr«, redete der Dienstmann weiter, »am besten, Sie sagen den Leuten am Schalter, wer Sie sind und daß Sie nicht damit gerechnet haben, über Nacht zu bleiben, und jetzt, wo Sie gewonnen haben, da wollen Sie ein bißchen feiern, und da werden die gar nichts weiter bei finden.« Howard sagte dankeschön und gab dem Dienstmann zehn Shilling, und dann gingen wir hinein und über den dicken burgunderroten Teppich, und überall an den Wänden blitzten die Lichter, und die Halle war voller lauter so reicher Juden mit ihren Frauen, alle sehr gut angezogen, redeten und fuchtelten dabei mit den Händen, und Howard, lächelnd und ganz Charmeur, erklärte der schicken jungen Dame am Schalter, in welcher Lage wir waren. Sie war ein bißchen kühl und höflich, machte »Ah jahhh?« und »Sosoooo?«, aber das Mädchen, das mit ihr hinter dem Schalter war, sah ganz reizend aus, sagte, sie wüßte, wer Howard war, und ob das nicht herrlich wäre, und schon ging alles in Ordnung. Wie Howard mir nachher nicht oft genug sagen konnte, es geht nicht darum, daß irgendwas *falsch* daran wäre, wenn man ohne Gepäck in ein feines Hotel kommt, es geht nur darum, daß man nichts *Billiges* tut. Es wäre ganz einfach gewesen, im voraus zu bezahlen, ist so üblich, wenn man aus irgendeinem Grund kein Gepäck hat, aber Howard wollte nicht, daß jemand auf falsche Gedanken kam, und damit war ich einverstanden.

Jedenfalls, wir gingen rauf in unser Zimmer, und es war ein sehr hübsches Zimmer, wenn auch klein, mit elektrischem Ofen, Radio, einem Frisiertisch mit Neonbeleuchtung und sogar einer Buchse extra für elektrische Rasierapparate. Als wir uns ein bißchen frischgemacht hatten, merkten wir, was für einen Hunger wir hatten, denn in der Aufregung und all dem Drumherum hatten wir das ganz vergessen, und Howard sagte, wir würden nicht im Hotel essen, sondern mit dem Taxi zu so einem großen Restaurant fahren und uns ein richtig splendides Essen gönnen, mit Champagner. Also gingen wir wieder runter, und der Dienstmann tat nichts lieber als uns ein Taxi rufen, und los ging es zu so einem großen Restaurant, den Namen hab ich vergessen. Es war ziemlich voll, aber man dienerte uns zu einem Tisch, und ich mußte aus irgendeinem Grund einen Lachanfall unterdrücken, und als Howard den Wein bestellte, da bereitete er mir wieder mal eine von seinen Überraschungen, aber natürlich, es war ja doch nur wieder mal das alte, ewige fotografische Gehirn. Als der Weinkellner kam, sagte Howard, wir hätten gern eine Flasche Champagner, den Namen hab ich vergessen, ein französischer war's, aber Howard hatte auf dem Gymnasium Französisch gehabt, und er sagte, wir wollten entweder 1953er oder 1955er, aber kein anderes Jahr, weiß ich, was das heißen sollte, wenn mir Howard auch nachher erklärte, daß dies die Jahrgänge der Lese wären, und manche wären gut, manche schlecht, diese beiden aber sehr gut. Ich sagte, von dem Unterschied würde ich doch nichts merken, aber er sagte, darum ginge's nicht, er wäre entschlossen, von allem, was die Welt zu bieten hat, das Beste zu kriegen, für mich und für sich, in der kurzen Zeit, die noch bleiben würde. Das mit der kurzen Zeit, die noch bleiben würde, verstand ich nicht, dachte aber, er wird die H-Bombe meinen oder sowas oder die Polaris-Raketen oder weiß ich, worüber er sich immer grämte. Jedenfalls, der Champagner kam, und Howard sah sich die Flasche an, und natürlich, auf dem Etikett stand 1957. »Den da«, sagte Howard zu dem Weinkellner, »hab ich nicht bestellt. Bestellt hab ich entweder 53er oder 55er. Wenn Sie das beides nicht haben, dann ist mir 52er auch recht, aber diesen 57er wünsche ich nicht, denn siebenundfünfzig war ein miserables Jahr für Champagner, und den will ich nicht. Also bitte!« Der Weinkellner griente recht herablassend und sagte:

»Ich kann Ihnen versichern, Sir, neunzehnhundertsiebenundfünfzig war ein ausgezeichnetes Champagnerjahr. Eines der besten.« Howard lief ganz rot an, und dann sagte er: »Ich kann Ihnen versichern, daß Sie sich irren. Neunzehnhundertsiebenundfünfzig war ein elendes Jahr, eines der allerschlimmsten. Die einzigen Jahre seit Menschengedenken, die fast genauso schlecht waren, waren neunzehnhundertneununddreißig und neunzehnhunderteinundfünfzig, daher nehmen Sie bitte diese Flasche wieder mit, und bringen Sie mir, was ich bestellt habe, und lassen Sie sich nicht zuviel Zeit.«

Da hatte er ihm aber Bescheid gegeben, dem fetten, eingebildeten Fatzke; dachte wohl, wir wären nicht fein genug für seinen miesen alten Laden. Und obwohl Howard gesagt hatte, hier sollte es das beste Essen in ganz London geben, machte meines mir keinen großen Eindruck, ein Stück Ente mit Orangensoße, der Bratensaft ganz kalt und die Orangensoße zu sauer. Ich machte mir überhaupt nicht viel draus, wäre lieber zu Hause gewesen mit gebackenen

Bohnen auf Toast vor dem Kamin, mit der Röhre auf vollen Touren, aber Howard wurde ganz bös und sagte, ich *müßte* das Beste vom Besten kriegen, und er würde schon dafür sorgen, daß ich's bekäme, und wenn's uns beide umbringen sollte. Er grinste, als er das sagte, darum nahm ich ihn nicht allzu ernst. Nach meiner Ente und Howards Tournedos, wie das hieß, aßen wir noch eine Schokoladencreme, die ganz nett war, und dann verlangte Howard Kognak, und der Weinkellner, der ein bißchen geschmollt haben muß, nachdem Howard ihm gezeigt hatte, daß er ihm nichts vormachen konnte, sagte: »Und welchen Jahrgang, Sir?« Da wurde Howard so rot im Gesicht und biß die Zähne so fest aufeinander, daß der Kellner sich nun doch nicht mehr so lustig fand, denn er sagte: »Nur so ein kleiner Scherz, Sir« und rannte los, um Kognak zu holen. Natürlich war ich inzwischen ganz beschickert, denn ich hatte ja allein eine halbe Flasche Champagner getrunken, und mir war sogar ein bißchen nach Liebe. Aber Howard redete noch ein Weilchen ganz ernsthaft, während wir unsern Kaffee und diesen Kognak tranken, über die Pläne, die wir machen könnten. Ich hörte nicht so genau hin und sah mich ein bißchen im Raum um. Da waren ein paar sehr schicke Frauen, aber Schick ist nicht alles, und ich fand nicht, daß eine von ihnen an Reiner Natürlicher Unverdorbener Schönheit, wie man das nennt, an mich ranreichte, und ich fand, daß Howard von den Männern in diesem Raum bei weitem am besten aussah. Howard sagte gerade: »Eine Weltreise vielleicht oder wenigstens ein Monat oder so auf Jamaika oder auf den Bermudas oder irgendwo da, dann wieder nach Bradcaster zurück zum einundzwanzigsten Januar. Das würde doch ganz gut passen.«

»Das ist mein Geburtstag«, sagte ich.

»Ja«, sagte Howard, »deinen Geburtstag feiern wir zu Haus.«

Dann sagte ich: »So weit kommen wir mit den tausend Pfund aber nicht. Und an die Zukunft müssen wir auch denken. Wir haben doch beide jetzt keinen Job. Wir werden anfangen müssen, uns nach was umzusehn. Irgendwie kommt mir das nicht richtig vor, Urlaub machen, wenn man keinen Job hat. Ich meine, Urlaub soll man doch *von* etwas machen, nicht?«

Ich muß laut gesprochen haben nach dem Champagner und dem Kognak, ach, und, hab ich vergessen, ein paar Gin-mit-Wermut vor dem Essen, denn Howard machte »Schhhh«. Also hielt ich den Mund und kicherte bloß noch. Aber Howard sagte:

»Diese tausend Pfund sind doch nur der Anfang. Damit kann man arbeiten. Ich werde, sagen wir mal, hunderttausend draus machen, das sind zehn Prozent von einer Million, und das, würd ich sagen, sollte dann reichen.«

»Ach, Howard«, sagte ich streng, obwohl immer noch kichernd, »du wirst doch nichts Leichtsinniges tun, nein? Du wirst doch das Geld nicht verwetten, nein?«

»Keine Sorge«, sagte Howard und nahm meine Hand, die ein bißchen kalt war, wie er sagte, zwischen seine beiden ganz heißen Hände, heiß von der Hitze im Lokal und auch von dem Essen und Trinken. Aber wenn seine heiß waren, warum waren meine dann kalt? Frauen sind anders als Männer. Das sagte ich laut, ein bißchen zu laut, und kicherte. Howard sagte: »Jetzt werd ich dich ins Hotel zurückbringen.«

»Ins Bett«, sagte ich, immer noch ein bißchen kichernd.

»Ganz richtig«, sagte er, und er hatte so ein helles Glitzern in den Augen, so irgendwie stark und siegessicher. »Ins Bett.« Wie schon gesagt, Howard konnte sehr, sehr lieb sein. Dann bezahlte er die Rechnung und gab dem Weinkellner kein Trinkgeld, und wir zogen ab ins Bett.

10

Wir wachten auf am nächsten Morgen, weil das Telefon klingelte, und als Howard abnahm, war jemand vom *Daily Window* dran, der unten im Foyer wartete und sagte, er würde sich freuen, wenn Howard ein paar Minuten für ein Interview Zeit hätte. Ich nehme an, der Pförtner oder die Mädchen am Rezeptionsschalter hatten sich ein ehrliches Trinkgeld verdient, indem sie dem *Daily Window* Bescheid sagten, und vielleicht machten sie das immer so, wenn Leute in dem Hotel abgestiegen waren, die interessant, berühmt oder irgendsowas waren. Die *ganz* Großen würden's natürlich nie sein in diesem Hotel, denn die steigen immer anderswo ab, wo man fünfzig Pfund pro Tag oder mehr für eine Suite bezahlt, hier waren's nur die kleinen Leute, solche, die bei den Wetten und beim Fernsehquiz gewonnen hatten undsoweiter. Howard war ein bißchen müde und ein bißchen durcheinander, glaub ich, denn er war ganz kleinlaut und sagte: »Na gut, ich komm gleich runter.« Tatsächlich wurde es auch Zeit, daß wir aufstanden, denn es war zehn durch, und wir hatten geschlafen wie zwei Säcke. Howard brauchte zum Anziehen nicht so lange wie ich, und als er fertig war, sagte er: »Ich bin unten im großen Aufenthaltsraum, und ich bestell schon den Kaffee für dich.« War lieb von ihm, immer sehr aufmerksam.

Ich spürte einen scheußlichen ranzigen Geschmack im Mund, und natürlich hatte ich keine Zahnbürste, aber ich rieb mir die Zähne mit etwas Seife ab, und fast wurde mir schlecht, dann spülte ich mir den Mund aus und fühlte mich elend. Aber ich war doch ein tapferes Mädchen und zog mich an und schminkte mich und kämmte mir ordentlich das Haar, nahm den Mantel übern Arm und stieg in den Lift nach unten. Ich war die einzige in dem Lift, der von unserm Stockwerk nach unten fuhr, und der Liftmann war Ausländer und roch auch wie einer, so nach Knoblauch, und er sah mich immerzu an mit dem Großen Verehrerblick, er stöhnte sogar ein bißchen und machte tlick-tlick mit der Zunge, kurz bevor er an einem tieferen Stockwerk anhielt und ein fettes reiches Paar einsteigen ließ. Ich merkte jetzt, daß ich ein bißchen Kopfschmerzen hatte.

Ich kam in den Gesellschaftsraum und sah Howard, wie er mit einem jungen Mann in einem Regenmantel herumstritt, und auf dem Tisch standen zwei silbrige Kannen, Kaffee und heiße Milch, und ich war sehr froh, die zu sehen. Die beiden standen auf, als ich kam, und setzten sich dann wieder hin, und Howard legte sich gegen den jungen Burschen mächtig ins Zeug. Der schien ein ganz netter Junge zu sein, mit welligem schwarzen Haar, das an den Schläfen dünner wurde, und einem irgendwie gequälten Blick. Sah ungesund aus, ich kann nur sagen londonerhaft, sehr blaß und schlaff, als ob er von Wurstbrötchen aus einer Kantine lebte. Ich goß mir Kaffee ein und trank etwas, und gleich ging es mir viel besser. Howard sagte gerade:

»Unsere Maßstäbe sind zum Teufel, und Zeitungen wie Ihre sind schuld. Alles nur Anmacherei! Appellieren einfach an die niedrigsten Instinkte bei den Lesern.«

»Sie eingeschlossen«, sagte der junge Mann.

»Ja«, sagte Howard. »Ich lese sie. Haben Sie was dagegen?«

Der junge Mann lächelte. Man konnte sehen, daß Howard an diesem Morgen ganz durcheinander war und sich selbst widersprach. »Überhaupt nichts«, sagte der junge Mann. »Kann mir nur recht sein. Ist Ihnen schon mal aufgefallen, daß manche Leute sie vielleicht kaufen, weil sie sie hassen? Uns kümmert es nicht, warum man sie kauft. Ich meine, unser Job ist, sie zu verkaufen.«

»Entwürdigung«, sagte Howard. »Des Königsenglisch, meine ich. Voll amerikanischem Getue. So macht man sich ran an die Teenager.«

»Die Teenager haben Geld«, sagte der junge Mann. »Wir geben ihnen, was sie haben wollen.«

»Woher sollen die denn wissen, was sie wollen? Wie soll das einer wissen?« sagte Howard. »Wenn Sie einfach bloß an Sex appellieren und so leichte Musik und Texte, daß man kotzen möchte, und diese Gören in einer Art stupider Ekstase mit den Fingern schnipsen, na dann . . . Was ich meine, ist, Sie gehen so tief herunter, daß doch klar ist, Sie appellieren an die Mehrheit, und die Mehrheit ist meistenteils dumm und genau wie die Tiere.«

»Leben doch inner Demokratie«, sagte der junge Mann. »Sagt man so jedenfalls. Die Leute haben ein Recht, zu kriegen, was sie verlangen. Was meinen Sie denn, was besser wäre? Sollen wir sie alle erziehen und ihnen sagen, was sie tun und was sie denken sollen und so weiter? Wär ja kommunistisch oder faschistisch.«

»Ich hätte gedacht, Sie haben eine Pflicht«, sagte Howard in seiner ganz sturen Art.

»Haben wir«, sagte der junge Mann, »nämlich unsern Lesern zu geben, was sie verlangen, das heißt, wofür sie bezahlen.«

»Ist doch alles Quatsch«, sagte Howard brummelnd. »Mein Gott, wenn ich doch bloß erklären könnte, wie ich's meine.«

»Haben Sie schon erklärt«, sagte der junge Mann. »Nun, was ich eigentlich wissen möchte, was werden Sie mit den tausend Pfund machen, die Sie gewonnen haben?«

»Ich werd versuchen, hunderttausend draus zu machen«, sagte Howard. »Das werd ich versuchen, und das werd ich auch tun.«

»Börse?« fragte der junge Mann.

»Nein, Pferde«, sagte Howard. Ich sagte nichts, und der junge Mann auch nicht. »Am Samstag ist das November-Handicap«, sagte Howard.

»Haben Sie ein bestimmtes System?« fragte der junge Mann.

»Nun«, sagte Howard, »in gewisser Weise schon. Kommt drauf an, wie ich mein fotografisches Gehirn gebrauche, wenn Sie verstehn, was ich meine.«

»Nicht ganz«, sagte der junge Mann. So erklärte ihm Howard, wie sein Gehirn imstande wäre, Fotografien zu machen, und der junge Mann hörte mit einigem Interesse zu, schien mir. Der junge Mann sagte:

»Ich versteh. Das erklärt einiges. Ich dachte erst, Sie hätten Literatur studiert. Jemand, der Bücher liebt. Ich sehe jetzt, so einer sind Sie nicht. Bloß ein Dreh und weiter nichts. Eine Art Trick. Eine Art Mißbildung, ich glaube, so könnte man's nennen.« Es sah so aus, als ob er nun über Howard herfallen wollte, nachdem Howard erst über ihn hergefallen war oder vielmehr über seine Zeitung. Ich goß mir Kaffee nach, und dann waren die Kannen leer, darum lächelte ich einem Kellner zu, und der kam angeschossen und holte neuen Kaffee. Der junge Mann schrieb etwas in sein Notizbuch. Howard sagte:

»Ich weiß, ich weiß, ich weiß«, mit jedem Mal lauter. »Denken Sie, mir wird nicht schlecht bei der ganzen Sache? Ich bin auch ein Teil von der ganzen miesen, stinkenden Gemeinheit. Und gestern abend, als ich diese Fragen beantwortet hab und sie alle richtig hatte, da hatte ich so ein Gefühl, als ob mich wer aus dem Grabe ansah. Alle diese Männer sahen mich an, irgendwie traurig, in sowas wie Trauer und Mitleid. Mit ihren Bärten und ihren alten Kleidern.« Ich hätte beinah die Tasse fallen lassen, als Howard das sagte, denn, natürlich, wie schon erwähnt, so ein Gefühl war ja zur gleichen Zeit auch mir gekommen. Das war Teledingsda, das Gedankenfernsehen könnte man's nennen, wenn zwei sehr eng zusammen sind und zur gleichen Zeit das gleiche denken können. »Was für eine Erniedrigung!« sagte Howard. »In der Schule wurden sie schon erniedrigt, als wir sie durchnehmen mußten; *Die Mühle am Floß*, Boswell in Kurzausgabe und *Heinrich IV, Teil I* waren bei uns Pflichtlektüre, und wir schmierten sie mit schweinischen Zeichnungen voll. Und die Lehrer waren auch nicht besser als wir. Und jetzt werden sie wieder erniedrigt, sind bloß dazu gut, daß einer tausend Pfund mit Ihnen gewinnt. Und von Ihnen auch erniedrigt.« Das kam mir nun unfair vor, denn der junge Mann hatte gar nichts über diese Schriftsteller und Dichter gesagt. Ich bemerkte, daß er einen kleinen Mitesser auf der Oberlippe hatte, und vielleicht hatte er niemanden zu Hause, der drauf achtete, daß er ordentlich aussah, wenn er morgens fortging. Darum sagte ich: »Sind Sie verheiratet?«

»Nein, Madam«, sagte der junge Mann. Und zu Howard sagte er: »Wenn Ihnen das so vorkommt, warum verschenken Sie dann Ihr Geld nicht? Warum geben Sie's nicht einem hungernden jungen Dichter oder so jemand?«

»Ich kenn keinen«, sagte Howard ein bißchen mürrisch.

»Ich kenn mehrere«, sagte der junge Mann.

»Außerdem«, sagte Howard, »habe ich vor, mehr zu geben als bloß Geld. Viel mehr als bloß Geld. Ich werde was zurechtrücken für alle. Warten Sie nur ab.«

Der junge Mann ging bald, sagte, er müßte zum Londoner Flughafen, um irgendwen zu treffen, der grad da ankam, und dann sagte Howard zu mir: »Wir fahren jetzt besser nach Bradcaster zurück. Morgen ist das November-Handicap, und da gibt's noch viel zu tun.« Ich sagte dazu gar nichts, denn Howard würde ja doch seinen Willen haben, aber daß ich Hunger hatte, das sagte ich. Also rief Howard auf dem Bahnhof an und erfuhr, daß um ein Uhr fünf ein Zug ging, und dann gingen wir eine Art Mixed

Grill essen, das für Frühstück und Mittagessen zusammen reichen sollte. Ich aß sehr tüchtig, aber Howard aß nicht viel. Er war tief in Gedanken, mein armer Howard, also störte ich ihn nicht. Aber mit meiner Portion wurde ich fertig, und das war ein kleines Steak, zwei Würste, ein gebratenes Ei und Tomaten und Bratkartoffeln, und von seinen Würsten aß ich auch noch eine. Dann fuhren wir mit der U-Bahn zum Bahnhof, natürlich nachdem die Hotelrechnung bezahlt war, und Howard sah ein bißchen schäbig aus, weil er sich nicht rasiert hatte und sein Hemdkragen den Londoner Schmutz angenommen hatte (London ist wirklich eine dreckige Stadt, viel schlimmer als Bradcaster). Am Bahnhof kaufte Howard Illustrierte für mich – *Womanly, Female* und *Mother and Child*, warum die letzte, weiß ich nicht. Für sich selbst kaufte er allerlei über Pferderennen, die *Winning Post*, die *Racing Times* und ein kleines Buch, das *Copes Rennkalender* hieß. Diesmal stiegen wir in ein Abteil Zweiter Klasse, wie die Idioten, denn Howard hatte zweimal Erster Klasse hin und zurück genommen, nicht bloß einfach. Macht der Gewohnheit, und Howards fotografisches Gehirn schien anderes zu tun zu haben. Wir merkten erst, wie blöd wir waren, als der Schaffner durchkam kurz vor Crewe und unsere Karten sehn wollte, und natürlich mußten wir dann in einen Erster-Klasse-Wagen umziehen, obwohl wir es da, wo wir waren, ganz bequem hatten. Ich meine, wir *mußten* natürlich nicht wirklich, aber andernfalls wäre das Geld doch ganz verschwendet gewesen. Und während der ganzen Zeit, Erster und Zweiter Klasse, ging Howard dieses Buch und seine Zeitschriften durch, machte ab und zu die Augen zu und bewegte die Lippen, als ob er betete, aber es waren nur Pferdenamen, soviel ich wußte, jedenfalls.

11

Als wir wieder zu Hause waren, machte ich uns was zu essen, und Howard machte Feuer an, denn es war hundekalt. Und als wir unsre gebakkenen Bohnen auf Toast gegessen und eine Kanne Tee getrunken hatten, da sagte Howard: »Ich mach mich mal jetzt an die Arbeit. Es kann natürlich sein, daß es schiefgeht, aber es kann auch gelingen. Wenn es nun nicht gelingt, was wirst du dann sagen?«

»Ich sag gar nichts«, sagte ich. »Ich überlaß dir's.« Dafür küßte er mich. Dann machte er so die Augen zu, als ob ihm etwas weh täte, und fing an, Pferdenamen aufzusagen. »Neunzehnhundertsechsunddreißig, Newtown Ford. Neunzehnhundertsiebenunddreißig, Solitaire. Neunzehnhundertachtunddreißig, Pappageno. Neunzehnhundertneununddreißig, Tutor ...« Das waren alles Gewinner des Manchester-Handicap. »Neunzehnhundertvierundfünfzig, ausgefallen. Neunzehnhundertfünfundfünfzig, Tearaway. Neunzehnhundertsechsundfünfzig, Trentham Boy. Neunzehnhundertsiebenundfünfzig, Chief Barker.« Und ich prüfte die Namen in dem Buch nach, und natürlich stimmten sie immer. Woran ich mich immer wieder erinnern mußte, war, daß dies nichts mit Intelligenz zu tun hatte, es war einfach etwas, was bei Howard angeboren war. Der junge Mann vom *Daily Window* hatte gesagt, es wäre eine Mißbildung, und genau das war's. Howard sagte: »Jetzt seh ich mir mal die Pferde von morgen an.« Dann ging er die Liste in der Zeitung durch, und dann kannte er sie schon alle, einfach so, denn gleich darauf konnte er sie aufzählen. Dann sagte er: »Jetzt kommt der schwierige Teil. Was ich mir jetzt vorstellen muß, ist *Copes Rennkalender* vom nächsten Jahr. Was ich jetzt sehn muß, wenn ich die Augen zumache, ist diese Seite hier mit den Gewinnern der verschiedenen Jahre und dem Gewinner dieses Jahres am Ende der Liste.«

»Oh, du bist verrückt«, sagte ich. »Das ist doch vollkommen irre.«

»Alles ist irre«, sagte Howard. »Alles irre und wahnsinnig und hundsgemein. Aber dauert ja nicht mehr lange.« Dann kniff er die Augen fest zu und probierte es mal. »Ist nichts«, sagte er. »Ich kann einfach nichts sehn.« Und er versuchte es den ganzen Abend und konnte nichts sehn. Alles, was er sehn konnte, war der Sieger vom letzten Jahr unten auf der Seite, und er fluchte lange vor sich hin, der arme Spatz, weil man ihn den Sieger dieses Jahres nicht sehn lassen wollte.

»Laß es doch einstweilen mal sein«, sagte ich. »Laß es mal ruhen. Versuch nicht, es herbeizuzwingen. Ein Mann wollte sein Schwein zwingen, und es starb.«

»Wozu wollte er's zwingen?«

»Weiß ich nicht. Hat man immer so gesagt. Komm, schau ein bißchen in die Röhre.« Ich schaltete den Fernseher ein, und wir saßen da und kuckten, Howard ganz finster. Es gab einen alten Film an dem Abend, einen sehr schlechten Film über den Krieg in der Wüste mit Männern, die *Lili Marleen* pfiffen, und Panzern und Panzerabwehrkanonen und Rommel, sehr langweilig und altmodisch. Ich meine, wir haben doch selber Sorgen genug, ohne auch noch an all die Sorgen anderer Leute in der Vergangenheit erinnert zu werden. »El Alamein«, sagte Howard laut, ganz plötzlich. »Das ist's. Das ist der Wink für mich.« Dann schaltete er den Fernseher aus, stolperte zum Lichtschalter und knipste es aus, und er sagte: »Jetzt wollen wir mal sehn«, und dann machte er die Augen zu, damit er noch besser sehn konnte, und dann sagte er: »Ist richtig. Das ist der Sieger.«

»Welches denn?« fragte ich.

»Dalnamein«, brüllte Howard. »Hier kann ich's sehn, so klar wie nur was, schwarz auf weiß, unten auf der Seite.

Dalnamein steht da. Geritten von J. Greenaway. Trainiert von . . .«

»Kümmer dich doch nicht darum«, sagte ich. »Wieviel wirst du darauf setzen?«

Er machte die Augen auf und sah mich an, als ob ich blöd wär.

»Alles«, sagte er. »Die ganzen tausend.«

»Wird dein Buchmacher so viel denn nehmen?«

»Der nimmt's an«, sagte Howard. »Und ob er's nimmt! Er verteilt es für den Fall, daß er verliert. Und natürlich verliert er. Aber das weiß er nicht.« Dann wühlte er im ganzen Zimmer die Zeitungen durch, sah nach den Wetten und was weiß ich. »Außenseiter«, sagte Howard. »So einer ist das.«

»Oh, bitte sei vorsichtig«, sagte ich. Ich bettelte so ein bißchen. Das war denn doch zu verrückt, verrückter, als man's sagen kann, war das. »Setz nicht den ganzen Haufen! Setz die Hälfte, laß uns fünfhundert behalten. Das ist ja ein furchtbares Risiko.«

»Furchtbares Risiko Null«, sagte Howard ein bißchen von oben herab. »Das ist doch eigentlich gar nicht unser Geld. Ich meine, ich hab's eigentlich gar nicht verdient. Ist doch bloß so mein Gehirn. Ja, wenn ich so ein armer alter Professor wäre, ganz in Lumpen, ein Mann, der all diese Bücher gelesen hätte und alles über sie wüßte . . . Aber es war doch bloß mein Gehirn, ohne daß ich wirklich was dazu getan hab. Wenn wir verlieren, verlieren wir eben. Eigentlich haben wir dann gar nichts verloren.« Es war nichts zu machen, der arme Howard, er mußte seinen Willen haben. Er hatte mich von Herzen gern, wie er wieder und wieder gezeigt und bewiesen hat, aber in Dingen, wo er meinte, daß er Bescheid wüßte, da hatte er immer seinen Willen, und so ließ ich's dabei. Letzten Endes konnte ich ja morgen ohne Schwierigkeiten wieder in den Supermarkt gehn, und Howard würde auch schon wieder eine ordentliche Stelle finden, besonders wo er jetzt so bekannt geworden war. Er konnte vielleicht sogar auf der Bühne auftreten als Gedächtniswunder, wie man das nennt. Eigentlich hatten wir gar keinen Grund, uns Sorgen zu machen, aber ich konnte mir nicht helfen, es tat mir doch leid um das schöne Geld, wenn das nun unnütz den Bach runterging.

Am nächsten Morgen ging Howard schon früh aus dem Haus mit seinem besten Mantel an. Er kam erst gegen Mittag wieder, aber als er da war, nickte er irgendwie grimmig und sagte: »Ich hatte doch ein paar Schwierigkeiten, so seltsam es scheint, aber jetzt ist alles klar.« Ich sagte:

»Also hast du alles gesetzt, ja?«

»Jeden Penny.« Und er nickte noch mal. Ja, und an dem Tag gab es Fischstäbchen, fünf für jeden, und ein paar Kartoffelchips hatte ich auch gemacht, aber beide konnten wir nicht viel essen. Einmal machte Howard während des Essens plötzlich die Augen zu und sagte: »Ich *denke*, da steht Dalnamein.«

»Zu spät jetzt«, sagte ich. Und ich machte Tee, sehr starken. Das Rennen war um ein Uhr fünfundfünfzig, und natürlich kam es im Fernsehen, also setzten wir uns gegen ein Uhr dreißig davor, mit rasendem Herzklopfen, und ich fragte: »Wie ist denn deine Quote?«

»Achtundzwanzig zu eins«, sagte Howard. Neunundzwanzigtausend Pfund dachte ich so bei mir. Das war zuviel für Leute wie uns, und ich nahm es jetzt ein bißchen leichter, daß wir nicht gewannen, denn inzwischen war ich sicher, daß Howard das Verkehrte getan hatte, und ihm selber war auch nicht ganz wohl; konnte man daran sehen, wie er an den Zigaretten zog, so richtig gierig, eine nach der andern. Und die ganze Zeit leierte uns die Stimme des Reporters auf der Rennbahn was vor über dies Pferd und das Pferd, und mir kamen sie alle gleich vor. Einen Siebzehn-Inch-Schirm hatten wir, und das Bild eierte weg und verschneite, wenn draußen Wagen vorbeifuhren; war ganz voller Pferde, wiehernd und trottend und was weiß ich, immer hin und her. »Da ist es«, sagte Howard ganz trübsinnig. »Das schwarze Pferdchen da. Das ist Dalnamein. Mein Gott, wenn das bloß richtig war!« Und er fing an, seine Nägel zu kauen, eine Angewohnheit, die ich immer gehaßt habe, darum haute ich ihm die Finger vom Mund weg. Er brummelte irgendwas, und dann waren die Pferde alle unter dem Kommando des Starters, und dann waren sie weg. Der Reporter erzählte uns alles haarklein, mit einer Stimme wie der Pfarrer in der Kirche, nur viel schneller und alles auf einem Ton: »Und er soundso soundso soundso soundso. Und er soundso soundso soundso soundso« mit tiefem Einatmen vor jedem neuen »und«, und er regte sich mächtig auf. Und was sollte sein, New Warrior lag vorn mit Mossy Face, Pandofell, Sunrise und Sabot dahinter und Windyedge eins von den Schlußlichtern, weiß ich, was das heißt. Sieben Achtelmeilen vor dem Ziel ging Bonnie Brae an die Spitze vor New Warrior, Sunrise, Prime Mover und Sabot. Dann kam die letzte Kurve, und Prime Mover bekam einen kleinen Vorsprung, und dann schloß Pandofell auf, und noch zwei Achtel, und Pandofell lag um eine Länge vorn.

»Los, Dalnamein!« schrie Howard ganz plötzlich, und beide hämmerten wir uns mit den Fäusten auf die Knie, und der Reporter wurde jetzt sehr schnell auf seinem einen Ton, und »Los, Dalnamein, du Mistvieh!« schrie Howard. Dalnamein griff an, und Windyedge kam auf, und sie gingen ins letzte Achtel, und Dalnamein war in Führung gegangen und hielt sich, und dichtauf kam Windyedge, und Dalnamein blieb vorn, und dann war das Ziel da, und Dalnamein hatte Windyedge um eine Halslänge, wie man das nennt, geschlagen, und Howard und ich, wir wußten nicht, ob wir in die Luft springen sollten und alle Möbel zusammentreten oder einfach wegdösen, wie betäubt. Was ich schließlich sagte, war: »Ich glaub, ich geh jetzt mal und mach uns eine Tasse Tee.« Und ich ging raus und machte Tee, und Howard schaltete den Apparat aus und saß so davor mit offenem Mund und sah ihm in das große rechteckige, milchige Auge, das jetzt blind war. Als wir den Tee tranken, und Sie können mir's glauben, wir hatten ihn nötig, sagte Howard: »Achtundzwanzigtausend Pfund, das wird's geben. Die Hälfte bring ich erst mal auf die Bank, und mit der andern Hälfte spiel ich vielleicht noch so eine Woche, und mit einem bißchen Glück müßte es dann genug sein für das, was wir vorhaben.«

»Du kriegst doch die tausend zurück«, sagte ich. »Das ist dein Einsatz. Du weißt doch, den kriegst du vom Buchmacher zurück.«

»Oh, ja«, sagte Howard, »ich weiß schon Bescheid, aber das sind die tausend, die ich dafür gekriegt habe, daß es so aussah, als wüßte ich alles über Bücher und solche Sachen, und die werd ich verschenken.«

»Und wem?« fragte ich, denn mich konnte nichts mehr überraschen, was Howard sagte oder tat.

»Ach, ich schick sie dem jungen Kerl vom *Daily Window*. Der hat gesagt, er kennt genug Schriftsteller und Dichter und so Leute, die am Verhungern sind. Das ist das mindeste, was ich tun kann.«

»Sowas machst du mir nicht«, sagte ich ein bißchen giftig. »Der hat nie was über dich in der Zeitung gebracht. Er hat nichts für dich getan.«

»Ist doch nicht für ihn«, sagte Howard. »Ist für irgend so ein' Dichter, der in seiner Dachkammer haust und Gedichte schreibt, die keiner lesen will, und nichts zu beißen hat.«

»Woher willst du denn wissen, ob du ihm trauen kannst, daß er das Geld auch wirklich jemand gibt, der es verdient?«

»Er schien doch ein anständiger, ehrlicher junger Kerl zu sein. Er hat mir seine Karte gegeben, da.« Und Howard nahm eine Karte aus seiner Tasche, mit *Albert Reeves, Daily Window* draufgedruckt. »Ich finde«, sagte Howard, »das ist doch nur fair, oder? Das ist so, wie wenn wir Schulden zurückzahlen bei all diesen toten alten Dichtern und Schriftstellern und solchen Leuten, die wir beide nicht mal gelesen haben. Das ist das mindeste, was ich tun kann. Ich werd mich dann freier fühlen, kannst du das verstehn? Nicht mehr so verpflichtet.«

Es hatte keinen Sinn, daß ich noch irgendwas dazu sagte, und was sollte auch der Streit um die lumpigen tausend Dinger, wo wir doch jetzt so viel Geld hatten, daß wir gar nicht wußten, wohin damit, ich jedenfalls nicht, und Howard sprach schon davon, wie er noch mehr draus machen wollte. Es war am besten für mich, wenn ich das Streiten und Überlegen und Plänemachen sein ließ und mich um unsern Tee kümmerte. Nicht bloß eine Tasse Tee natürlich, sondern mit was Gebratenem dazu, den Fischstäbchen, die mittags übriggeblieben waren, neu aufgewärmt und mit einem Klecks Tomaten-Ketchup drauf. Zum Tee mußte das reichen.

12

In der Woche drauf, wie Sie sich denken können, war ganz schön viel Wirbel; fing an am Sonntag, als wir natürlich Mama und Papa besuchen mußten und ihnen sagten, wir wollten ihnen was schenken, etwas, das sie fürs Haus gebrauchen könnten, und sie meinten, sie hätten gern einen Kühlschrank, und wir sagten, wir würden ihnen einen besorgen. Das war am Vormittag. Am Nachmittag ging Howard zu seiner Tante, er allein, und ich habe keine Ahnung, was er für sie getan hat, aber ich könnte mir vorstellen, daß er ihr einen Scheck gab, keine Ahnung, wieviel, hab ihn nicht gefragt. Ich sah nun doch, welchen Sinn ein Bankkonto hat, denn Howard hatte vor ein, zwei Jahren eines eröffnet, aber bis jetzt hatten wir eigentlich nie was draufgehabt. Ich sagte immer: »Der Lohn kommt rein, und wir geben ihn aus. Und da bezahlst du doch Bankgebühren und was nicht noch alles, und die Bank tut gar nichts für ihr Geld.« Aber er sagte immer: »So macht man's nun mal. Außerdem, und paß auf, was ich dir sage, eines schönen Tages brauchen wir noch eine Bank.« Ich hätte mir natürlich nie träumen lassen, was dann wirklich passierte, aber da hatten wir's nun in Lebensgröße, nur viel schöner, und Howard hatte wie üblich recht gehabt.

Am Sonntagabend kam Myrtle mit ihrem Michael vorbei, und natürlich konnte Howard so gut wie ich sehn, worauf sie aus waren, sosehr Howard auch den Kopf voll hatte mit seinen Rennzeitschriften und den Wetten für die Rennen nächste Woche. Myrtle sagte, wie herrlich das alles sei, und überschlug sich, und natürlich verrieten wir kein Wort davon, was Howard aus den Tausend schon gemacht hatte, ebensowenig wie bei Mama und Papa und bei Howards Tante, obwohl, *denen*, dachten wir, würden wir's später sagen, wenn Howard seinen Plan, wie er das nannte, ausgeführt hätte. Myrtle und Michael waren aber nur die ersten von den Leuten, die normalerweise nicht zu uns kamen und jetzt allmählich kamen, und wir hatten das bald ein bißchen satt, aber Howard sagte: »Das war zu erwarten. Ist die menschliche Natur, so ist die nun mal.« Die Ogdens kamen, Maisie Bowyer, die geschieden war, Jack Braintree, Liz Bamber mit ihrem künftigen Mann und noch so etliche, alle auf die feine Art bettelnd, aber alles, was sie von uns bekamen, waren eine Tasse Tee und ein Ingwer-Biskuit.

Montagvormittag schrieb Howard einen Brief an diesen Burschen vom *Daily Window*, schrieb ihm, daß er einen Verrechnungsscheck über tausend Pfund beilegte; sollte dazu dienen, hungernden Dichtern und dergleichen zu helfen, aber ohne Meldungen irgendwelcher Art an die Öffentlichkeit. Howard sagte, danach sei ihm wohler, und die Geister dieser toten Schriftsteller und Dichter, die er schändlich ausgenützt hätte (so drückte er sich aus), könnten nun in Frieden ruhen. Oh, er war schon ein komischer Knabe, mein Howard, aber man konnte doch irgendwie sehn, worum's ihm ging. Dann machte er sich daran, Geld auf die Pferde bei den nächsten Rennen zu setzen, obwohl er dazu erst einmal Konten eröffnen mußte bei den anderen Buchmachern in der Stadt, denn bei George Welbeck (»Welbeck welscht nie«) würde Howard nach dem November-Handicap natürlich nicht mehr so recht willkommen sein; andererseits, wozu sind die denn im Geschäft, wenn's ihnen nicht paßt, daß ihre Kunden gewinnen? Das jedenfalls ließ mich plötzlich an etwas denken, woran Howard nicht gedacht hatte, und ich sagte zu ihm: »Du hast doch das Geld von Welbeck noch gar nicht gekriegt, und schon schmeißt du mit Tausender-Schecks nur so um dich. Bist du nicht ein bißchen voreilig?« Er zwinkerte mich an und sagte: »Abrechnungstag ist nächsten Samstag. Diesen Scheck hab ich nachdatiert, da.« Ich schüttelte den Kopf, wußte nicht recht, was nachdatiert bedeutet, aber ich ließ Howard machen wie üblich. Wußte doch immer alles am besten, Howard, der arme Kerl. Am Montagvormittag hatte er also noch viel zu tun, er ging zu den anderen Buchmachern in Bradcaster und eröffnete Konten. Und jetzt will ich Ihnen erzählen, auf welche Pferde er setzte und in welchen Rennen und wieviel er alles in allem gewonnen hat, das heißt, soweit ich mich noch erinnern kann. Nach welcher Methode er setzte, das hab ich ihn nie gefragt, aber ich weiß, es war nicht dieselbe wie beim November-Handicap, denn diese kleinen Rennen stehn nicht in Copes Kalender. Er könnte es egal wie gemacht haben, nach allem, was ich weiß, mit Informationen von Eingeweihten oder irgend so ähnlich, denn er war den ganzen Tag fort und kam erst um fünf wieder, und da sah er so irgendwie rosig aus. Wenn er getrunken hatte, dann hab ich jedenfalls keine Ahnung, wo, und er wurde auch bestimmt nie ausfallend, nur noch liebevoller als sonst, wenn das überhaupt möglich war.

Nun, am Montag waren Rennen in Birmingham, und mit dem Ein-Uhr-Rennen fiel Howard rein, hatte Noble Warrior auf Sieg gesetzt, und der lief ein als viertes von vier gestarteten Pferden. Aber im Einuhrdreißiger hatte er auf Cobbity gesetzt, Sieg oder Platz, und die wurde Dritte bei hundert zu neun. Im Zwei-Uhr-Rennen hatte er Ladignac auf Sieg oder Platz, und der stand auf dreiunddreißig zu eins und lief als Zweiter ein. Im Zweiuhrdreißiger hatte er Up the Vale auf Sieg, und der lief als Dritter ein. Aber im Drei-Uhr-Rennen machte Howard sich richtig gut. Er hatte Winter Wanton und Hydrant, Sieg oder Platz (und er hatte viel gesetzt, wieviel genau, hat er mir nie gesagt, aber es muß eine Menge gewesen sein), und Winter Wanton wurde Erster bei sechs zu eins und Hydrant Dritter bei acht zu eins. Es war auch ein sehr großes Feld. Und im

Dreiuhrdreißiger setzte er Eire's Flame auf Sieg oder Platz, und er lief ein als Dritter, geritten von T. Brookshaw. Als er nach Hause kam, fragte ich ihn, was er dächte, wieviel er an dem Tag gewonnen hätte (oder verloren, denn ich wußte nicht, wie hoch die Einsätze waren, und er machte was ganz komisch Betrunkenes. Er hielt sich den Finger an die eine Seite seiner Nase und torkelte ein bißchen. Also machte ich ihm seinen Tee (Nierchen aus der Dose mit Soße und Stampfkartoffeln) und fragte nicht weiter, und er ging schon um halb neun zu Bett und schnarchte ohne Pause.

Am nächsten Tag nun setzte Howard überhaupt nichts, und ich weiß nicht, warum, denn in Birmingham waren große Rennen, soviel wußte ich. Aber er hatte irgendein verrücktes eigenes System. Am Mittwoch waren nur kleinere Rennen in Worcester auf schwerem Geläuf, und Howard setzte Just My Mark für ein Uhr, und er wurde Zweiter bei hundert zu sieben. Im Einuhrdreißiger hatte er den Sieger gesetzt – Lynnmoor, mit der sehr schlechten Quote von fünf zu zwei, aber er sagte, insgesamt hätte er rund sechshundert gesetzt gehabt, alles mitgerechnet, also ein hübscher kleiner Gewinn. Da bekam ich eine Ahnung, wie hoch seine Einsätze waren, aber ich machte mir keine Sorgen, denn die vierzehntausend waren ja sicher verstaut, wenn nicht George Welbeck, der nie welschte, sich entschied, es doch einmal zu tun. Aber dazu war Welbeck ein zu großer Geschäftsmann, und ein großer Buchmacher verliert nie und welscht auch nie, und George Welbecks Motto war tatsächlich schon sein Motto gewesen, als er sein Geschäft ganz klein anfing. Also war das Geld ziemlich sicher; hätten wir uns nie im Leben träumen lassen, daß wir so viel Geld haben würden. Jedenfalls um zwei in Worcester lief Soltown als Letzter ein, und Howard hatte ihn auf Sieg gesetzt. Aber im Zweiuhrdreißiger setzte er den Favoriten, das war Spring Bird, geritten von S. Mellor, und die Quote war fünf zu zwei. Das Glück schien ihm jetzt treu zu bleiben, denn er hatte auch den Sieger um drei Uhr, Wire Warrior, hundert zu neun, und Brooksby Boy lief um drei Uhr dreißig bei zwanzig zu eins als Zweiter ein, und Howard sagte nichts weiter, als daß er einen »Packen« gesetzt hatte.

Am Donnerstag unternahm Howard nichts, um alles, wie er sagte, auf den Freitag und Samstag dieser Woche zu konzentrieren, und am Freitag war Rennen in Sandown. Dargent lief im Ein-Uhr-Rennen als Erster ein bei zwanzig zu eins, und Howard fluchte, weil er nicht genug darauf gesetzt hatte. Dann hatte er keinen Sieg oder Platz mehr bis zwei Uhr dreißig, als Cannobie Lee bei sechs zu eins Dritter wurde, und er fluchte wieder über Flame Gun, Erster bei hundert zu neun, auf den er um ein Haar gesetzt hätte. Aber er hatte keinen echten Grund zu schimpfen oder zu murren, denn er strich einen hübschen kleinen Packen, wie er das nannte, für Silver Dome ein, der bei zwanzig zu eins im Drei-Uhr-Rennen Erster wurde. Am Samstagmorgen kamen Briefe für Howard an, und in allen waren Schecks, und der einzige, den er mir zeigte, war der von George Welbeck, und kaum konnte man seinen Augen trauen. Neunundzwanzigtausend Pfund schwarz auf weiß. Howard sah sich die anderen Schecks an und sagte: »Ganz zufriedenstellend, aber wir sind noch nicht fertig.« Und dann, nachdem er gefrühstückt hatte, ein bißchen spät, denn es war Samstag, zog er seinen besten Mantel an und ging zur Bank.

Er kam erst mittags wieder, und weil ich wußte, an diesem Nachmittag waren große Rennen in Sandown Park, Newcastle und Doncaster, und weil es der letzte Tag war, an dem Howard wetten wollte, hatte ich nicht viel zu essen auf den Tisch gebracht, bloß eine Büchse Lachs mit

Stampfkartoffeln, aber beide bekamen wir nicht viel herunter, genau wie vorigen Samstag, nur nicht so schlimm natürlich. Manche von den Rennen kamen im Fernsehen, aber Howard sagte, er wollte sie nicht sehen, das würde einen zu sehr schlauchen, und ihm würde es genügen, wenn er später die Ergebnisse im Radio hörte. Er sagte, er würde sich jetzt hinlegen und wieder runterkommen, wenn die Sportnachrichten anfingen. Ich weiß nicht warum, aber die kleine Marschmelodie, die sie im Radio immer spielen, bevor die Sportnachrichten kommen, ist für mein Gehör eine der traurigsten kleinen Melodien von der Welt. Fünf Uhr im Winter, das hat irgendsowas Elendes, ich kann's nicht erklären. Aber als Howard runterkam, um die Rennergebnisse zu hören, da war's aus mit dem Elend, kann ich Ihnen sagen. Bei manchen Rennen hatte er ein bißchen verloren, aber für drei Uhr in Sandown hatte er Sabre gesetzt, der als Erster einlief, hundert zu neun. In Newcastle im Medburn-Novices-Hürdenrennen lief Venturesome Warrior als Zweiter ein bei dreizehn zu zwei, und Howard hatte ihn auf Sieg oder Platz gesetzt. Bei den Alnwick-Castle-Hürden hatte er den Sieger, John D, bei zwanzig zu eins, aber dann war's aus mit dem Glück in Newcastle. Aber in Doncaster traf es Howard am besten mit Royal Spray als Sieger um ein Uhr bei hundert zu sieben und Nigarda als Zweiter in den Try-Again-Hürden um drei Uhr, elf zu zwei, und Pendle Pearl, dreiunddreißig zu eins, im gleichen Rennen als Dritte. Und das war's gewesen. »Na ja«, sagte Howard.

»Und wie stehn wir, Schatz?« fragte ich.

»Ich rechne es alles aus, aber erst nach dem Tee.«

»Mit dem Tee dauert es noch ein bißchen«, sagte ich. »Ich hab ein paar Fischfrikadellen gemacht aus dem Büchsenlachs und den Stampfkartoffeln, die übriggeblieben sind, und die muß ich noch braten.«

»Schön«, sagte er. »Dann überschlag ich das jetzt mal grob, solange du den Tee machst.« Also ging ich in die Küche, die Frikadellen braten, dachte richtig an gar nichts mehr richtig, war ein bißchen wie betäubt, was das Geld anging, und konnte es alles gar nicht richtig aufnehmen. Als ich den Tisch deckte, saß Howard in seinem Kaminsessel mit seinem Diplomatenkoffer auf den Knien, rechnete auf einem Zettel seine Gewinne aus. Seine Lippen bewegten sich, und er zog ein bißchen die Stirn kraus, aber ich sagte nichts. Als ich die Frikadellen und die Teekanne hereinbrachte und sagte: »Tee ist fertig, Schatz«, sagte er: »Augenblick noch.« Und ich setzte mich hin und fing an, mir eine Scheibe Brot zu schmieren, und dann goß ich mir etwas OK-Soße auf meine Fischfrikadellen (zwei für jeden), und dann sagte Howard:

»Das macht, aber das ist nur grob gerechnet, also das macht, und vielleicht hab ich ein, zwei Fehler drin, aber das macht mit dem, was ich heut vormittag auf der Bank eingezahlt habe, das macht . . .«

»Nu sag schon«, sagte ich.

»Das macht«, sagte Howard, »knapp unter achtzigtausend. Das heißt nicht ganz achtzigtausend Pfund.« Und er zog die Stirn kraus.

»Oh, Howard«, sagte ich mit offenem Mund, daß man sehen konnte, was ich aß, und ich schaute ihn so an, als ob er was verbrochen hätte, »oh, Howard!«

»Sagen wir neunundsiebzigtausend und ein bißchen«, sagte Howard, »bloß um sicherzugehn.« Er nickte ein Weilchen, die Stirn immer noch kraus. »Ich hab auf rund hunderttausend gerechnet, aber ich denke, das hier könnte auch reichen.«

»Oh, Howard«, sagte ich noch einmal. Was anderes konnte ich anscheinend nicht mehr sagen. Dann sagte ich: »Jetzt komm zum Tee und iß.«

»Wenn du willst«, sagte er, »daß ich's noch bis auf die Hunderttausender-Marke bringe, ganz klar, das wär nicht weiter schwierig.«

»Fordere bloß nicht das Schicksal raus«, sagte ich. »Neunundsiebzigtausend ist furchtbar viel Geld. Sündhaft viel Geld. Was wollen wir denn bloß damit machen?«

»Wir werden's ausgeben«, sagte Howard. Dann setzte er sich an den Tisch. »Diese Fischfrikadellen sehn aber gut aus«, sagte er.

13

Ich denk nicht dran, in allen Einzelheiten zu erzählen, wie wir gestritten haben und Pläne gemacht und Vorschläge und gezankt, und wie wir im Bett wachgelegen sind und dann eingeschlafen, und wie wir uns herumgeworfen haben und gewälzt, daß die Bettwäsche verrutschte, und wie wir immer wieder aufgewacht sind und froren, und was für eine Menge Zigaretten wir geraucht haben, mehr als ich in meinem ganzen Leben je geraucht habe, und die Flaschen, die Howard auf dem Regal hatte – Grand Marnier, Dubonnet, Invalid Port, Spanischen Sherry und dergleichen –, und das tranken wir alles, so daß ich jetzt, wo ich reicher war als je in meinem Leben, auch kränker war als je in meinem Leben. Ich setzte Howard lange zu, daß wir vernünftig sein müßten und ein bißchen von dem Geld für schlechte Zeiten auf die Seite tun, und er sagte, na schön, aber irgendwie aus halbem Herzen und ohne Überzeugung. Er sagte:

»Jedenfalls, nun mal eins. Gibst du zu, daß es eine gute Idee wäre, wenn wir ein bißchen Ferien machen und irgendwo ein bißchen näher an die Sonne rücken als in England, denn das wird ja wohl so ein hundekalter Winter?«

»Nun«, sagte ich, »es geht auf Weihnachten zu, nicht? Das ist doch nicht richtig, wenn wir über Weihnachten Ferien machen, oder? Das hat's doch noch nie gegeben, jedenfalls nicht daß ich's wüßte. Nicht bei Leuten aus unsern Kreisen jedenfalls.« Und ich dachte daran, wie all die Läden erleuchtet sein würden, und an die Kinder mit ihren Luftballons und an den lieblichen kaltwarmen Weihnachtsgeruch, und wir weg von allem! Howard bekam eine Wut und sagte:

»Unsre Kreise? Leute aus unsern Kreisen? Wir sind doch nicht mehr die Kreise wie früher, Mädchen, überhaupt nichts mehr dergleichen. Wir sind jetzt die Geldklasse, wie das heißt, und wir werden uns auch so benehmen, und wenn's das Letzte ist, was wir noch tun.« Dann wurde er ein bißchen freundlicher und sagte, wir könnten doch wunderbar Weihnachten auch woanders feiern als in Bradcaster, wir beide allein, mit den wunderbarsten Geschenken von der Welt und mit Champagner und Tanz unter tropischem Mond und Sternen und schwankenden Palmen in einer würzigen Brise, eine ganz romantische Idee wie in den Filmen damals, als es die Art Filme noch gab und die Leute hingingen, um sie zu sehn. Aber ich sagte:

»Weihnachten ist nichts, wo es warm ist. Das ist dann einfach kein Weihnachten, nicht? Ich meine, das leuchtet doch ein, daß es Weihnachten *kalt* sein muß, oder nicht? Und dann fing Howard mit seinem fotografischen Gehirn an, über die Tagestemperatur in Bethlehem, als Jesus geboren wurde, und ich sei konservativ oder konventionell oder sowas. Dann sagte ich, Weihnachten wär nicht Weihnachten, wenn es nicht kalt wär, und ich sagte's noch mal und noch mal, solange bis Howard fast beinahe ganz nachgab. Zum Schluß entschieden wir uns für eine Reise nach Amerika mit dem Flugzeug, und über Weihnachten würden wir in so einem großen Hotel oder sonstwo in New York bleiben, und dann nach Weihnachten würden wir mit dem Flugzeug oder Schiff oder sonstwie in die Karibik fahren. Howard zeichnete mir eine genaue Karte von Amerika auf ein Blatt Papier mit allen Inseln, frei aus seinem fotografischen Kopf, und er zeigte mir, was mit der Karibik gemeint ist, was ich vorher nie richtig begriffen hatte.

Nun war das alles aber nicht so einfach wie im Kino, wo man bloß den Flughafen anruft und fragt, wann die nächste Maschine nach New York geht, und sie sagen einem: »In dreißig Minuten, Sir, Sie können's grad noch schaffen.« Es machte viel mehr Umstände für Leute aus unsern Kreisen. Zuerst einmal mußten wir Pässe haben, und das dauerte seine Zeit. Dann mußten wir alles mit dem Reisebüro in der High Street abmachen, Jepsons Weltreisen, wo ich schon hundertmal dran vorbeigegangen und noch nie dringewesen war. Es war aufregend, wenn man all die Prospekte sah mit ganz braunen Männern und Frauen, wie sie mit Sonnenbrillen an tropischen Stränden lagen, ganz gelben, und all die Bilder mit Brücken wie aus dem Baukasten und alte Kirchen und Wolkenkratzer. Ich ließ alles Howard machen, und das einzige, was Howard mich machen ließ, war, für mich Kleider kaufen gehn, denn Bradcaster ist ein sehr gutes Einkaufszentrum mit drei großen Warenhäusern, so gut wie nur eines in London und sehr gut für Kleidung. Howard machte es so, daß er mir ein ganzes Scheckbuch gab, das leer war bis auf die Stelle, wo er unterschrieben hatte, und ich brauchte bloß noch den Betrag einzusetzen, den ich in jedem Kaufhaus bezahlte, und dann schickten sie mir, was ich gekauft hatte, sobald der Scheck gecleart war, weiß ich, was das heißen sollte. Na, ich hatte meinen Spaß, können Sie sich denken. Ich kaufte Cocktailkleider und Kostüme und Strandanzüge und Strümpfe und Schuhe und Unterwäsche. Handtaschen auch und drei süße Abendkleider, so ganz bauschig und tief ausgeschnitten. Als ich Howard wieder traf, der auch für sich etwas einkaufen gewesen war, erzählte ich ihm, was ich gekauft hatte und daß sie's alles schicken würden, und er sagte:

»Und wo ist dein Nerzmantel?«

Ich kuckte ihn an, den Mund ein bißchen offen. »Aber das gibt's doch nicht«, sagte ich. »Ein Nerzmantel kostet Tausende und Abertausende. Ein Nerzmantel, das ist nichts für Frauen wie mich.« Howard wurde ganz wild und hätte mir fast auf offener Straße eine runtergehauen und sagte: »Doch, doch, doch. Du kaufst dir jetzt einen Nerzmantel, verstanden? Einen, der Tausende und Abertausende kostet, verstanden?« Und er machte so einen wütenden Tanz auf der Straße, daß die Leute sich nach ihm umdrehten. Also ging ich zu Einstein, dem Pelzgeschäft, und dort bekamen sie den Schock ihres Lebens, als ich sagte, ich wollte einen Nerzmantel, volle Länge, so einen, wie ihn die Königin auch hat. Das scheuchte sie aber hoch, kann ich Ihnen sagen, und sie verschütteten ihren Tee, und eins von den Mädchen warf seine Tasse um. Sie holten sogar einen kleinen Herrn aus dem Lager herauf, einen netten kleinen Juden mit Ringen und mit Kraushaar, soweit er noch nicht kahl war, und der dienerte um mich herum und konnte sich nicht genug tun. Am Ende stellte sich heraus, daß sie keinen da hatten, der gut genug war, und sie würden ihr Haus in London anrufen, und sie würden mit dem größten Vergnügen zu uns in Haus kommen und mich mehrere anprobieren lassen. Dann dienerten sie mich in größter Aufregung aus dem Gebäude hinaus.

An einem Tag nun, als wir gegen vier nachmittags vom Einkaufen nach Hause kamen, wartete ein Mann an der Tür. Wir konnten ihn nicht sehr deutlich sehn, aber er sagte: »Mr. Shirley? Sind Sie Mr. Shirley, der Mäzen der Künste?« Howard wußte nicht so recht, was er davon halten sollte, darum sagte er: »Augenblick mal«, und dann machte er die Vordertür auf. »Um was geht's denn?« fragte er. »Kommen Sie doch lieber rein.« Also, der Mann kam rein, und im Flurlicht konnten wir ihn jetzt deutlich sehn. Er war ein junger Mann mit so einem bittren Gesicht, hatte keinen Mantel an, aber einen dicken Pullover bis rauf zum Hals, darum nehme ich an, ein Hemd hatte er auch nicht drunter. Er war ein dunkelhaariger junger Mann mit dunklen Ringen unter den Augen und so einem schlaffen Mund. Sein Haar war nicht gerade lang, aber vorn hatte er eine lange Strähne, die ihm andauernd in die Augen fiel.

Sein Gesicht war ganz käsig, sah ziemlich schmutzig aus. Aber er hatte ein ganz liebes Lächeln. An hatte er Flanellhosen, die mir für den Winter zu dünn vorkamen und außerdem ganz dreckig und voller Flecken waren, und drekkige Schuhe hatte er auch. »Also«, sagte Howard und führte den jungen Mann ins Wohnzimmer, »weswegen sind Sie denn hergekommen?« Denn Howard dachte, das könnte jemand vom Reisebüro sein oder von irgendeinem Laden.

»Ich wollte Ihnen sagen, daß Sie genau das Richtige mit Ihrem Geld gemacht haben, Mr. Shirley«, sagte der junge Mann. »Ich hab es gestern bekommen. Neunhundert Pfund. Ich verspreche Ihnen, ich werde Sie nicht enttäuschen.«

»Neunhundert?« sagte Howard ratlos. »Ah, ich versteh. Aber«, sagte er wieder ratlos, »geschickt hab ich doch einen Scheck über tausend.«

»Bert Reeves hat hundert für sich behalten«, sagte der junge Mann. »Er hat gesagt, er hätte echte Vermittlerdienste geleistet und würde zehn Prozent Provision nehmen. Ach, übrigens ich heiße Redvers Glass.«

Howard mußte sich den Namen noch etliche Mal wiederholen lassen, ehe er ihn kapiert hatte. War schon ein komischer Name, dachte ich, aber es gab ja keinen richtigen Grund, wieso das kein richtiger Name sein sollte. »Na«, sagte Howard, »es war sehr nett von Ihnen, daß Sie sozusagen persönlich gekommen sind, um sich zu bedanken.«

»Nicht *sozusagen*«, sagte dieser Redvers Glass. »Ich bin's wirklich in eigener Person.« War ein bißchen frech, fand ich, aber Redvers Glass lächelte dabei so nett, daß man's nicht übelnehmen konnte. »Ich schreibe an meiner Lebensgeschichte«, sagte er. »In Versen. Diese neunhundert Pfund werden sich sehr hübsch darin machen.«

»Freut mich sehr«, sagte Howard. »Aber sehn Sie, Sie hätten sich doch nicht bis hierher bemühen müssen, bloß um dankeschön zu sagen. Es hätte doch genügt, wenn Sie 'n Brief geschickt hätten oder so was.«

»Ich dachte«, sagte Redvers Glass, und es war zu blöd, wie wir alle da im Wohnzimmer standen, Howard und ich noch mit den Mänteln an, »ich dachte, ich müßte kommen und tatsächlich mal mit eigenen Augen jemand sehn, der ein Kunstmäzen ist. Und«, sagte er und sah sich um, »in einem Gemeinderatshaus wohnt. Zusammen mit«, sagte er und wandte sich plötzlich zu mir her, »einer sehr charmanten Gattin, natürlich sofern es Ihre Gattin ist.«

»Hören Sie mal«, sagte Howard und wollte schon grob werden.

»Ich meine«, sagte dieser Redvers Glass, »sie könnte ja auch Ihre Schwester sein oder Ihre Verlobte oder irgendsowas.« Dann machte er sowas wie eine Verbeugung und grinste übers ganze Gesicht, und ich mußte ein bißchen kichern.

»Welchen Zug wollen Sie denn nehmen?« sagte Howard. »Ich nehme an, Sie wollen möglichst bald wieder nach London.«

»London?« sagte Redvers Glass, als ob London ein häßliches Laster wäre oder sowas. »O nein, nicht nach London! Wenn es in der Provinz Kunstmäzene gibt, dann gehöre ich dahin, in die Provinz. Wenn Bradcaster Männer wie Sie hervorbringen kann, uneigennützige Spender für die gute Sache, dann ist Bradcaster ein Ort, wie ich ihn schon lange gesucht habe. In London hat mir nie einer geholfen, niemand, nie und nicht einer.« Und er grinste mich schon wieder an. Er mußte etwa im gleichen Alter sein wie Howard.

»Bradcaster ist schon gut«, sagte Howard. »Gegen Bradcaster ist nicht viel zu sagen. Es gibt Schlimmeres als ein Weilchen in Bradcaster zu bleiben.« Er beäugte Redvers Glass die ganze Zeit, so taxierend. »Es gibt ein oder zwei gute Hotels in Bradcaster, das ›Royal‹, das ›George‹, den ›Pendelnden Leuchter‹.«

»Pendelnden was?«

»›Pendelnden Leuchter‹. Und dann noch den ›Weißen Löwen‹, der hat vier Sterne.«

»Leute wie ich wohnen nicht in Hotels«, sagte Redvers Glass, und er machte sowas wie einen Buckel, so als ob er ganz klein und verfroren aussehn wollte. »Leute aus meinen Kreisen nicht. Leute aus Ihren Kreisen, die wohnen vielleicht in Hotels, aber unsereins, nein.« Und er wandte sich zu mir her, schüttelte ganz schnell den Kopf und machte brrrrr mit den Lippen. Darum sagte ich:

»Na, wir könnten alle eine Tasse Tee vertragen. Ist ein hundekalter Tag.« Und ich ging Tee machen. Redvers Glass sagte:

»Sehr starken bitte! Ich trinke ihn gern sehr stark.« Ich sagte:

»Sie trinken ihn so, wie er mir schmeckt. Frechheit!« Aber ich mußte ein bißchen in mich reingrinsen, als ich in die Küche ging. So einen wie diesen Redvers Glass sah man in Bradcaster nicht oft. Dichter und dergleichen sah man nicht oft. Während das Wasser kochte, tat ich ein paar Biskuits auf einen Teller und nahm aus einer Büchse den Walnußkuchen, den ich vor einer Woche gekauft hatte, aber weder Howard noch mir hatte er geschmeckt, und dann machte ich den Tee und brachte alles ins Wohnzimmer. Howard sagte gerade zu diesem Redvers Glass: »Ein verfluchter Schwindler sind Sie, will ich Ihnen mal sagen, und ich hätte verflucht Lust, Sie gleich rauszuwerfen.« Als er mich sah, sagte Howard: »Der sagt, er ist Dichter und Schriftsteller, und wie ich ihn bitte, daß er mir etwas vorträgt, was er geschrieben hat, bloß um zu sehn, ob er wirklich einer ist, da sagt er mir etwas auf, was gar nicht von ihm ist. Ein Stück aus *An seine spröde Geliebte* von Andrew Marvell, sechzehnhunderteinundzwanzig bis achtundsiebzig. Hält uns wohl alle für arme Trottel hier oben.« Redvers Glass grinste und blinzelte mir zu, während Howard über ihn herzog, und dann sagte er:

»Das war bloß, um Sie zu prüfen.«

»Steht Ihnen nicht zu, mich zu prüfen«, brüllte Howard. »Mir steht's zu, Sie zu prüfen, danke bestens!«

»Keineswegs«, sagte Redvers Glass. »Das ist ja ein herrlicher Walnußkuchen. Bitte geben Sie mir ein ganz großes Stück.« Nur zu gern, denn Howard mochte ihn ja überhaupt nicht, und ich war auch nicht scharf drauf. Also stopfte Redvers Glass sich den Mund voller Walnußkuchen und sagte irgendwas wie »mmmhpf, mmmhpf« zu Howard. Dann schluckte er und sagte: »Sie sind einer der ganz wenigen Menschen von allen, die mir je begegnet sind, die meinen kleinen Schwindel durchschaut haben. Wirklich, da kann man sich nur wundern. Jetzt werde ich Ihnen aber *wirklich* was von mir vortragen.« Aber um ihn daran zu hindern, sagte ich: »Nehmen Sie doch noch etwas Walnußkuchen«, und er nahm welchen, ein noch größeres Stück als das erste. Er war sehr hungrig. In der Schule haben sie uns doch nie gezeigt, was man an Gedichten finden kann. Dieser Redvers Glass schien halbverhungert zu sein. Er aß den ganzen Walnußkuchen auf, ohne jede Mühe.

14

Es war gar nicht so leicht, diesen Redvers Glass wieder loszuwerden, allerdings war es ja auch mehr Howard, der ihn loswerden wollte, als ich. Ich hatte schon viel von Dichtern gehört, wenn auch nicht viel in der Schule, und es war richtig ein neues Erlebnis für mich, so einen bei uns im Wohnzimmer zu haben. Er war nicht eben gut angezogen, wie schon gesagt, aber man merkte doch, er hatte sowas an sich, besonders wenn er redete, und er hatte eine nette Stimme, so saftig. Er hörte gar nicht auf zu reden und erzählte uns, wie er mit diesem Reeves vom *Daily Window* in Oxford gewesen war und wie arm Reeves damals gewesen war, und Redvers Glass' Eltern waren sehr reich gewesen, jetzt allerdings hatten sie ihn rausgeschmissen oder irgendwas, weil er ein Dichter war und nicht in die Familienfirma gehn wollte oder so. Jedenfalls am Oxford-College oder an der Oxford-Universität oder wie das heißt hatte Redvers Glass dem Albert Reeves mit Geld ausgeholfen, und Reeves hatte es ihm nie zurückzahlen können, hatte aber immer geschworen, eines Tages würde er's, und das hatte er ja nun getan, gewissermaßen. Das war Redvers Glass' Geschichte. Er aß auch noch die Biskuits auf, ebenso wie den Walnußkuchen, und trank sechs Tassen Tee, die letzte fast reines Wasser. Dann fragte ich ihn, ob er was aus einer von unsern Flaschen zu trinken möchte, denn ich konnte sehn, wie er so durstig zu ihnen hinäugte, und er sagte ja, und ich goß ihm was von diesem Grand Marnier ein, verwechselte ihn mit Sherry, aber er trank ihn, ohne mit der Wimper zu zucken. Dann wollte er noch mehr und wollte anfangen, seine Gedichte vorzutragen, aber Howard sagte: »Sie machen jetzt, daß Sie in die Stadt kommen und ein Hotel für die Nacht finden, und dann entschließen Sie sich, was Sie morgen machen wollen.« Redvers Glass sagte:

»Mit London ist's aus, aus, aus.« Man merkte, es war

der Grand Marnier, der da rauskam. »Die Zukunft einer soliden englischen Kunst liegt in der Provinz. Ja, o ja, hier ist es, wo der Dichter und der Musiker am besten gedeihen werden.« Und noch vieles mehr dergleichen, daß London zu groß wäre und sich um niemand kümmern würde, daß es kein Herz hätte, aber in der Provinz wäre das alles anders. Ich bekam nicht viel mit von dem, was er redete, aber ich konnte mich kaum beherrschen und mußte so heimlich kichern. Jedenfalls Howard schmiß ihn mehr oder weniger raus, und ein Stück weiter konnte man ihn noch auf der Straße singen hören, so ein richtig glücklicher Dichter; war ja auch kein Wunder mit Howards neunhundert Pfund in der Tasche oder auf der Bank oder weiß ich, wo er sie hatte. Dann kicherte ich ganz laut los, und Howard mußte auch grienen. Dann machte ich uns das Abendessen, und weil wir ja jetzt im Geld schwammen, hatte ich eine Büchse russische Krebse gekauft, waren gerade damals sehr teuer wegen einer Krise oder sowas, und wir aßen sie mit Essig und einer Büchse Kartoffelsalat, und ich hatte noch mal Tee gemacht. Und nach dem Essen kuckten wir nicht in den Fernseher. Statt dessen kuckten wir uns Karten und so Sachen an und sprachen darüber, was wir machen wollten, wenn wir erst auf unserer Reise wären, und wir lasen auch ein paar von den Briefen, die an dem Tag gekommen waren, Bettelbriefe von Leuten aus der Stadt, und man konnte sich denken, daß irgendwer gequatscht haben mußte, jemand von der Bank oder von den Wettbüros, aber wir verbrannten alle Briefe, nachdem wir sie gelesen hatten, weil niemand wirklich etwas verdient zu haben schien.

Es war gegen halb elf, als wir ein lautes Klopfen an unsrer Haustür hörten. Natürlich ging Howard hin. Mir gefiel das laute Klopfen nicht, war so, als ob die Lautstärke was Schlimmes zu bedeuten hätte, daß jemand im Sterben lag oder schwer krank war. Ich hörte Stimmen, darum ging ich raus auf den Flur, und an der Tür stand ein Polizist, den wir nicht kannten, so ein großer, pofliger Kerl, sprach sehr ordinär, und dieser Schupo hatte unsern Dichter Redvers Glass im Arm. Redvers Glass war volltrunken, konnte man sehn, und Howard tat das Richtige, er ließ den Polizisten ihn in den Flur reinbringen, denn wir wollten ja nicht, daß Leute vorbeikamen oder Nachbarn, die den Hund ausführten, und dies alles sahen. Also wurde Redvers Glass mehr oder weniger am Kragen reingeschleppt und gegen die Wand gelehnt, und mir war so furchtbar zum Kichern, aber ich machte ein unbewegtes Gesicht. Der Schupo sagte:

»Der hat betrunken und hilflos dargelegen vorm ›Pendeln' Leuchter‹.« Und Redvers Glass fing an zu singen, so besoffen und mit den Augen zu, ein hundsgemeines Lied über die Straße der tausend Manweißschon am Schild des pendelnden Weißmanauchschon. Hätte nichts in den Taschen gehabt »zur I'n'fizierung«, sagte der Schupo, nur Scheckbuch, Haufen Fünfpfundscheine und einen Zettel mit unserer Adresse. Deshalb hätte er ihn hergebracht. Und er kuckte Howard ganz streng an, als ob Howard an allem schuld wäre, war er ja gewissermaßen auch, glaub ich. »Vielleicht 'n Verwandter von Sie«, sagte der Polizist, »redt aber nicht, als opper von hier is.« Howard sagte:

»Warum haben Sie ihn denn nicht in der Zelle ausschlafen lassen? Mit uns hat er nichts zu tun. Ich hab ihm bloß ein bißchen Geld gegeben, weiter nichts.«

»Na«, sagte der Schupo, »da könnsemasehn, wasser mit 'm Geld gemacht hat!« Und er warf noch einen strengen Blick auf Howard und dann einen sowas wie mitleidigen und angewiderten auf Redvers Glass. Redvers Glass stand immer noch gegen die Wand gelehnt, die Augen zu, und brabbelte sowas wie Gedichte. Man konnte bloß ein paar

Worte heraushören, gaben überhaupt keinen Sinn, und dann wurde mir klar, daß Redvers Glass in der gleichen Lage war wie wir an dem Abend in London, hatte kein Gepäck und lief vielleicht von Hotel zu Hotel und bekam gesagt, sei nichts mehr frei, und ging dann sich betrinken. Auf eine Art war das ja eigentlich ganz anständig gewesen, war nicht einfach zu uns zurückgekommen und hatte um ein Bett für die Nacht gebettelt, hatte allein fertigwerden wollen; bißchen schwierig, weil er ja fremd war. Dann fiel Redvers Glass, wie er so noch immer schwankend an der Wand stand, plötzlich in Schlaf, schnarchte ein bißchen. Der Schupo sagte, am besten sollten wir ihn die Nacht bei uns schlafen lassen – er sagte »penn'« –, und dann morgen früh sollte er machen, daß er verschwinde. »So 'n junger Affe«, sagte er. Redvers Glass sagte:

»Das hab ich gehört. Das hab ich gehört, was Sie gesagt haben. Beleidigungen laß ich mir nicht gefallen«, und dann fing er wieder an zu schnarchen.

»Na gut«, sagte Howard. »Bringen wir ihn ins freie Zimmer. Das hätt er nicht machen sollen. Nützt es richtig aus, kann man wohl sagen.« Jedenfalls der Polizist warf sich Redvers Glass so über die Schulter im Feuerwehrlift, wie man das nennt, aber dann sah er, daß unsre Treppe zu eng war, darum nahmen er und Howard jeder ein Ende von Redvers Glass und arbeiteten sich irgendwie die Treppen rauf, und Redvers Glass hingen die Arme auf den Seiten runter, und sein Mund war auf, die Augen zu, und er schnarchte immer weiter. Es war schon sehr drollig, wenn man sich's mal überlegt, und ich hatte mächtig zu kämpfen, damit ich nicht loskicherte. Ich blieb unten und hörte es poltern und rumsen, wie sie ihn in das freie Schlafzimmer schleppten (wo Myrtle damals geschlafen hatte), und dann kam so ein lauter Plumps und Keuchen und sowas, was sich anhörte, wie wenn Howard und der Polizist sich die

Hände abklopften, als ob sie was Nasses nach oben getragen hätten. Man konnte das Flippflapp hören, wie eine Hand gegen die andere schlug. Dann kamen sie runter, und der Schupo sagte noch mal: »So 'n junger Affe!«

»Morgen früh wird er schon wieder bei sich sein«, sagte Howard. »Wir möbeln ihn dann mit schwarzem Kaffee auf und schicken ihn weg. Is 'n Dichter, wissen Sie?«

»Ah«, sagte der Polizist und nickte, als ob das alles erklärte. »Na denn. Vielen Dank, Sie beide«, und er gab uns sehr feierlich die Hand und sagte, er müßte jetzt zurück zur Wache. Grad wie er ging, griente er so ein bißchen, zum erstenmal, und sagte: »Issen Dichter und sehr eigen, 'ne Glatze krichter und will's nicht zeigen.« War so seine Art Humor. Dann ging er los zur Wache.

Als wir schlafen gingen, kurz danach, denn wir hatten einen sehr schweren Tag hinter uns, konnten wir Redvers Glass schnarchen hören; lag auf dem Rücken, davon kommt nämlich das Schnarchen, ebenso wie vom Zuvieltrinken. Aber es war so ein gleichmäßiges Schnarchen, nicht so sprunghaft wie immer bei meinem Papa, und man kann dabei schlafen, ohne daß es allzusehr stört. In diesen Tagen, muß ich vielleicht erwähnen, war Howard nachts viel ruhiger geworden, und es blieb nur noch sehr wenig von diesem Herumgelaufe im Schlaf und dem Lichtanknipsen und auch nur sehr wenig von dem Gerede und Gebrüll. Mit all dem hatte er so ziemlich aufgehört in der Zeit, als er sich auf das Quiz vorbereitete, als ob sein Gehirn nun zuviel zu denken hätte, um sich auch noch mit dem ganzen nächtlichen Rummel abzugeben. Nur dann und wann schrie er plötzlich den Namen irgendeines Buches raus, wie's mir vorkam, oder eines Autors oder ein Datum oder sonstwas, aber nur sehr selten stand er in diesen Nächten auf. Auch ich hatte also mehr Ruhe. Und wenn ich schlafen konnte trotz der Befürchtung, daß Howard mir jeden

Augenblick was ins Ohr brüllte, na, dann konnte ich bestimmt auch schlafen trotz diesem Schnarchen von Redvers Glass nebenan.

Am Morgen, der ganz kalt und trüb war, fast schon Ende November, standen Howard und ich um halb acht auf wie gewöhnlich, und Redvers Glass hörten wir oben immer noch weitersägen, während wir uns wuschen und anzogen, und auch noch, als wir im Wohnzimmer frühstückten, Speck und Tomaten. Wir stellten das Radio an und hörten Musik und die Nachrichten, und das Schnarchen ging immer noch weiter und war deutlich gegen das Radio zu hören, und als die Nachrichten kamen, waren diese Schnarchtöne sowas wie ein Kommentar, und ich konnte mir nicht helfen und mußte ein bißchen kichern. Es ging ein bißchen so:

»Mr. Gaitskell HONCHHH erklärte gestern HONCHHH, er habe die volle Gewißheit, daß die Labour-Partei HONCHHH irgendwas erreichen werde HONCHHH bis zu den nächsten Wahlen HONCHHH.«

Wir tranken zum Frühstück Tee, aber Howard sagte, ich sollte mal lieber einen ganz starken Kaffee machen, und dann sollte dieser Redvers Glass mal lieber wach werden und den Kaffee trinken und sich zu seiner Reise aufrappeln, egal wo er hinwollte. Ich sagte zu Howard, daß Redvers Glass doch gesagt hatte, er wäre entschlossen, hier in Bradcaster zu bleiben, aber Howard sagte, Unsinn, nach London, da würde der hingehören, und dahin sollte er nun wieder zurück. Ganz streng sah er mich über den Rand seiner Zeitung an. Jedenfalls es wurde neun, und dieser Redvers Glass schnarchte immer noch, und HAUSFRAUEN WÜNSCHEN kam, und Mrs. Hoskins wünschte sich den Schäfchen-auf-der-Weide-Cha-cha-cha für ihre Schwiegertochter in St. Helens, und die Schnarcher trafen sich so hübsch mit dem Cha-cha-cha. Ich machte einen sehr starken Kaffee, Geld spielte ja keine Rolle, und Howard sagte, er wollte ihn raufbringen, und das machte er auch. Aber es schien, er hatte einige Mühe, den Dichter Redvers Glass wachzukriegen. »Nun komm' Sie schon hoch, verdammt noch mal«, hörte ich, und dann kam ein »Hä, hä?«, und mir kam alles sehr lustig vor, weiß auch nicht recht, warum. Ich glaube, weil's doch mal was Neues war in meinem Leben. Howard kam mit finsterm Gesicht die Treppe runter, hatte nicht grad viel Sinn für Humor, und sagte: »Ich hab ihn wachgekriegt, das ist schon mal eins. Am besten ist, man läßt ihn da oben allein mit seiner Kanne Kaffee, daß er so nach und nach zu sich kommt. Dann kann er sich mit meinem Apparat rasieren, und dann kann er gehn.« Und er setzte sich hin, wieder ganz streng, um seine Zeitung zu lesen.

Und was dann gewesen ist, darüber bin ich noch ganz durcheinander, als ob ich mich nicht so recht daran erinnern will, und mein Gehirn sagt mir: »Laß doch, Mädchen, mußt dich ja nicht dran erinnern, wenn du nicht willst.« Im Radio gab es immer noch HAUSFRAUEN WÜNSCHEN, daran erinnere ich mich, denn es war noch nicht fünf vor zehn, und da kam eine ganz kurze Kirchensendung über einen Heiligen, der Quentin Hogg hieß oder so ähnlich. Howard legte die Zeitung hin und sagte: »Ich geh jetzt mal rauf und rasier mich und bade, und bis ich fertig bin, ist der vielleicht auch soweit, daß er sich fertig macht und geht.« Und Howard ging nach oben. Das war nun wieder eine Blödheit, die mich störte und wo man dran sah, daß Howards Gehirn eben doch nicht so lief wie bei normalen Menschen, denn wieso hatte er sich vor dem Frühstück gewaschen und richtig angezogen, hätte doch wissen müssen, daß er nach dem Frühstück baden wollte und sich dazu natürlich wieder ausziehn mußte, und wieso hatte er sich dann die Mühe gemacht und sich vor dem Frühstück richtig angezogen?

Vielleicht war's bloß die Macht der Gewohnheit, weil er, wenn er zur Arbeit ging, nur am Wochenende badete, außer im Sommer, aber trotzdem, man sollte meinen, er hätte dran *denken* können. Jedenfalls war er jetzt oben im Bad, nachdem er zuerst bei Redvers Glass reingeschaut hatte, um zu sehn, was der für Fortschritte machte, und an dem Gemurmel konnte man erkennen, daß Redvers Glass nun zwar wach, aber immer noch im Bett war, und dann fiel die Badezimmertür zu, und das Wasser blubberte in die Wanne, und Howard sang so irgendwas. Übrigens kam unser heißes Wasser aus einem Boiler, der schon im Haus gewesen war und wie ihn alle Häuser in unserer Straße hatten.

Ich sagte mir, ich sollte lieber mal raufgehn und die Kaffeekanne mit Tasse und Untertasse holen (kein Zucker und keine Milch), die noch bei Redvers Glass im Zimmer waren, weil ich mit dem übrigen Abwasch fertig war und das Spülwasser nicht verschwenden wollte, das noch im Becken war (Spülfee flüssig, nur ein Spritzer), darum ging ich rauf, und im ganzen Haus hörte man den Lärm, wie Howard badete und sang. Ich kam ins Gästezimmer, so irgendwie ein bißchen erregt, und da lag Redvers Glass im Bett und hatte die Augen auf, und er hatte so ganz blanke. Er hatte ein bißchen einen Bart, und sein Haar war ganz verwuschelt, und er schien nackt zu sein. Als er mich sah, bekam er so ein Fieber in die Augen, und mir klopfte das Herz wie wild. »Schnell«, sagte er, »schnell« und streckte so die Arme aus, fast bettelnd, und dann, ehe ich wußte, wie mir geschah, war ich irgendwie auf dem Bett, und er zerrte an mir rum, ganz aufgeregt, so irgendwie stöhnend, »o Gott, o Gott«. Sein Bart war sehr kratzig, und als er seinen Mund auf meinen drückte, da dachte ich, ich würde all die Biere und Schnäpse mit abkriegen, die er gestern abend getrunken hatte, aber sein Atem roch ganz mild, nur ein bißchen nach Kaffee, und das machte so einen etwas bitteren Geschmack. »Komm«, stöhnte er, »komm ins Bett, bloß 'n Moment.«

Es war keine Zeit, und das sagte ich ihm. Howard saß im Bad, und ich konnte das Wasser platschen und schwappen hören, wie er sich darin bewegte, dann wie er den Hahn wieder aufdrehte und heißes Wasser nachlaufen ließ, und er sang ein Lied, sehr unmelodisch, so ein altes, aus dem jemand eine Platte gemacht hatte, die bei den Teenagern sehr beliebt war, weil sie dachten, das wär was ganz Neues:

»Ob ich wache, ob ich schlafe, es ist einerlei,
Ob ich wache, ob ich schlafe, ich ruf dich herbei,
Schenk mir dein Mund,
Schenk mir dein Herze auch.«

Es war ziemlich gräßlich, wie Howard das sang. Oh, Howard war ganz lieb im Bett, aber immer sehr fein, und irgendwas in mir sträubte sich gegen diese feine Art. Und der Dichter Redvers Glass, der war nicht fein, kein bißchen, sondern machte drauflos, als ob er nachher freiwillig sterben wollte, wenn er mich nur jetzt haben könnte. Aber ich riß mich von ihm los, mußte ich doch, japste jetzt selber ganz schön und zupfte mich wieder zurecht. Es war zum Staunen, was er in der kurzen Zeit schon alles angerichtet hatte, aber ich konnte mich nicht drauf einlassen, auf keinen Fall, es war nicht recht. Schließlich kannte ich ihn ja kaum, hatte ihn doch erst gestern abend das erste Mal gesehen. Darum sagte ich: »Nein, nein, nein« und nahm das Tablett mit dem Kaffee drauf, und Redvers Glass drehte sich zur Seite und stöhnte, als ob er im Sterben lag.

Ich kam eben noch rechtzeitig die Treppe runter, denn

Howard war raus aus der Wanne, war schon immer ein Schnellbader gewesen, und schon hatte er die Tür aufgeriegelt und war wieder unten mit einem Handtuch um und sagte, er hätte gestern neue Rasierklingen gekauft, und die müßten in derselben Tüte sein wie die Lidschatten, die ich gekauft hatte, und das Mascara, und er wußte doch, daß die unten auf dem Regal hing, und die ganze Sache war grad noch mal gutgegangen.

Redvers Glass kam die Treppe runter, gähnend, hatte sich nicht rasiert, das Haar nicht sehr ordentlich gekämmt. Aber man konnte sehen, daß er ein attraktiver Mann war. Mit der Attraktivität ist das ganz komisch. Es hat nichts damit zu tun, ob einer hübsch ist oder eine gute Figur hat oder viel Verstand. Redvers Glass hatte sowas an sich, das etwas aus mir rauszuholen schien. Ich sah sie mir beide an, ihn und meinen Howard, und ich wußte, Howard liebte ich heiß und innig, aber Redvers Glass hatte sowas an sich. Howard sagte:

»Welchen Zug wollen Sie nehmen?«

»Zug?« sagte Redvers Glass überrascht. Und dann gähnte er. »Ich brauch keinen Zug. Ich bleib hier in Bradcaster. Bradcaster gefällt mir ganz gut.« Dann sagte er:

»O Bradcaster, o stille Stadt,
die heilge Ruh und Frieden hat.«

»Wo wollen Sie wohnen?« fragte Howard. »Ich nehme an, Sie haben es gestern in allen Hotels versucht, und die wollten Sie nicht aufnehmen, und deshalb haben Sie sich betrunken.«

»O nein«, sagte Redvers Glass, »das nicht. In dem einen bekam ich ein Zimmer, und dann bin ich einen trinken gegangen und lernte so einen sehr netten Jamaikaner kennen, und wir sind ins Reden gekommen und haben eine Runde durch die Kneipen gemacht; gibt auch ein paar ganz nette. Aber dann wußte ich nicht mehr, in welchem Hotel ich abgestiegen war. Ich muß bei diesem Pendeldingsda hingefallen sein, und ich glaube, da war ich auch abgestiegen, aber ich bin hingefallen, denk ich, und danach weiß ich nur noch dunkel, daß ich getragen wurde.

»Gepäck hatten Sie keins?« fragte Howard.

»O doch«, sagte Redvers Glass, »in der Gepäckaufbewahrung auf dem Bahnhof. Eine Tasche, eine große.« Und er zwinkerte mir zu, so ganz ernsthaft.

»Schön«, sagte Howard, »dann machen Sie sich jetzt wohl besser auf den Weg, nicht?«

»Ich bin enttäuscht von Ihnen«, sagte Redvers Glass verdrossen. »Geld geben Sie einem, ja, aber anders helfen Sie nicht gern, könnte man meinen. Gastfreundschaft ist besser als Geld. Ich frage Sie, sagen Sie mir mal, ob denn das vorstellbar ist, daß ich so ein langes Gedicht in einem Hotelzimmer schreiben könnte?«

»Ich wüßte nicht, warum nicht«, sagte Howard. Ich konnte mir nicht helfen, ich spürte, wie mir wieder das Kichern kam. Ich weiß nicht, was es war, aber Redvers Glass hatte sowas, was mir so ein warmes, launiges Gefühl gab, besonders weil Howard alles so streng nahm.

»Versuchen Sie's mal selbst, kann ich nur sagen«, sagte Redvers Glass ebenso streng. »Ich habe kein Zuhause. Der Mann, mit dem ich in Pimlico zusammen eine Wohnung hatte, hat geheiratet, stellen Sie sich vor, und der arme Glass muß raus. Und im angestammten Hause von Ritter Percival Glass wollen sie nichts von mir wissen.« Er streckte die Arme aus, nicht viel anders, als er sie auch oben im Bett nach mir ausgestreckt hatte, und mir wurde ein bißchen heiß und kalt. »Sir Percival glaubt nicht an die Künste«, sagte er, »ausgenommen die ganz nützlichen. Von seinem Sohn ist er schwer enttäuscht. Wohin kann ich mich da noch wenden? Nur noch an meinen Mäzen. Mein Mäzen braucht nicht denken, wenn er mir Geld gibt, dann sind seine Verpflichtungen alle eingelöst. Ich möchte hier bleiben, in dem Zimmer da oben, und hier unten an diesem Tisch arbeiten.«

»Denken Sie, ich bin verrückt?« sagte Howard.

»Nein«, sagte Redvers Glass. »Ich denke, Sie sind großzügig, das denk ich. Ich will ein Zuhause.« Und, glauben Sie's oder nicht, er ließ sich auf die Knie nieder.

»Stehn Sie auf«, sagte Howard sehr barsch. Dann dachte er nach, während Redvers Glass immer noch auf den Knien blieb und mir zuzwinkerte. »Sir Percival Glass«, sagte Howard ein bißchen später. »Geboren achtzehnhundertneunundneunzig, verheiratet neunzehnhundertzweiunddreißig mit Penelope, einzige Tochter von Richard Barker, ein Sohn, zwei Töchter. Glass' Papierwaren, altangesehene Familienfirma. Für politische Verdienste geadelt neunzehnhundertsechsundfünfzig . . .«

»Woher wissen Sie das alles?« sagte Redvers Glass staunend und stand vom Boden auf.

»Ist sein fotografisches Gedächtnis«, sagte ich. Howard sagte:

»Ich habe in der Bibliothek nach was anderem geschaut. Diese Glass-Geschichte kam irgendwie mit dazwischen.«

»Nun, da sehn Sie's doch, nicht?« sagte Redvers Glass aufgeregt. »Da sehn Sie's doch, daß ein Mann wie der keine Zeit hat für einen Sohn wie mich.«

»Wüßte nicht, warum nicht«, sagte Howard. Und dann sagte er, als ob er darüber schon nachgedacht hatte: »Ich will Ihnen sagen, was ich mit Ihnen vorhabe. Sie und ich«, sagte er und deutete ein bißchen unhöflich in meine Richtung, »wir fahren ein bißchen in die Ferien. Nach New York und in die Karibik und so weiter.« Er sagte das ohne viel Freude. »Sie können sich ums Haus kümmern, solange wir fort sind. Bevor sie Geburtstag hat, sind wir wieder zurück?«

»Wer ist denn *sie*?« sagte ich. »Des Teufels Großmutter?«

Howard sagte darauf nichts. Zu Redvers Glass sagte er: »Sie« – streng – »sind ein Dichter, und das ist die höchste und denkwürdigste Art Schriftsteller, die es gibt.« Er sagte das ohne viel Freude wie das über New York und die Karibik. »Nun ja«, sagte er, »ich habe ein bißchen Arbeit für Sie. Wir, das heißt sie und ich, reisen in vier Tagen ab.«

»So bald schon?« rief ich.

»Wir bleiben eine Woche in London«, sagte Howard, »im ›Claridge‹ oder im ›Ritz‹ oder sonst so einem Haus, bis wir vom Londoner Flughafen abfliegen. Also«, sagte er zu Redvers Glass, »Sie können an dem Tag, wo wir abreisen, hier einziehen. Die Miete bezahl ich im voraus«, sagte Howard, »und damit haben Sie dann keine Sorgen. Einverstanden so?«

»Wie lange bleiben Sie fort?« sagte Redvers Glass.

»Bis zum zwanzigsten Januar«, sagte Howard. »An dem Tag sind wir zurück. Und da ist noch was, das Sie für mich tun können, wo Sie doch ein Dichter sind.« Er schaute mich an und sagte: »Vielleicht gehst du jetzt besser los, Schätzchen, und kümmerst dich um deine Einkäufe.«

»Was soll denn das alles?« fragte ich ein bißchen unwirsch.

»Nichts weiter«, sagte er so geheimniskrämerisch. »Nur eine Kleinigkeit, die noch erledigt werden muß. Ich wollte's schon selber machen, aber es ist mehr was für ihn.«

»Ich muß meinen Pelz abholen«, sagte ich. »Da haben sie noch was dran ändern müssen.«

»Tu das«, sagte Howard und sah immer noch Redvers Glass an. »Geh mal und sieh nach deinem Filz, ich meine Pelz.« Geld spielte keine Rolle mehr. Also, weil er mir nichts sagen wollte, machte ich mich fertig, aus dem Haus zu gehn. Und während ich oben im Schlafzimmer war und mich zurechtmachte, tauchte plötzlich Redvers Glass auf; hatte so getan, als müßte er aufs WC, und während das Geräusch der Wasserspülung ihn übertönte, legte er die Arme um mich. »Ich bin im pendelnden Dingsda«, flüsterte er. »Weiß nicht, welches Zimmer, hab ich vergessen. Frag nach mir am Schalter. Frag nach mir.« Und ich, wie närrisch in mancher Hinsicht, ich sagte ja.

15

War ich närrisch oder verrückt oder bösartig oder was? War es dieser neue Lebensstil, den Howard für uns ausgewählt hatte, der mich dazu gebracht hatte, daß ich ja sagte und auch wirklich vorhatte, mich im ›Pendelnden Leuchter‹ mit ihm zu treffen? Ich weiß einfach nicht. Das ist doch nicht normal, daß man sich gleich mit einem Mann treffen will, den man am Tag vorher zum erstenmal gesehen hat, und schon gar nicht, daß man auch noch gleich mit ihm ins Bett will, besonders wenn man doch seinen Mann noch liebt. Jedenfalls, ich nahm den Bus (man stelle sich's vor, bei all unserm Geld fuhr ich immer noch mit dem Bus, hauptsächlich, weil es so umständlich war, von der Zelle ein Taxi zu rufen, aber sicher würde ich in der Stadt ein Taxi nehmen, am Rathaus, und damit heimfahren) und fuhr in die Stadt zu diesem Pelzgeschäft, Einstein, was ein sehr berühmter Name ist, aber wegen irgendwas andrem, nicht wegen Pelzen, weiß aber nicht, was, und da war mein schöner Nerz für mich fertig; hatten am Kragen ein bißchen was ändern müssen. Bezahlt hatte ich natürlich schon, und der Scheck war schon über die Bank gegangen oder was weiß ich, was damit geschehen mußte, und alle Leute im Laden lächelten und dienerten. Das gefällt mir an den Juden, muß man ihnen lassen, wie höflich und zuvorkommend die sind und sich ehrlich anstrengen, einem was zu verkaufen, nicht so wie die andern Leute in England. Um Ihnen ein Beispiel zu geben, wie die andern Leute sind in Bradcaster in den Geschäften, ich ging mal in ein großes Kaufhaus, um drei Dutzend Nylonstrümpfe zu kaufen, und dem Mädchen da war das völlig egal, darum sagte ich: »Lassen Sie sich nicht stören« und ging wütend wieder raus. Jedenfalls mit meinem Nerz an, wie so ein Gemälde von Reichtum und Schönheit, da fragte ich mich doch, ob ich mich mit einem treffen sollte, der bloß ein Dichter war und ein bißchen schmuddlig und abgerissen noch dazu, und gleich in seinem Schlafzimmer, nachdem ich ihn erst am Tag vorher kennengelernt hatte, wo er erstens unsern ganzen Walnußkuchen verschlungen und zweitens sich betrunken hatte, daß er ins Bett getragen werden mußte und die ganze Nacht schnarchte. Aber das war nun mal mein neues Leben, konnte ich machen, was ich wollte, danke bestens.

Ich fand, es war noch ein bißchen zu früh, um zu sehen, ob Redvers Glass schon in seinem Hotel angelangt war. Ich beschloß, ich wollte ganz allein etwas trinken gehn, im ›Royal‹, das eine hübsche Cocktailbar hatte mit gedämpftem Licht, und Agnes, die hinter der Bar bediente, kannt ich, weil sie mal im Supermarkt Hastings Road an der Kasse gearbeitet hatte. Als ich da reinkam mit meinem Nerz an, da konnte man sehn, wie sie alle kuckten, und ich war ganz stolz, obwohl mir aus irgendeinem Grund das Herz bummerte. »Na«, sagte Agnes, »das halt ich ja nicht aus«, so eine Redensart von ihr. Sie war ein flottes Mädchen, so auf eine platinblond großgoschige Art, und weil es grad erst elf war, waren noch nicht viele Leute in der Bar, und sie konnte ihn sich ganz genau ansehn und richtig neidisch sein. »Also«, sagte sie, »ist ja umwerfend. Wie der von der Königin.« Und so war er auch und hatte genausoviel gekostet. Trotzdem, ich spielte noch nicht die feine Dame, obwohl alles an mir jetzt teuer war bis auf mein Parfüm. Ich hatte mir eine ganz große Flasche Schiaparelli Shocking gekauft, aber nach meiner Nase hatte es weniger Aroma oder Duft als das, was ich immer nahm, ein Parfum zu vernünftigem Preis, das Juillet hieß, sprach ich Juliet aus. Und nun war ich eine richtige Juliet und ging klammheimlich zu meinem Romeo. Ich wünschte, sie hätten uns das in der Schule lesen oder spielen lassen, aber uns hatten sie immer gesagt, Shakespeare, der würde uns doch nicht gefallen, oder vielmehr, auf den würden wir nicht stehn,

Mann, wie muffig! Jedenfalls, ich bestellte mir einen doppelten Gin mit sehr süßem Wermut und fragte Agnes, was sie wollte, und sie trank dasselbe. Dann trank ich noch einen und wurde ruhiger und zuversichtlicher und gleichzeitig auch aufgeregter. Aber ausplaudern tat ich nichts, was immer eine große Versuchung ist, aber sehr gefährlich gegenüber einer anderen Frau, und wenn's die beste Freundin ist, können Sie mir glauben!

Jedenfalls, dann war's Zeit, daß ich ging, und die Knie waren mir ganz weich, und Agnes sagte: »Siehst ein bißchen schlecht aus, Schätzchen, solltest diesen süßen Wermut nicht trinken«, aber ich sagte, mir sei nichts. Ich hatte nichts gesagt, um welche Zeit ich wieder zurück sein wollte, aber er hatte ja selbst gesagt, Howard, daß ich das Feld räumen und ein bißchen einkaufen gehn sollte, aber ich dachte, wenn ich um halb zwei zurück wäre, wär's noch früh genug. Schließlich hatte Howard ja gut und ausgiebig gefrühstückt, und, das sowieso, er mußte ja auch weg, fiel mir ein, zur Bank wegen des ausländischen Geldes für diese Auslandsreise. Warum sie nicht auf der ganzen Welt alle ein Geld haben können, Pfund, Shilling und Pennies oder meinetwegen Dollars und Cents, weiß ich nicht. Jedenfalls hatte Howard eine ganze Weile über ausländisches Geld sinniert. Darum mußte er zur Bank an diesem Vormittag, Geld holen und Reiseschecks und so Sachen. Ich ging rüber, den Kopf hoch, ganz cool, wie Mr. Slessor sagen würde, zum ›Pendelnden Leuchter‹, einem netten kleinen Hotel, und ein paar von den rüderen Elementen aus der Stadt, die nicht bei der Arbeit waren, schickten mir den lieben alten Balzpfiff nach, aber ich sah schön weiter geradeaus. Ich muß vielleicht erwähnen, daß es so ein kalter, nebliger Tag war, aber mir war kuschlig und warm. Kuschlig. Und warm. Kapiert?

Ich hatte ein bißchen Scheu, am Rezeptionsschalter nach

Mr. Glass zu fragen, tat es aber doch, und sie kuckten mich auch gar nicht komisch an, wie man hätte erwarten können. Das Mädchen sagte: »Augenblick, Madam«, und natürlich sah sie sich meinen Nerz gut an, während sie das sagte. Dann rief sie sein Zimmer an, und dann sagte sie zu mir: »Welchen Namen darf ich melden?«, und ich sagte mit sehr vornehmer Stimme: »Miß Glass«, eine Eingebung, die mir im Augenblick gekommen war. »Seine Schwester«, sagte ich noch, um auch den letzten Verdacht auszuräumen. Ich hatte Handschuhe an, und so konnte niemand sehen, ob ich verlobt oder verheiratet war oder was sonst. »Ist er da?« fragte ich, und offensichtlich war er's. »Ich geh gleich rauf, wenn er da ist.« – »Zimmer Nummer hundertzweiundvierzig«, sagte sie und machte sich wieder daran, jemandes Rechnung zu addieren oder sowas, aber erst nachdem sie noch einen richtig gründlichen Blick auf den Nerz getan hatte.

Weil's im ersten Stock war, ging ich die Treppe rauf, und schon nach der einen Treppe japste ich ein bißchen, aber natürlich kam das nicht bloß vom Treppensteigen. Ich fand das Zimmer Nr. 142 und klopfte ein bißchen zaghaft. »Herein«, rief Redvers Glassens Stimme, und ich ging rein.

In einer Frauenzeitschrift, *Female* hieß sie, glaub ich, hatte ich mal was über einen Dichter gelesen, der die Frauen geradezu fraß, Lord Byron war das, der seine eigene Schwester geheiratet hat oder sowas; warum konnten sie uns über den nicht was in der Schule beibringen? Jedenfalls so einer war Redvers Glass auch, durch und durch derselbe. Und mir ging er durch und durch, könnt ich sagen. Aus meinem Nerz holte er mich raus und ließ ihn einfach so auf dem Boden seines kleinen Zimmers liegen, und er schlang die Arme um mich und tat seinen Mund auf meinen, und er war wie ein Irrer, so wild schien er auf mich zu sein. Komisch, ein Mann aus London, wo alle Mädchen so flott und raffiniert sind, und auch noch der Sohn von einem Sir, und der wollte mich haben, so wie mit einem Hunger. Was war ich durcheinander, kann ich Ihnen sagen! Das hatte ich noch nicht erlebt. Jetzt noch werde ich rot, wenn ich das alles erzähle, wie er mich auf das Bett bekam und mich irgendwie auszog, sehr geschickt mit den Trägern und Ösen, ohne viel Gezerr und Geschimpf. Wenn ich sage, er schien hungrig nach mir zu sein, soll das nicht heißen, daß er eigennützig war, so wie manche Männer. Er hungerte danach, daß ich ihn lieben sollte und daß ich wollte, daß er mich liebte. Zuerst einmal schämte ich mich und kam mir schlecht vor gegen Howard, aber dann wurde das, was sich nun abspielte, viel wichtiger als alle solche Gefühle. Ich wollte ihn eben und nichts anderes, und was ich wollte, das wollte er auch. Er machte alles recht, ohne Eigennützigkeit, war aber trotzdem noch irgendwie wild und sehr aufgeregt bei allem und sagte immer wieder: »O Gott, nein, das ist zuviel, das hab ich gar nicht verdient«, noch mal und noch mal. Man sagt oft, die Zeit würde stillstehn, aber ich hatte immer gedacht, das wäre bloß so eine Redensart und hätte nichts zu bedeuten, aber ich hätte meinen können, Tage und Tage oder wenigstens Stunden wären vergangen, dabei war es keine halbe Stunde, von Anfang bis Ende. Als alles vorbei war und ich mich richtig entspannt und obenauf fühlte, da war er lieb und sanft und zärtlich. Ich bemerkte, daß er sich rasiert hatte, bevor ich auf sein Zimmer kam, und er roch nach Rasierwasser, so einem würzigen, anders als Howards. »Wann kann ich dich wiedersehn?« fragte er. Aber ich wußte es doch nicht, war ein bißchen schwierig. In gewisser Weise war es ganz gut so, daß Howard und ich auf diese Reise gingen.

Nach einem Weilchen zog ich mich an und machte mich

sorgfältig zurecht, und dann war ich fertig, um heimzufahren. »Ruf mir ein Taxi«, sagte ich, und er rief am Schalter an und verlangte sehr nett eins, mit seiner freundlichen frischen Stimme. Und er küßte mich behutsam, was sehr aufmerksam war von ihm, weil ich mich doch eben geschminkt hatte. »Morgen?« sagte er. Ich sagte, mal sehn. Ich sah auf die hübsche Austernuhr, die mir Howard gekauft hatte, und es war erst zwanzig vor eins. Ich würde noch reichlich Zeit haben, einen Nierenhackpudding zu machen und ein paar Kartoffeln zu kochen, und wir könnten zur gewohnten Zeit zu Mittag essen.

Als ich im Taxi nach Hause fuhr – als Miß Glass, stellte ich mir kichernd vor –, fiel mir ein, daß ich vergessen hatte, Red, wie ich ihn nennen sollte, zu fragen, was das für eine geheime Sache wäre, die er für Howard machen sollte, hatte was damit zu tun, daß er Dichter oder Schriftsteller war oder sowas. Howard würde mir's nicht sagen, das wußte ich, Howard war nicht rumzukriegen. Also würde ich morgen Red besuchen müssen, um herauszubekommen, was da vorging. Ich hab es immer gehaßt, wenn Leute Geheimnisse haben.

16

Aber ich besuchte ihn nicht, am nächsten Tag nicht und auch nicht an einem der andern Tage, bevor wir nach London abfuhren, Howard und ich schnieke, ich mit meinem Nerz an, mit lauter so ganz neuen und schicken Koffern, Schweinsleder oder was weiß ich, und das Taxi wartete schon vor der Tür. Es war ja meine Sache, ihn zu besuchen und Tuchfühlung zu halten, nicht umgekehrt, und er versuchte es ja auch gar nicht. Wäre sowieso schwierig gewesen, denn Howard und ich waren in diesen letzten paar Tagen fast die ganze Zeit außer Haus, auch abends zum Essen, denn Howard hatte einen Bentley zum Selberfahren gemietet, nicht doch, keinen Bentley, sondern einen silbergrauen Merc, weiß ich, was das ist, denn er sagte, mit dem Kochen wäre es für mich nun aus. Es war an dem Tag, wo wir nach London abfuhren, als Redvers Glass mit seinem bißchen Gepäck kam, um, wie er sagte, sowas wie Tag- und Nachtwächter zu spielen. Er käme spät, sagte Howard, aber wir hatten noch reichlich Zeit bis zum Zug, und was machten schon ein paar Shilling mehr auf der Taxiuhr? Als Red ins Haus trat, warf er mir so einen Luntenblick zu, und mir wurde gleich wieder ein bißchen wie Pudding in den Knien, und ich mußte schwer schlucken, und ich dachte bestimmt, Howard könnte was davon sehn, wie mir das Herz den Hals raufhämmerte. Howard übergab Red einen großen Umschlag, der versiegelt war, und sagte: »Also, machen Sie sich da dran, es könnte ziemlich interessant für Sie sein, und machen Sie ein hübsches Gedicht draus, das mal in einer Zeitung veröffentlicht werden kann, wenn die Zeit gekommen ist, und ich werde es Ihnen sagen, wenn die Zeit gekommen ist, daß die ganze Welt es erfährt.«

»Was ist denn das?« sagte ich. »Was ist los?«

»Kümmer du dich nicht drum«, sagte Howard mit so einem tieftraurigen Grinsen. Er war schon irgendwie seltsam, hatte mehr Geld, als sich einer nur wünschen konnte, und sah doch richtig traurig aus. Ich hatte keine Ahnung, warum, denn daß er so im Schlaf redete oder im Haus alle Lichter anknipste, das hatte es jetzt schon lange nicht mehr gegeben. Vielleicht kam es von dem reichhaltigen Essen, dachte ich, oder davon, daß wir in letzter Zeit mehr getrunken hatten, seit wir reich waren. Red sagte zu mir:

»Das ist sozusagen ein Geheimbefehl, Süße.« Das Wort hätte er nicht gebrauchen sollen, nicht vor Howard, aber Howard achtete nicht drauf, machte sich mit einem Streichholz die Fingernägel sauber, statt mit einer Nagelfeile, wo er sich Hunderte von hätte kaufen können. »Ein kleiner Auftrag für mich«, sagte Red. »Poesie aus der Asche.« Und er kehrte mir so ein glühendes Kneiflippenlächeln zu, daß mir wieder durch und durch schlottrig wurde. Howard sagte:

»Wir gehn jetzt am besten. Also denn, Glass. Die Miete hab ich im voraus bezahlt, ja, und ich glaube, Sie finden auch noch ein bißchen was zu essen in der Kammer, und die Milch und die Zeitungen kommen weiter jeden Tag, also werden Sie schon zurechtkommen. An den Vormittagen schreiben Sie an Ihrer eigenen Sache weiter, und an den Nachmittagen machen Sie sich an diese andere Geschichte. Und an den Abenden machen Sie nicht zu viel Lärm, denn in den Gemeinderatshäusern soll man ein netter und ruhiger Mieter sein; ist hier nicht wie in Chelsea. Aber so viel macht's auch nicht aus, wo doch die Arschlöcher nebenan eine elektrische Gitarre haben und sie manche Abende auf volle Lautstärke drehen.« Mir gefiel dieses Chefgehabe nicht und dieses Schimpfwort und wie er ihn mit Glass anredete. Mr. Glass, das ging. Redvers oder Red ging auch. Aber nicht bloß den Nachnamen, einfach so. Aber was sollte man machen mit Howard? Aber Red lächelte nur und sagte, in Ordnung. Und dann fuhren wir ab, aber Red brachte es sehr schlau noch fertig, mich auf den Hals zu küssen, als Howard als erster mit dem Gepäck nach draußen ging mit dem Taxifahrer, der ihm tragen half. Er flüsterte: »Du bist nicht gekommen. Aber ist noch nicht alles aus, nicht? Schick mir 'ne Karte, schreib mal.« Aber mir blieb nichts weiter übrig, als zu lächeln, irgendwie traurig.

Meine Gefühle, glaub ich, waren ganz durcheinander. Jede Nacht, wenn ich im Bett gelegen hatte, waren mir so manche Dinge nicht aus dem Kopf gegangen, die sich in jenem Zimmer im ›Pendelnden Leuchter‹ abgespielt hatten. Ich finde, das ist sehr schwer zu erklären, aber wenn man so mit einem Mann zusammen ist, dann ist er gar nicht mehr ein Mann, sondern allerhand Laute und ein Geruch und Gewicht auf einem. Ich hatte immer gedacht, sich zu erinnern, sei Sache des Gehirns, aber diesmal waren es Körperteile, die nicht aufhören wollten, sich zu erinnern. Ich war nun sowas wie gespalten, und ich wußte, es würde sehr gefährlich sein, wenn ich meine Gefühle mit mir durchgehen ließ, was bedeuten würde, daß ich Howard durchging. Aber ich kann's mir gut vorstellen, daß eine bereit sein könnte, alles aufzugeben um dieser einen Sache willen. Ich meine, es ist so wenig dran an diesem Leben, wirklich, und es lohnt sich doch nur wegen der paar Augenblicke, und wenn man denkt, solche Augenblicke wird es noch öfter geben, dann wird das Leben herrlich und bekommt Sinn. Sie haben vielleicht gedacht, es hätte schon immer Sinn gehabt? Dachte ich auch, aber dies war doch was Neues und ließ alles andere ein bißchen trüb aussehn, irgendwie. Jedenfalls, es war schon ganz gut so, daß wir auf diese Reise gingen, deswegen, weil ich auf diese Weise davon abgehalten wurde, etwas zu tun, was alle Leute blöd oder bös finden würden, besonders Mama und Papa, die wir am Tag vorher kurz besucht hatten, um auf Wiedersehen zu sagen, und Mama hatte geweint, als sie sah, wie fein wir angezogen waren und was wir uns alles leisteten. »Nein, Mädchen«, mußte ich mir immer wieder sagen, »sei doch nicht blöd! Er ist doch bloß ein schmuddliger Dichter, und am Leben ist doch mehr dran als bloß das, und von Liebe hat er kein Wort gesagt, und die hat Howard für mich und ich für ihn.« Das sagte ich zu mir selber, immer wieder. Und wie gut Howard aussah, und was für ein guter Mann er war! Und dagegen Red, abgerissen, trank zuviel, und sowieso, in meinem Leben hatte es ihn ja nur ein paar Tage lang gegeben. Es war eine Zwangsvorstellung, ja, das war's, eine Zwangsvorstellung, und als mir das Wort eingefallen war, ging mir's gleich viel besser.

Um die Geschichte nicht zu lang zu machen, wir kamen nach London und fuhren zu so einem ganz großen Hotel am Park mitten in London, natürlich mit dem Taxi. Ist schon erstaunlich, wie Kleider einem helfen können. Hätte ich meinen Nerz nicht gehabt, ich hätte mich ganz klein und fehl am Platze gefühlt, als wir in das riesige Foyer kamen, voller eleganter Frauen und Zigarrenmänner, und unsere Schweinslederkoffer wurden uns nachgetragen, und der Pförtner salutierte, als Howard ihm einen Zehn-Shilling-Schein gab. So aber sah ich keine, die einen Nerz wie meinen anhatte, und ich glaube, ich hörte sogar, wie jemand sagte: »Das ist ihr dritter Mann«, als ob ich ein Filmstar wäre; kann aber auch sein, daß sie über jemand anders sprachen. Ich bekam den Schock meines Lebens oder vielleicht auch nicht, denn ich kannte ja Howard, als ich sah, daß wir in einer Suite wohnten, die *fünfzig Pfund den Tag* kostete. Stellen Sie sich das mal vor, ganz sachte, und Sie werden sehn, wie lächerlich das eigentlich ist, einen Haufen Geld zu haben. Denn wenn die Leute sich's nicht leisten könnten, so viel zu zahlen, nun, dann ist doch klar, daß sie viel weniger dafür nehmen müßten. Es waren schon ein paar hübsche Zimmer, kein Zweifel, aber ich bin mir sicher, so gut, wie sie teuer waren, waren sie nicht. Es gab indirektes Licht und Air-Condition und ein prächtiges Badezimmer, auch ein Cocktailschränkchen, das Howard mit ein paar Flaschen auffüllen ließ. Aber in der Zwischenzeit mußten wir Champagner trinken, und es mußte auch der richtige Jahrgang sein, und der Kellner dienerte ganz tief und sagte, das würde gleich gemacht. Und nun setzte Howard so sein glückliches Lächeln auf und sagte:

»Na, Mädchen, ich hab's doch immer gesagt, nicht? Ich hab immer gesagt, eines schönen Tages gehen wir noch so hoch rauf, wie man nur raufgehen kann, hab ich's nicht gesagt? Na, und da sind wir.«

»Ja«, sagte ich. »Aber was werden wir denn *machen*?« Er verstand nicht recht, was ich meinte, bis ich es ihm erklärte. Was ich meinte, war im Grunde: Na und? Da waren wir nun und leisteten uns allerhand, aber was machten wir denn nun anders, abgesehen davon, daß wir dieses hübsche Zimmer hatten und gute Sachen zu essen und zu trinken? Was wollten wir *machen*? Das war's, was ich wissen wollte. Howard sagte:

»Also heute abend essen wir hier unten im Restaurant, und nachher gehn wir ins Theater.«

»Um was zu sehn?« sagte ich.

»Es gibt ein Stück, das in der *Times* sehr gut besprochen wurde«, sagte Howard in seiner hochnäsigen, timesigen Art. »*Einhandklatschen* heißt es. Es ist ein Stück über Verfall und Dekadenz in der Welt um uns her, sehr geistreich.«

»Wie heißt es?«

»*Ein-hand-klatschen.*«

»So ein blöder Titel«, sagte ich. »Wie soll man denn mit einer Hand klatschen? Man braucht zwei, oder? Jedenfalls hört man doch keinen Ton, nicht, bloß mit einer? Man braucht zwei Hände, um ein Geräusch zu machen.« Dann klatschte ich in die Hände, und ich mußte kichern, denn als ob wir in so einem Harem wären wie in der Reklame für Frys Türkischen Honig im Fernsehen, ging die Tür auf, und der Kellner kam mit dem Champagner rein, ganz so als ob ich eine feine orientalische Dame gewesen wäre und nach dem Diener geklatscht hätte.

»Das kommt aus dem Zen-Buddhismus«, sagte Howard. »Man muß nur mal probieren und sich das mal vorstellen.« Er gab dem Kellner fünf Shilling, und der Kellner kuckte sie sich an, als ob ihm ein Vogel was in die Hand gemacht hätte, und dann ging er raus. Da können Sie's mal sehn! Wenn diese Suite nur zwei Pfund gekostet hätte, und das war ungefähr, was sie wert war, dann wär er schon froh gewesen über Sixpence. Und der Champagner war sehr kalt und schmeckte ein bißchen wie Essig, aber ich sagte nichts. Ich kam gar nicht dazu, was zu sagen, denn Howard redete immer noch weiter: »Das ist eben eine Art, mit der Wirklichkeit in Kontakt zu kommen, verstehst du, auf dem Weg über das Absurde.« Der arme Junge, da war das alte fotografische Gehirn wieder mal in Betrieb. »Oder stell dir vor einen Donner ohne Lärm oder einen Vogel, der fliegt, ohne Kopf oder Körper oder Flügel. Das soll ein Weg sein, um zu Gott zu finden.« Mir gefiel das gar nicht, wie sich das anhörte mit diesem Stück, aber Howard mußte's ja wissen.

Wir aßen zu Abend unten im Hotelrestaurant, und, wissen Sie, das hat mir richtig gefallen. Es war so ein sehr nett aussehendes Restaurant mit indirekter Beleuchtung und freundlichen weißen Servietten und Tischtüchtern, und an manchen Tischen gingen Sachen irgendwie in Flammen auf, und es roch stark so wie nach Weihnachtspudding, aber Howard sagte, sie würden Sachen in Branntwein kochen. Ich aß ein schönes Stück Fisch und danach eine Art sehr netten und sehr kalten Wackelpudding. Dann gab es grünen Chartreuse und Kaffee. Ich weiß nicht mehr, was Howard aß, aber es war ein großer Teller voll. Mir war kuschlig und warm. Dann nahmen wir ein Taxi und fuhren zu diesem Stück. Ich war ein bißchen enttäuscht von dem Theater, denn es war ein ganz kleines, und irgendwie schien mir, jetzt, wo wir so viel Geld hatten, da sollten wir uns nur große Sachen ansehn, zum Beispiel eine große Weihnachtsshow in einem großen Theater, aber natürlich hatte die Saison für die Weihnachtsshows noch nicht angefangen. Es war auch kein Zigarrengeruch in diesem Theater, und Logen wie im alten Empire-Theater von Bradcaster gab es auch keine. Aber wir hatten die besten Plätze, sagte Howard, und die sollen in der ersten Reihe sein. Und als der Vorhang hochging, was sah man da? Nichts als ein paar junge Leute in einer sehr dreckig aussehenden Wohnung mit Wäsche auf der Leine und einem Mädchen in Unterwäsche, das bügelte. Worum es in dem Stück ging, war, daß sie alle ganz unglücklich waren, weil sie ihre Ausbildung vom Staat bezahlt kriegten oder sowas und weil kein Krieg war, in dem einer kämpfen konnte oder etwas dergleichen. Einer von den Schauspielern sah ganz wie Red aus, auch genauso angezogen, und er schimpfte die ganze Zeit. Das brachte mich zum Tagträumen von Red, und ich zitterte ein bißchen, so daß Howard mich ganz komisch ankuckte. Ihm gefiel das Stück nicht wirklich, konnte man sehn, und ich fand die ganze Sache scheußlich. Da waren wir nun mit unserm vielen Geld und mußten den ersten Abend als reiche Leute in London damit zubringen, Leuten in einem dreckigen kleinen Zimmer zuzusehn, wo Wäsche auf der Leine hing und Salzheringe auf Teller getan wurden.

Ich wäre ganz glücklich gewesen, wären wir nur wieder in unserm kleinen Haus in Bradcaster am Feuer gesessen und hätten das Fernsehen angeschaut. Aber da war wieder diese Sache mit Red, und ich war ganz durcheinander. Ich hatte sowas wie ein Gefühl, als ob ich in einen Bus gestiegen wäre, von dem ich nicht wußte, wo er hinfuhr, und der Bus wollte nicht halten. Ich wußte nicht, was ich wollte. Vielleicht wollte ich, daß alles so blieb, wie es gewesen war. Aber das wollte ich auch nicht. Ein bißchen Aufregung war in mein Leben gekommen. Fast war mir so, daß ich hätte weinen können, so vor Kummer, und auf Menschen losschlagen, aber dergleichen sah man ja genug auf der Bühne.

17

Ich glaube, während dieser Woche in London muß Howard gut tausend Pfund ausgegeben und verschenkt haben, und vielleicht war's auch noch viel mehr. Er gab sich so hektisch Mühe, daß ich's gut haben sollte, und sagte andauernd: »Das macht dir doch Spaß, nicht, Schätzchen? *Sag*, daß es dir Spaß macht«, und darum mußte ich andauernd ja sagen. Aber was kann man mit Geld schon machen, wenn man erst mal hat, was man braucht? Manche Dinge in London, die wir uns ansehn gingen, wie die Nationalgalerie und der Tower von London und die Westminster Abbey kosten überhaupt nichts. Was man für Essen und Trinken ausgeben kann, hat auch seine Grenze, und einmal in dieser Woche wurde mir ganz schlecht davon. Wir hatten in irgendsoeinem piekfeinen Lokal gesessen mit einer Flasche Burgunder, 1952er oder 1953er, ich weiß nicht mehr, welches Jahr, aber Howard sagte, sie wären beide gut. Mein Essen war ein sehr großes Schweinskotelett gewesen, aber eigentlich mehr wie ein Braten, bedeckt mit einer sehr dicken, schweren, fast schwarzen Soße und dazu gedünsteter Sellerie und Kartoffeln, die wie kleine Stäbchen gebraten waren. War sehr lecker. Aber mitten in der Nacht träumte ich zuerst, daß mir schlecht würde, dann wurde ich wach und mußte ins Bad rennen, denn mir war wirklich schlecht. Howard war sehr lieb und aufmerksam, aber er hörte sich auch kläglich an, sagte: »Oje, da wollte ich doch, daß du einen schönen Abend hast, und alles, was dabei rauskommt, ist, daß dir schlecht wird«, und davon fing er immer wieder von vorn an. »Schon gut«, sagte ich, »vergiß das doch.« Und ich kroch wieder ins Bett und hatte keine Mühe, wieder einzuschlafen, war völlig kaputt und wie betäubt von dem, was wir alles getrunken hatten. Am Morgen wurde ich erst um zehn wach, und mir war erbärmlich, aber sie brachten den Kaffee rauf, und davon wurde mir's etwas besser. Aber so war das nun mal, wenn man sich was leisten wollte.

Howard ging an diesem Vormittag allein aus und ließ mich allein in meinem schönen neuen Peignoir herumfaulenzen, und als er zurückkam, sah er so ein bißchen verdrossen aus, darum fragte ich: »Was ist denn los?«

»Ach, nichts«, sagte er. Ich sagte:

»Nun komm, erzähl schon. Ich seh doch, daß irgendwo was schiefgegangen ist. Hast du alles Geld auf ein Pferd gesetzt und das ist den Bach runter?«

»Das nicht«, sagte Howard. »Ich bin von der Polizei aufgegriffen worden, weiter nichts. Ich lief rum heute vormittag, nicht, und wollte ein bißchen was Gutes tun, und niemand schien es zu wollen, daß man ein bißchen was Gutes für ihn tat.« Er sah sehr betroffen aus und ganz verletzt. »Ich lief rum mit Fünfpfundscheinen, um sie den Armen zu geben.«

»Wie bitte, was?« sagte ich.

»Den Armen von London Fünfpfundscheine geben, ein Akt der Milde und Barmherzigkeit.«

»O nein!« sagte ich, und ich sagte es noch mehrmals. Dann sagte ich: »Aber woran willst du denn sehn, wer die Armen sind?« Es war schon zum Staunen, manche Sachen, die Howard so anstellen konnte, und das hatte einfach keine Grenze. Überhaupt keine. Ich sagte: »Es gibt doch gar keine Armen heutzutage, nicht? Ich meine, seit dem Krieg geht's doch allen Leuten gut, oder, und ist das nicht gerade der ganze Ärger? Ich meine wie in dem Stück neulich abends?«

»Es muß eine Menge Leute geben, die Geld gebrauchen könnten«, sagte Howard. »Das ist doch klar, wo die Zeitungen voller Anzeigen sind für notleidende Damen aus gutem Haus und Flüchtlinge und so weiter. Ich seh doch nicht ein, warum man sein Geld einer Organisation geben sollte, bei der die Gehälter der Sekretärinnen und dergleichen das ganze Geld verschlingen. Es schien mir das beste zu sein, man gibt Geld, so wie man das in alten Zeiten machte, sozusagen persönlich, Leuten auf der Straße, die es brauchen.«

»Oh, Howard«, sagte ich. »Und was hast du gemacht?«

»Genau das«, sagte Howard. »Ich bin durch die Straßen gegangen und hab hier und da jemand einen Fünfpfundschein gegeben, und manche haben gesagt, ich sei wohl verrückt, und andere haben gesagt, ich sollte mich schämen, Falschgeld zu verteilen. Und dann sah ich eine, da dachte ich, das ist eine notleidende Dame von Stand . . .«

»Was soll denn das sein?« sagte ich.

»Na«, sagte Howard, »so eine alte Dame, die mal bessere Zeiten gesehen und viele Diener gehabt hat, aber nun hat sie keine mehr und muß so auskommen. Man soll sie an den Kleidern erkennen können, die sie tragen, uralte feine Sachen, und an der Art, wie sie reden, so vornehm. Jedenfalls so eine hatte ich gesehn, dachte ich, gleich an einer Straße am Ufer, Surrey Street, und ich bin zu ihr hingegangen und hab gesagt, hier wär ein kleines Geschenk, und wollte ihr fünf Pfund geben, aber sie fängt an zu schreien, sie würde angefallen und beschimpft und so weiter, und dann kam die Polizei vorbei und sagte: ›Was ist denn hier los?‹ Dann nahmen sie mich mit auf die Wache, und da hab ich versucht, es ihnen zu erklären, und sie haben gesagt: ›Passen Sie bloß auf!‹ Dann wollten sie wissen, wo ich wohne, und ich hab gesagt, in dem Hotel hier, und da haben sie gedacht, ich will sie veralbern. Also hat einer angerufen, um zu hören, ob ein Mr. Shirley hier wohnt, und ihm wurde gesagt, ja. Dann haben sie wohl gedacht, ich bin bloß so ein harmloser Irrer, aber sie haben mich ermahnt, mit dieser Mildtätigkeit müßte ich aufhören; als ich ihnen aber einen Hunderter gab für ihren Wohltätigkeitsfonds, oder wie das heißt, da haben sie nicht nein gesagt. Danach war alles anders, so mit ›jawohl, Mr. Shirley‹ und ›vielen, vielen Dank, Sir‹, aber ich hab noch bemerkt, wie der Beamte eine von den Fünfpfundnoten gegens Licht gehalten hat, um zu sehn, ob sie echt war. Das ist schon eine miese Bande«, sagte Howard angewidert.

Also mir schien, daß man Howard nicht mehr allein weglassen durfte, darum nahm ich mir vor, nichts mehr zu tun, wovon ich krank werden könnte oder unfähig, ihn zu begleiten. Aber nun war die Woche fast um, denn übermorgen sollten wir nach New York fliegen, und dann würden die Ferien erst richtig anfangen. Ich hatte so das Gefühl, es würde mir nicht besonders gefallen, aber ich war ja rundum in einer schiefen Lage. Wenn ich an unser kleines Haus in Bradcaster dachte, sah ich gleich Redvers Glass vor mir, wie er am Wohnzimmertisch arbeitete, und ehe ich wußte, wie mir geschah, lag ich mit ihm auf dem Teppich vor dem Feuer, und das ging nun mal nicht. Irgendwie war ich verbiestert. Ich dachte, ich könnte nichts weiter tun als immer in Bewegung bleiben und hoffen, daß ich drüber wegkommen würde, denn es war doch bloß was Körperliches. Das Geld würde alles ausgegeben und verschenkt werden, und ich würde gern sogar meinen Nerz dafür hergeben, wenn wir nur sicher sein konnten, zu erreichen, was ich wollte, nämlich daß wir wieder da wären, wo wir hergekommen waren, ich im Supermarkt Hastings Road und Howard in dem einen oder andern Job, und bloß wir beide, zufrieden und eben reich genug für eine Flasche Zypern-Sherry auf dem Regal. Aber ich konnte nicht anders, immer wieder dachte ich mir, wie sich alles geändert hatte und wie sich immerzu alles ändert, und man kann's nicht aufhalten, man muß einfach immer weiter- und weitermachen.

Und so machten wir weiter bis zum Ende unsres Aufenthalts in diesem feinen Hotel, von wo man auf einen der Londoner Parks hinaussah. Howard bezahlte die Rechnung in Scheinen, nicht mit einem Scheck, und es war furchtbar mitanzusehen, wie er mit all den Scheinen herumknisterte; man hatte den Eindruck, sie würden alle betrunken werden vom Geld, wenn sie nicht aufpaßten. Und mein Howard teilte Scheine aus, gerollt und gefältelt, an Kellner und Schuhputzer und Gepäckträger und wen nicht noch alles, und er versuchte sogar, einem von den Gästen eine Pfundnote zuzustecken, aber dieser Gast, es war der sehr bekannte Sir Sowieso, wie der Mann am Schalter sagte, nahm es sehr humorvoll und gelassen auf, sagte, wir machen alle Fehler, und stellte sich nicht so an wie diese sogenannte Dame, die Howard solchen Ärger gemacht hatte. Und dann fuhren wir mit dem Taxi zum Air Terminal, wie das heißt, mit allen unsern Schweinslederkoffern um uns her, und Howard knisterte am ganzen Leibe wie ein Stück geröstetes Schwein vor lauter Dollarscheinen und Reiseschecks und so weiter. Ab nach Amerika, machen wir ganz auf cool, Mann. Ich wünschte, Mr. Slessor hätte mich da sehn können, Lady Janet Shirley, ab nach Amerika. Janet Glass. Ich mußte mir's eingestehn, das klang nicht so gut.

18

Ich fand es mehr und mehr komisch, daß das einzig Neue und Aufregende, was dabei herausgekommen war, daß Howard all das Geld gewonnen hatte, Redvers Glass war, und der war mir doch nur über den Weg gelaufen, weil Howard Geld verschenkte. Aber natürlich, ehe er's verschenkte, hatte er's ja erst mal gewinnen müssen. Von jetzt an, entschied ich mich, als wir mitten in der Nacht nach New York flogen, wollte ich ihn vergessen und mich entschließen, bei Howard zu bleiben; war letzten Endes doch mein Mann und tat sein Bestes und Äußerstes, um mir ein Leben zu bieten, wie er dachte, daß ich es wollte. Aber in diese furchtbare und bittre Kälte hineinzufliegen, schien mir doch eine verrückte Art zu sein, mir eine Freude machen zu wollen. Natürlich, im Flugzeug war es kuschlig und warm, und Fliegen war für mich ein ganz neues Erlebnis. Es war ein amerikanisches Flugzeug, aber das merkte man nur daran, wie die Uniform der Hosteß geschnitten war, ein sehr dunkles und hübsches und dabei noch großes Mädchen, obwohl sie Engländerin und keine Amerikanerin war. Amerikanisches gab es zu essen, Schinken, in sowas wie Sirup gekocht, und Eis mit Apfelstrudel, die Kruste ganz blättrig. Und der Kaffee war sehr gut, und der Flug gefiel mir richtig. Und dann landeten wir in Idlewild, das ist der Flughafen von New York, und es war bitter kalt, als wir aus dem Flugzeug stiegen, und ich war ganz krank vor Heimweh. Wir mußten lange warten, bis unsre Koffer durch den Zoll waren, und dann gingen wir in eine Bar, wo es sehr heiß war, und tranken Kaffee, und dann fuhren wir nach New York hinein. Wir kamen uns beide ganz verloren vor, weil wir keinen Menschen hier kannten, und als wir mit dem Bus fuhren und aus dem Fenster schauten, war ich ein bißchen überrascht zu sehen, daß New York gar nicht aus lauter Wolkenkratzern ist. Es waren bloß Häuser, und manche davon sahen sehr schäbig aus, auf einem Teil des Weges richtig wie im Slum. Ich wußte, daß Amerika ein neues Land war, und es kam mir verrückt vor, daß sie in der kurzen Zeit schon all die Slums dahin gekriegt hatten. Dann fuhren wir in einen großen Tunnel rein mit sehr trübem Licht drin, und als wir wieder rauskamen, konnten wir den Teil von New York sehn, wo die Wolkenkratzer sind, Manhattan heißt das. Es war schon ein Anblick, daß einem die Luft wegblieb, muß ich zugeben, wie diese Gebäude sich hoch bis in den Himmel türmten, und sogar Howard war ein bißchen beeindruckt. Sein fotografisches Gehirn wußte genau Bescheid, wie viele Stockwerke sie hatten, aber selber gesehn hatte er sie auch noch nicht, und es ist doch ein himmelweiter Unterschied zwischen Wissen und Sehn.

Nun haben wir Amerika ja alle schon im Kino oder im Fernsehen gesehn, aber von einem merkt man da nichts, und das ist der Geruch. Es war ein anderer Geruch als in London. Ein sehr scharfer Eisgeruch hing in der Luft, und außerdem roch es irgendwie weniger nach Leuten, die tot sind. Ich kann nicht genau sagen, wie ich das meine, aber wenn Sie in einer englischen Stadt sind, da können Sie nur das Gefühl haben, daß da Millionen Menschen tot und dahin sind seit ewigen Zeiten, und sowas wie ihre Geister spuken noch rum und geben dem Ort so ein bißchen was Bedrückendes und Schweres, aber hier in New York hatte man dies Gefühl nicht. Noch eins, worin die Filme anders sind als die Sache selbst, sind die Leute. Ich hab einen Mann auf der Straße gesehen, wie er sich ganz laut und widerlich den Schleim aus dem Halse hustete, und sowas sehn Sie nicht im Kino. Aber wie die Leuten reden, das ist ziemlich so, wie man erwarten würde, obwohl all die Leute in New York, Taxifahrer und Leute in den Läden und so weiter viel lässiger sind, als ich erwartet hatte, sagen nie Sir, sondern immer Bud und Mac und sowas. Wir stiegen an dem Haus von der Fluggesellschaft in ein Taxi, eines mit gelbem Dach wie im Kino, und der Name des Fahrers stand auf einer kleinen Karte. Er hieß Joe Mancowitz oder so ähnlich, und er sagte: »Wohin?« in ganz barschem Ton. Und Howard sagte: »Ritz-Astoria-Waldorf«, und Joe Mancowitz sagte »okay« mit so einer bitteren, abgewürgten Stimme, so als wollte er uns da nicht hinfahren, aber wenn er's nicht machte, dann würde Howard vielleicht seine Frau foltern und die Finger seiner Kinder mit der Post schicken als Warnung, so ähnlich. Was mich an Howard wunderte, obwohl ich's mir hätte denken können, war, daß er mit diesem neuen Geld, mit Dollars und Cents und Dimes und Nickels, so umging, als wäre er's sein Lebtag gewöhnt gewesen, aber später nahm ich an, er muß versucht haben, sich vorzustellen, wie er New Yorker Taxifahrer bezahlte, ein paar Mal, und dann ließ er sein Hirn das Bild fotografieren.

Das Ritz-Astoria-Waldorf, oder vielleicht war der Name auch anders rum, war größer als das Hotel, wo wir in London gewohnt hatten, ein richtiger Wolkenkratzer. Die Leute am Schalter waren sehr flink und munter und sagten nicht Bud oder Mac, sondern Sir. Es war genau wie zu Hause mit den vielen Ausländern im Hotelpersonal, sprachen alle schlechtes Ausländerenglisch, und einer, den ich für den Oberkellner des Restaurants hielt, kam vorbei, um an der Kasse Wechselgeld oder irgendwas zu holen, und er war wohl ein Italiener, denn ich hörte, wie er irgendwas wie *porco* oder *sporco* sagte, und er sah ganz wütend aus auf irgendwen oder irgendwas. Wir wurden im Lift raufgefahren, und noch ein Herr fuhr mit, und er nahm den Hut ab, weil eine Dame dabei war, nämlich ich. Und noch etwas, was Sie im Kino nicht sehn, nämlich daß die Leute in Amerika manchmal Pickel und Mitesser haben, genau wie bei uns, denn dieser Herr, der den Hut abnahm, hatte ein paar ganz böse Pickel am Hals. Der Boy, der den Lift fuhr, fuhr mit uns so hoch, daß ich dachte, wir würden nie ankommen; war wie eine Reise. Aber dann waren wir oben hoch in den Wolken, und unsere Suite, die ein bißchen so war wie die in London, hatte den Ausblick über ganz Manhattan, und da blieb einem richtig die Luft weg. Manhattan ist nämlich eine Insel, und weil es nicht über seine Ränder hinauswachsen kann, muß es dafür sozusagen nach oben wachsen. Da standen all diese himmelhohen Gebäude, ein Wunder, daß sie überhaupt stehenblieben, und in der Ferne konnte man die Freiheitsstatue sehn, wie sie ihre Fackel hochhielt, und mit lauter Dornen um den Kopf, weil sie eine Frau ist. Aber der Boy, der uns hochgefahren hatte, sagte, wir müßten erst mal nach Radio City aufs Aussichtsdach der R.C.A., fünfundsechzig Stock hoch, das wäre wirklich was. Howard gab ihm einen Dollar, und dann waren wir allein in unserer fabelhaften Suite. Es gab einen Kühlschrank und auch einen Fernseher, und den schaltete ich ein. Obwohl es noch Vormittag war, lief ein Programm, und es kamen Reklamen, darum kam es mir ein bißchen vor wie zu Hause, erinnerte mich an unser Kommerz-TV. Dann fiel mir ein, daß dies ja die Neue Welt war, rings um uns her, und die war so, wie England auch sein wollte, und aus weiß ich welchem Grund wurde mir sehr traurig, und ich fing ein bißchen zu weinen an. »Mach dir nichts draus, Honey«, sagte Howard, schon ganz wie ein Amerikaner, und legte die Arme um mich. »Ich weiß ja, dir ist so einsam und hast Heimweh, aber ich bin ja auch noch da, schließlich, und nur auf uns beide kommt's doch an.« Als er die Arme so um mich legte und mein Ohr küßte, da spürte ich etwas, wovon ich nie gedacht hätte, daß ich's spüren könnte, nicht mit Howard, und das war sowas wie *erstickt*, wie abgewürgt. Und ich sagte:

»Mir geht's gut, bestimmt.« Und dann: »Puh, ist das heiß, nicht?« Und es war auch tatsächlich heiß, und die Fenster konnte man nicht aufmachen. Und an dem Tag holte ich mir einen Schnupfen von dem Hin und Her aus der Hitze in die Kälte, und mir schien, das war nicht gesund.

Aber New York war ganz interessant, und wir sahen alles, was wir schon im Kino gesehn hatten, den Broadway und Harlem und den Madison Square, auch die Fifth Avenue. Der Unterschied zwischen den Filmen und der Sache selbst war, wie gesagt, daß die Sache selbst ihren eigenen Geruch hatte und überhaupt viel *echter* war, mit Menschen, die spuckten und schimpften und Pickel und Furunkel hatten, wenn auch nicht mehr als die Leute in England. Auch gegessen haben wir ganz gut, obwohl mir wieder schlecht wurde, aber die Übelkeit schien zu helfen, daß mein kleiner Schnupfen besser wurde. Hier bekam man viel größere Portionen Steak und Salat und Eis als in England, aber es wurde nicht erwartet, daß man alles aufaß; alle ließen was auf ihren Tellern, und ich nehme an, das bekamen alles die Hunde. Als ich vor einem Café JUMBO-STEAKS angeschrieben sah, fragte ich Howard, ob das Elefantensteaks wären, und ein Mann, der vorbeikam, hörte mich und wollte sich ausschütten vor Lachen. Das war wohl so das einzige Mal, daß jemand was zu uns sagte, wenn man das so nennen kann, daß einer, der über mich lachte, was zu uns sagte.

Am vierten Tag sagte ich zu Howard: »Wir sollten den Leuten zu Hause Karten schreiben, meinst du nicht?« Und dann kauften wir ein paar gleich im Hotel und kritzelten das Übliche drauf, an Mama und Papa und Myrtle und Michael und an Howards Tantchen. Und dann dachte ich an Red, wie er sich jetzt wohl in unserm Haus in Bradcaster eingerichtet hatte, und fragte mich, ob ich ihm schreiben sollte. Aber ich dachte mir: ›Lieber nicht‹, falls Howard Verdacht geschöpft hätte. Dafür schrieb ich Karten an die Mädchen vom Supermarkt in der Hastings Road, jeder einzeln, sogar denen, die ich nicht so mochte. Geld und Zeit hatte ich ja schließlich in Hülle und Fülle.

19

Ich hab schon gesagt, daß ich mir ein bißchen einen Schnupfen geholt hatte und daß er besser zu werden schien, aber gleich kam das nächste, wo's bei mir nicht stimmte, mein Magen, furchtbare, schneidende Schmerzen, und die fingen nicht an, nachdem ich etwas gegessen hatte, sondern als wir in einem Kino an der 52. Straße saßen oder irgendsoeine Nummer, wie soll ich mir die alle merken, ist nicht so leicht wie mit unsern lieben alten Bischöfen und historischen Schlachten in Bradcaster. Der Film handelte von so einem berühmten deutschen Wissenschaftler, der im Krieg alles in die Luft jagte und Heil Hitler sagte und so weiter, aber als der Krieg aus war, sagte er, er wär gar kein Nazi und hätte ja bloß so getan wegen seiner Frau und Kinder und hätte die Nicht-Nazis gar nicht in die Luft jagen wollen und wär aber gezwungen worden. Und dann sagte er, er würde den Amerikanern zeigen, wie sie die Russen in die Luft jagen könnten, und die Amerikaner sagten okay und gaben ihm einen Orden. Ich mußte dann aber raus, bevor es zu Ende war, wegen dieser furchtbaren, schneidenden Schmerzen. Howard rief ein Taxi, und der Fahrer hatte die Güte, uns zum Hotel zu bringen, obwohl er ziemlich sauer war deswegen. Im Hotel ging's mir dann richtig schlecht, ich krümmte mich vor Schmerz, und Howard hatte ein bißchen Mühe, einen Arzt herbeizuschaffen. Als der Arzt kam, sagte er, das sei eine Kolik, und ich müßte unreifes Obst gegessen haben oder irgendwas, woran ich mich eigentlich nicht erinnern konnte. Er gab Howard ein Rezept, und dann mußte Howard ihn gleich in Dollars bezahlen, nicht wie bei uns mit der Krankenkasse. Trotzdem, es war ein netter Arzt, ganz kahl und schimmernd, und er hatte eine sanfte Stimme und sagte immerzu »aber sicher, aber sicher«. Howard ging zu einer Apotheke und kam wieder mit einem körnigen weißen Zeug, und das schien mir Aufwind zu geben, und ich fühlte mich besser, aber nicht gut genug, um aufzustehen. Howard saß auf meinem Bett und sagte in seinem neuen amerikanischen Stil: »Honey, werd bloß bald gesund. Wir haben noch so viel zu tun und gar nicht mehr so viel Zeit.« Ich sagte:

»Was redst du da immer von wegen nicht mehr viel Zeit? Wir haben doch Zeit in Hülle und Fülle, nicht? Außerdem, ich versteh auch nicht, was wir denn viel zu tun haben sollen. Wir haben doch nichts mehr getan, seit wir das Geld haben, oder? Überhaupt nichts.« Howard sagte:

»Wir müssen alles mitnehmen, was man für Geld kaufen kann, das haben wir zu tun. Ist sowas wie 'ne Pflicht. Wir müssen beweisen, wir haben alles gemacht, was mit Geld zu machen ist.« Und er redete noch weiter davon und wurde ganz erregt, aber ich verstand ihn nicht. Soviel hatte ich verstanden, daß wir für kurz vor meinem Geburtstag den Rückflug nach England gebucht hatten, doch wenn's nach mir gegangen wäre, ich wäre mit Freuden gleich morgen wieder zurückgeflogen. Aber ich wußte auch wieder, daß es kein richtiges Zurück sein würde, jedenfalls nicht in unser altes Leben, nicht wenn Redvers Glass in unserm Wohnzimmer saß. Also sagte ich: »Wie du's sagst, Schatz. Ich bin ganz in deiner Hand.« Howard lächelte und sagte:

»So bist du meine Süße!«

Es ging mir bald wieder besser, und ich stellte fest, daß Howard, während ich krankgelegen hatte, sowas wie einen Plan gemacht hatte, wie wir vor Weihnachten noch ein bißchen mehr von Amerika sehn könnten; am Weihnachtstag sollten wir wieder in New York sein, vorher aber noch kucken, wie es denn in andern Gegenden dieses riesengroßen Landes aussah. Also überließ ich alles Howards Führung, wie immer, und ehe ich wußte, wie mir geschah, saß ich in einem Flugzeug und flog genau in den Sonnenuntergang hinein, und dann waren wir in Cleveland und dann in Chicago, und das kannte ich gut, aus einem Lied. Alle diese Orte lagen an großen Seen, und schon ging das wieder los mit dem Hin und Her zwischen Hitze und Kälte. Als nächstes flogen wir nach Salt Lake City, liegt auch an einem See, von dem es seinen Namen hat, und dann flogen wir nach Los Angeles in Kalifornien. Da war es viel wärmer und überhaupt nicht wie im Dezember. Natürlich mußten wir uns Hollywood ansehn, aber da gab es bloß normale Menschen, wie Sie und ich, überhaupt keine Filmstars, und das Essen machte mir zu schaffen. Woran ich mich erinnere aus Los Angeles, das sind die Tomaten dort, die größten, die ich je gesehen habe, und die Tomatenscheiben, die man im Salat bekommt, waren wie Wagenräder so groß. Wir flogen auch nach San Francisco, wo es die Golden Gate und die Beatniks gibt, echte, und da gefiel mir's ganz gut. Man bekam chinesisches Essen genau wie in England, und in dem Hotel gab es sogar Leute, die noch nie in New York gewesen waren und waren doch Amerikaner!

Jedenfalls, Weihnachten stand bevor, und da wollten wir nach New York zurück. Als wir im Flugzeug unterwegs waren, machte ich die Augen zu und versuchte, mir über Amerika klarzuwerden, und ich merkte, es ging nicht. Alles, was einem an Erinnerungen bleibt an einen Ort, sind so Kleinigkeiten, das heißt, ein Junge, der Zeitungen verkauft, wie er sich in der Nase bohrt, und ein Mädchen, das über die Straße geht, ich glaube, das war in Detroit, und wie ihr Pfennigabsatz abging und sie auf die andre Seite so hopsen mußte. Dann in einem Eßlokal, einem Drive-in in Hollywood (Howard hatte einen Wagen für uns gemietet, solange wir da waren), schüttete ein Mann sich Kaffee über seinen ganzen Schlips und fluchte: »Himmelherrgott.« Dann ein Mann in der Apotheke, bei dem ich ein Paket

Monatsbinden kaufte, er hatte sehr schlechte Zähne, wie man sie im Kino nicht sieht. Manche Gebäude waren sehr hoch und sehr neu, aber das gibt's jetzt in London auch schon. Mir kam der Gedanke, daß es nur auf die Menschen ankommt, wo man auch hinfährt, und die scheinen alle so ziemlich gleich zu sein. Ich glaube, der einzige gute Grund zu reisen ist, zu erfahren, daß die Menschen überall gleich sind. Ich sag's Ihnen beizeiten, sparen Sie sich das Geld.

New York war für Weihnachten sehr hübsch herausstaffiert, alle Läden geschmückt und auf den Gehsteigen davor waren Weihnachtsmänner, die mit Glocken bimmelten. Und es gab richtig ein bißchen Schnee, wie ich's in England zu Weihnachten wohl noch nie gesehn hatte. Im Fernsehen, das wir uns eines Abends in unserer Suite ankuckten (Howard hatte die Suite die ganze Zeit, die wir fort waren, weiter bezahlt, was für eine Verschwendung!), gab es eine sehr gute Aufführung von Charles Dickens' *Christmas Carol*, sogar mit Schauspielern, die mit englischem Akzent sprachen, was sie sehr gut machten. Mir wurde allmählich ganz ungemütlich, Weihnachten und so weit weg von zu Hause, aber Howard und ich kauften unsere Weihnachtsgeschenke getrennt, wie wir's auch in England immer machten, und Howard hatte mir einen großen Haufen Dollarscheine gegeben, und ich kaufte ihm eine Armbanduhr, eine Menge Zeug für nach dem Rasieren und einen Bademantel. Das wurde alles schön eingepackt in Weihnachtspapier und mit Goldbändchen, und allmählich bekam ich das Gefühl, es könnte doch noch ein ganz schönes Weihnachtsfest werden, obwohl so weit weg von zu Hause. In einem von den Kaufhäusern an der Fifth Avenue war's, schien mir, daß das Mädchen, das mich bediente, eine englische Stimme hatte, und ich erfuhr, daß sie noch kein Jahr in Amerika war, hatte einen Amerikaner geheiratet, und der hatte sie sitzengelassen wegen einer andern, und obgleich sie nicht aus Bradcaster kam, war es doch nah genug bei all den tausend Meilen, denn sie kam aus Birmingham. Wir plauderten eine ganze Weile, bis die Frau vorbeikam, die der Abteilung vorzustehen schien, und ihr so einen mahnenden Blick zuwarf.

Am Weihnachtsmorgen lag überall Schnee, und wir hörten die Glocken läuten, aber wir gingen nicht zur Kirche. Konnten wir doch nicht, denn wir waren beide mit der Kirche von England aufgewachsen, und wo sollte man die in Amerika finden? Für Katholiken ist das anders, nehme ich an. Wir hatten viel Spaß an unsern Geschenken. Howard hatte mir fabelhaften Schmuck gekauft – Ohrringe und Halsbänder und eine *echte* Perlenkette. Dann, als ich ein paar von dem getrunken hatte, was sie da Martinis nennen, fast reiner Gin, mußte ich gründlich weinen, weil wir so weit weg waren von zu Hause, und Howard versuchte mich zu trösten. Es kam mir auf eine vertrackte Weise so vor, als ob wir uns richtig dafür bestraften, daß wir das viele Geld hatten, und das sagte ich Howard. Er sagte darauf was ganz Merkwürdiges, er sagte: »Das Leben ist eine einzige große Strafe, aber, Gott sei Dank, wir müssen ja nicht mehr davon ertragen, als wir wollen.« Abends gab es das Weihnachtsessen, ganz wie zu Hause, und dann gab es Tanz mit Kabarett, Papierschlangen und Luftballons, und zum erstenmal freundeten wir uns ein bißchen mit Leuten an, mit einem alten Ehepaar aus Springfield, weiß ich, wo das ist, die in New York zu Besuch waren, das erste Mal, genau wie wir, und, komisch genug, über New York wußten wir mehr als sie. Wenn man sich das mal überlegt, allerdings, diese Westindienneger, die in London wohnen, wissen ja auch mehr über London als jeder Engländer, der sein Leben lang in Bradcaster gewohnt hat. Bloß weil man zu einem bestimmten Volk gehört, muß man nicht unbedingt mehr über das eigene Land wissen als ein Ausländer. Ist schon merkwürdig. Jedenfalls, dies alte Ehepaar, Mr. und Mrs. Murdoch, er aus dem Immobiliengeschäft, wie er das nannte, sorgte dafür, daß wir uns in Amerika heimischer fühlten als die ganze Zeit bisher, und bald lachten und alberten wir mit ihnen. Wir lachten und alberten auch mit ein paar jungen Leuten, alle ein bißchen blau, und ich tanzte mit einer ganzen Reihe einigermaßen gut aussehender junger Männer. Später am Abend legten Howard und ich einen Rock'n'Roll hin, und daraus wurde gleich eine Schau, denn wir waren mal richtig gut gewesen, wie ich erzählt habe, und die Leute machten die Tanzfläche frei und schauten uns zu, und als wir fertig waren, klatschten sie herzlich. Es war richtig ein schöner Abend.

Und dann, als nun Weihnachten längst nicht so fremd und einsam gewesen war, wie ich erwartet hatte, machten wir uns bereit, Amerika zu verlassen und in die Wärme zu fliegen, die in Westindien nur auf uns wartete, sagte Howard. Dieses Westindien war mir immer ein bißchen nebelhaft vorgekommen, und ich hatte nie so recht gewußt, wo das war. Aber ich sah mir die Karte an in unserm Flugzeug nach Süden und staunte, als ich sah, wo es war und daß es lauter Inseln waren, und so viele. Kuba zum Beispiel. Ich hatte immer gedacht, Kuba wäre in Afrika. Ich weiß, das ist sehr ungebildet und ich müßte mich zutiefst schämen, aber Geographie hab ich in der Schule nie viel gelernt. Von Castro hatte ich gehört, aber ich hatte immer gedacht, er wäre so ein Weißer mit einem Bart, der sich dieses Stück von Afrika untern Nagel gerissen hätte, und darum gäbe's so viel Ärger in Afrika. Ich muß ihn verwechselt haben mit diesem Mr. Borumba oder wie der hieß, der mal einen Augenblick lang so ein anderes Stück von Afrika regiert hat, und im nächsten Augenblick war er dann im Gefängnis, dann wieder draußen und an der

Regierung, und alle Leute jubelten immerzu. Ich war sehr ungebildet, aber weil ich attraktiv war, schien das nichts auszumachen. Zu Howard sagte ich im Flugzeug: »Wenn wir wieder zu Hause sind, werd ich auf die Abendschule gehn.« Howard sagte: »Zu spät, zu spät«, und ich wußte, da hatte er recht. Ja, meine Bildungschancen, die hatte ich verpaßt. Aber war das vielleicht meine Schuld?

Ein paar Tage verbrachten wir in Miami, was in Florida ist, immer noch Amerika, und es war richtig wundervoll, all die Sonne und die kalten, eisklirrenden Drinks und ich mit all meinen aufregenden Bikinis, wie ich im goldenen Sand lag und mich von jungen Männern mit großen Muskelpaketen bewundern ließ. Aber Howard sah genausogut aus wie nur einer von ihnen, obwohl er schlanker war und eigentlich nie was dafür getan hatte, daß er eine mächtige Figur bekam. Und dann dachte ich an Red, der ausgezogen eigentlich nach gar nichts aussah, ganz schlaff und blaß. Nicht was er war, was er tun konnte, darauf kam's an. Manchmal macht es keinen Spaß, eine Frau zu sein.

Also ich will nicht zuviel davon erzählen, denn zu lesen, wie andere Leute sich amüsiert haben, macht nicht viel Spaß, bestimmt nicht, und wir machten auf unserer restlichen Ferienreise eigentlich überhaupt nichts außer Geld ausgeben. Wir waren auf den Bahamas in einem feinen Hotel, lagen faul herum und wurden sehr braun, und die Erinnerung, die ich anscheinend davon zurückbehalten habe, ist der Klang des Eises in einem Longdrink aus Rum. Wir machten einen Abstecher nach Jamaika, und da hörten wir echte Calypsos singen und Kapellen mit lauter Instrumenten aus alten Benzinkanistern. Manchmal sah ich mich plötzlich selbst in einer Schaufensterscheibe beim Einkaufen und staunte, daß das wirklich ich sein sollte. Ich sah eine elegante sonnengebräunte Blondine in weißem Leinen und mit dunkler Brille auf, wie eine aus einem Film.

Das war ich, und es war schwer zu glauben. Die Sonne mochte ich und das Baden, und ich ging sogar Wellenreiten, und überall waren Leute, die nach Reichtum aussahen und nach Reichtum rochen, so daß man sich fragen mußte, wo die bloß das Geld her hatten, aber es tat mir nicht leid, als der 18. Januar heran war und es für uns Zeit wurde, daß wir zurückflogen ins kalte England und ins schmutzige Bradcaster und daß ich mit dieser Geschichte weiterkomme, die ich erzählen will.

20

Ich muß jetzt sehr, sehr gut aufpassen, wenn ich diesen Teil der Geschichte erzähle, denn der ist nicht leicht zu erzählen, und mir wird's immer noch ganz wirr im Kopf, wenn ich versuche, daran zu denken. An die Daten allerdings erinnere ich mich recht gut, und das zeigt mir irgendwie, daß, was geschehen ist, wirklich geschehen ist und daß man es mit Daten in ein Tagebuch eintragen könnte, wenn man ein Tagebuch führte. Wir reisten von Kingston auf Jamaika ab, morgens, den 18. Januar, und waren am Morgen drauf in London, oder eher mitten in der Nacht. Ich war erschlagen und wollte den ganzen nächsten Tag, das war der 20., im Bett bleiben, aber am Nachmittag hatte ich mich etwas erholt. Nebenbei gesagt, es war wieder dasselbe feine Hotel wie vorher. Wir fuhren am 20. aus London ab, denn der nächste Tag war mein Geburtstag, und am Abend waren wir tatsächlich wieder in Bradcaster, sahen beide ganz braun und reich aus, so daß ich mich ein bißchen schämte. Dann nahmen wir am Bahnhof ein Taxi, und mir wurde wieder schlottrig, denn vermutlich war Redvers Glass in unserm Haus. Es war zwar möglich, daß er unzuverlässig gewesen und einfach fortgegangen war und ungespültes Geschirr im Ausguß gelassen hatte, aber er hatte ja diese Sache für Howard zu machen, was immer das war, und vielleicht würde Howard ihm noch mehr Geld geben, wenn er das fertig hatte. Ich konnte richtig spüren, wie mir das Herz zum Hals raufschlug, als das Taxi in unsere Straße einbog, und da stand unser Haus und sah aus wie immer, mit der Fernsehantenne unversehrt auf dem Dach, und sogar Rauch kam aus dem Schornstein, also mußte jemand da sein, und das konnte nur Red sein. Howard ließ den Fahrer unsere Koffer bis zur Haustür hinauftragen, und dann bezahlte er ihn und gab ihm ein gutes Trinkgeld. Dann schloß er die Tür auf, und wir traten ein. Im Flur sah es ganz sauber und ordentlich aus, und ich war ganz überrascht. Im Wohnzimmer hörten wir sprechen, und dann ging die Küchentür plötzlich auf, und ein junger Mann mit Bart kam heraus. Er hatte, scheint's, Karamel gemacht, dem Geruch nach zu urteilen. Als er uns sah, kuckte er ein bißchen verdutzt, aber dann sagte er: »Ach, müssen wohl Sie sein«, eine Bemerkung, die mir recht blöd vorkam. Dann flitzte er ins Vorderzimmer, nicht ins Wohnzimmer, ins Vorderzimmer, und wir konnten sehen, daß da noch mehrere Leute drin waren, aber der junge bärtige Mann machte schnell die Tür zu. »Was ist hier los?« sagte Howard sehr grimmig, und ich folgte ihm ins Wohnzimmer. Da war Red, und das Herz klopfte mir immer noch, als ich ihn sah, obwohl er häßlicher aussah als vorher, und er saß am einen Ende des Tisches und schrieb. Am anderen Ende saß ein anderer junger Mann mit einer Schreibmaschine, und er hatte sehr dunkle Ringe unter den Augen, wie ich sah, als er sich nach uns umdrehte. »Na«, sagte Howard. »Was ist denn das hier, Kolonie oder was?«

»Genau das rechte Wort«, sagte Redvers Glass, stand auf und sah sehr vergnügt aus. »Eine Kolonie. Also da sind Sie wieder. Na, ich kann nur sagen, Sie sehen beide sehr gut aus. Aber kalt ist's, kalt! Setzen Sie sich an den Ofen, und wärmen Sie sich auf.« Er redete so, als ob es sein Haus wäre und nicht unseres, und ich hatte so ein Gefühl, als ob ich kichern müßte.

»Was sind das für Leute?« fragte Howard. »Ich kann mich nicht erinnern, irgendwen von diesen Leuten eingeladen zu haben, daß er in mein Haus kommen und hier wohnen soll. Nun sagen Sie schon, wer ist das alles?« Der junge Mann mit der Schreibmaschine sagte nichts, er kuckte bloß, aber Red sagte:

»Das hier ist Higgins, unser Provinzromancier. Und in dem andren Zimmer, das jetzt eine Art Studio ist, da finden Sie Bartram, den Provinzmaler, mitsamt Modell.«

»Nackt?« konnte ich nicht an mich halten zu fragen.

»Sie sehen wirklich gut aus und sehr, sehr schön«, sagte Red zu mir. »Die Ferien scheinen Ihnen aufs beste bekommen zu sein.« Und dann sagte er: »Ja, nackt«, und er lächelte sehr lieb mit geschlossenen Lippen. Zu Howard sagte er: »Wir haben eine Art Provinzkünstlerkolonie zu gründen versucht. Oben ist noch der arme junge Crosby, auch ein Schriftsteller, dem ist meistens schlecht. Wir haben gesagt, es wäre besser, wenn er das Badezimmer in der Nähe hätte, darum ist er jetzt sogar *im* Badezimmer, arbeitet da. Er schreibt Essays, wissen Sie.«

»Weiß ich nicht«, sagte Howard. »Und ich will's nicht wissen. Und Sie gehn jetzt bitte alle hier raus.«

»Aber Sie haben mir einen Auftrag gegeben«, sagte Red. Er hielt einen großen Stapel Blätter hoch. »Sie haben mich beauftragt, dieses finstre Gedicht hier zu schreiben. Es ist fertig, genau zum Termin, aber es ist noch nicht abgetippt.« Er schwenkte die Blätter, daß sie raschelten.

»Und ick will ma saren«, sagte der junge Mann mit der Schreibmaschine, sprach in einem sehr breiten, ordinären Dialekt, »des is uns ne jroße Hilfe jewesen, des wer hier drin arbeiten jekonnt ham.«

»Des freut mich«, sagte Howard bissig. »Und nun haben Sie die Güte und gehn Sie. Sie wußten doch, daß wir heute zurückkommen«, sagte er zu Red, »darum versteh ich nicht, warum Sie Ihre Sachen noch nicht gepackt haben und noch nicht fertig sind zum Gehen.«

»Dauert nur eine Minute«, sagte Red. »Keiner von uns hat sehr viel zu packen.« Howard wandte sich zu mir hin, das Gesicht wie ein Gewitter, und sagte:

»Geh und schmeiß mal die Leute aus dem Vorderzimmer raus.«

»Ist das vielleicht meine Sache?« sagte ich. »Ich meine, wer ist denn hier der Herr im Haus?«

»Nackte Weiber in meinem Vorderzimmer«, sagte Howard. Und dann begriff ich, daß er vermutlich deswegen Hemmungen hatte. Also ging ich rüber, immer noch ein bißchen in mich reinkichernd, um zu sehn, was ich tun konnte. Und im Vorderzimmer saß dieser bärtige junge Mann vor dem elektrischen Ofen, beide Spiralen eingeschaltet, und aß etwas, das aussah wie warmes, selbstgemachtes Karamel, und neben ihm saß ein ganz dunkelhaariges, schmuddliges Mädchen mit allen Kleidern an und aß auch Karamel. Auf dem Boden lag noch ein junger Mann flach auf dem Rücken, die Hände unter dem Kopf, rauchte und starrte an die Decke, als ob er in die Wolken starrte. Als ich reinkam, rollte er den Kopf so herum, daß er mich ansah, immer noch auf dem Boden, und seine Stimme kam vom Boden hoch, als er sagte: »Wer sind Sie?«

»Ich wohne hier«, sagte ich. »Das hier ist mein Haus. Sie gehn jetzt alle bitte gleich hier raus.« In der Ecke sah ich eine Art Gestell mit einem Bild drauf, halb fertig, wie es mir vorkam, obwohl es nicht gerade nach einem Bild aussah, wie ich es mag. Ich nahm an, es war was Modernes.

»Oje«, sagte der junge Bärtige, den Mund noch voller Karamel, und leckte sich die Finger ab. »Grad wo wir uns so nett eingerichtet haben. Na ja.« Und er stand von der Couch auf, denn auf der saß er mit diesem Mädchen, und fing an zu gähnen und sich zu recken. Und das Mädchen, die kuckte mich bloß auf so eine ganz eindringliche Art an, sowas wie brütend. Kam mir nicht sehr helle vor. Ich hörte Lärm aus dem Wohnzimmer, Geschrei und ein bißchen Getrampel, darum ging ich dorthin zurück. Howard und Red und der andere Mann hatten irgendwelchen Streit, und Howard brüllte: »Ich will von eurer Welt draußen nichts mehr sehn, also raus hier, raus, die ganze Bagage, oder ich bring euch um.« Dann hob er die Schreibmaschine von diesem andern hoch, Higgins hieß der, glaub ich, hatte Red gesagt, und versuchte sie so irgendwie aus dem Zimmer zu scheuchen mit der Maschine, so einer tragbaren, als einer Art Waffe. Dann gab's ein Gerangel um die Maschine, und der Higgins sagte: »Dessis maaine, dessis, laß los, du Schwain«, und Red hing so irgendwie an beiden zugleich und sagte: »Aber bittschön, ist doch nicht so tragisch, muß doch nicht sein, laßt das doch!« Dann kam ein bißchen so ein Geschiebe, und die Schreibmaschine fiel zu Boden, und man konnte sehn, daß ihr das nicht gutgetan hatte. Dieser Higginsmensch fing an zu weinen und zu fluchen und kniete neben seiner Maschine nieder, als ob sie ein Schoßtierchen wäre, dem man wehgetan hatte. Dann stand der Higginsmensch voller Wut auf und versetzte unserm Fernseher einen Mordstritt, aber aus irgendeinem Grund ging der nicht in Scherben. Aber nun war ich böse, wie sich ein Fremder sowas in unserm Haus rausnehmen konnte, und ich klebte ihm eine. Dann nannte Higgins mich etwas, was er nicht hätte sagen dürfen, und dann ging Howard auf ihn los und schmiß ihn zu Boden und fing an, auf ihn einzuschlagen. Inzwischen waren die Leute aus dem Zimmer nebenan reingekommen, um zu sehen, was los war, aber Red rief ihnen zu: »Raus, raus, schnell«, und sie verschwanden gleich, aber nicht ehe ich nicht auf das kleine schwarzhaarige Modell oder weiß ich, was die war, losgerannt war und ihr die Haare gezupft hatte. Sie schrie wie am Spieß dabei, aber dann rannte sie schleunigst weg. Howard hatte diesen Higgins wimmernd auf dem Boden; da lag er auf dem Bauch und nannte Howard ein verfluchtes Schwein. Red sagte:

»Das war gemein und schweinisch von Ihnen.«

»Ich hab genug von euch Bagage«, sagte Howard.

»Also erzählen Sie mir nicht, was gemein und schweinisch ist und was nicht! Alles, was ich von Ihnen will, ist, daß Sie zu der Türe da rausgehen, aber ein bißchen flink.« Nebenbei, er keuchte die ganze Zeit, wo er das sagte. »Kümmern Sie sich nicht mehr drum, ob diese Sache da getippt ist. Es wird schon so gehen. Danke sehr, daß Sie's gemacht haben.« Das sagte Howard nicht so, als ob er's wirklich meinte. »Ich nehme an, Sie wollen noch ein bißchen mehr Geld, eine Art Honorar.« Und Howard zog Pfundnoten und Dollarscheine aus den Taschen, einen ganzen Haufen, und legte sie alle auf den Tisch. Dieser Higginsmensch, der sich vom Boden aufgerappelt hatte, stand da und guckte sie sich an, mit sowas wie Ehrfurcht. Er sagte:

»Sie hammer die Maschine zarschlaren, Sie Schwain.« Und Howard sagte:

»Na schön, da, kaufen Sie sich 'ne neue«, und er legte einen Stapel Fünfpfundnoten auf den Tisch. »Nur raus, weiter will ich nichts. Lassen Sie mich und meine Frau in Ruhe.«

»Oh, Howard«, sagte ich; sah all das Geld, das die beiden da einstrichen. Und ich sah Red an und er mich, irgendwie verständnisvoll und wohlwollend. Dann warf Red mir so einen Blick zu, den ich mir nur als sowas wie einen warnenden Blick erklären konnte, und das verstand ich nun überhaupt nicht. Red sagte:

»Also. Ich geh bloß noch mal rauf und pack meine paar Sachen zusammen und Higgins hier auch.«

»Ich geh auch rauf«, sagte ich, »mal sehn, ob da oben alles in Ordnung ist. Die Betten werd ich neu beziehen müssen, nehm ich an.«

»Nicht nötig«, sagte Higgins, so in frechem Ton. »Ihre Betten könnse beziehn, wenn wer wech sind. Ich laß mich nich beim Packen überwachen, damit ich nichts klemme.«

»Oh, du Idiot«, sagte Red; fast hätte er Higgins geschlagen. Ich ging hinter ihnen her nach oben, und wirklich, alles war ein bißchen durcheinander. Red hatte nur Zeit, mir zuzuflüstern: »Komm gleich mit mir. Mach lieber, daß du hier rauskommst. Ich trau dem Kerl kein bißchen. Der ist verrückt – und wie!«

»Wer, Howard?« flüsterte ich zurück. »Ach, Quatsch.« Dann kam Howard die Treppe rauf und ging ins Bad, und im Bad gab es noch mal ein bißchen Getümmel, denn da war noch dieser andere Mensch, Crosby, der saß doch tatsächlich nackt in der Badewanne, die voll heißem Wasser war, und schrieb auf so einem Brett, das er über die Wanne gelegt hatte. Ich steckte nur einmal den Kopf in den Türspalt, und da sah ich das. Da gab's also noch etwas Krach, aber am Ende schaffte Howard sie alle raus, und Red versuchte immer noch, mir so komische warnende Zeichen zu geben, aber ich verstand immer noch nicht. Das Haus war ein bißchen durcheinander, aber Spuren von wilden Parties oder ähnliches sah man nicht. Es mußte bloß mal richtig saubergemacht werden, und die Bettlaken waren dreckig. Ich sagte zu Howard:

»Morgen muß ich das Haus mal richtig durchputzen.«

»Morgen«, sagte Howard, »da hast du Geburtstag. An deinem Geburtstag wirst du nicht arbeiten. Außerdem wirst du überhaupt nie mehr arbeiten.«

»Hatte ich fast vergessen«, sagte ich, während wir unsere Betten frisch bezogen, in denen drei Leute geschlafen zu haben schienen. »Was wirst du mir denn schenken zum Geburtstag?« Ich meinte es gar nicht so, wollte gar nichts. Aber Howard sagte:

»Das schönste Geschenk von der Welt. Du wirst sehn.« Und er lächelte sehr, sehr lieb.

21

Komisch, die Küche war ziemlich sauber, nur in ein paar Töpfen war was angebrannt, und der Nylon-Pfannenreiniger war ganz verklebt mit Brocken von irgendwas und nicht mehr zu gebrauchen. Die Speisekammer war nicht leer, wie ich erwartet hatte, aber es standen Büchsen da, die ich sicher nie gekauft hatte, Sachen wie Rindfleisch mit Curryreis und Reispudding mit Sahne, als ob jemand in unserm Haus gewohnt hatte, der sehr gern Reis aß. Dann sah ich auf dem Seitentisch in der Küche, unter den Regalen mit den Pfannen, Rechnungen vom Lebensmittelladen, und ich sah, daß sie Sachen auf unsern Namen bestellt und noch nicht bezahlt hatten. Jetzt würden sie's auch nicht mehr bezahlen. War ein mieser Streich, fand ich. Ich war aber ganz froh, trotzdem, in gewisser Weise, denn es half, mich gegen Redvers Glass einzunehmen, und das hatte ich nötig, wo ich doch jetzt wieder mit Howard zu Hause war und mich gefaßt machte auf ein ruhiges, anständiges Leben, denn von der Welt hatte ich ja nun ein bißchen was gesehn und war nicht so sehr davon angetan gewesen. Und morgen war auch mein Geburtstag. Ich erinnerte mich an meine früheren Geburtstage mit Howard und wie lieb er gewesen war, hatte es nie vergessen und mir immer etwas gekauft, was er aufmerksam und mit Bedacht ausgesucht hatte, auch als wir nicht viel Geld hatten. Und nun hatte er gesagt, er wollte mir das Schönste von der Welt schenken. Ich muß wirklich sehen, dachte ich, daß das mit dieser rein körperlichen Geschichte aufhört. Howard war sehr lieb, wenn auch nicht allzu aufregend, jedenfalls nicht so, daß eine Frau so richtig dabei in Hitze kommen, daß man vor Schmerz und Lust schier draufgehen konnte. Aber war das denn alles im Leben? Nein, glaubte ich nicht.

Howard war im Vorderzimmer, knurrte und schimpfte, in was für einem Zustand es war, mit Farbtuben und ähnlichem auf dem Teppich. Dann hörte ich, wie er sagte: »Macht ja nichts, macht nichts« und ins Wohnzimmer ging. Dort hatten sie ein tüchtiges Feuer gemacht, muß ich ihnen zugute halten. Es war richtig eine Freude, daß ich mal wieder selber was für uns kochen durfte nach all den Wochen und Monaten Feinedamespielen, und ich machte Spaghetti auf Toast, ein gutes englisches Gericht, nach manchem ausländischen Mist, den wir gegessen hatten. Ich machte auch eine schöne große Kanne Tee, ganz starken. Als ich den Tisch gedeckt hatte und das Essen reinbrachte, sagte ich zu Howard: »Na, tut doch gut, wieder zu Hause zu sein, nicht?« Aber Howard kritzelte weiter auf einem Blatt Papier herum und runzelte eine Zahlenreihe durch oder sowas, und ich mußte sagen: »Nun komm schon, Schatz, dein Tee wird kalt.« Und dann kam er und setzte sich an den Tisch. »Ich hab mal nachgerechnet«, sagte Howard. »Es kommt raus, daß wir immer noch rund fünfzigtausend Pfund haben.«

»Oh, prima, nicht?« sagte ich und spachtelte ein bißchen Spaghetti auf Toast in mich rein. Ich hatte nun schon seit einiger Zeit an etwas gedacht, aber dies war das erste Mal, daß ich davon sprach. Ich sagte: »Warum kaufen wir uns nicht ein eigenes Haus, anstatt hier in einem vom Gemeinderat zu wohnen? Wir könnten ein ganz hübsches kriegen, ein bißchen außerhalb, in Shawwell, fast auf dem Land.« Aber mein Howard hatte wieder mal eine Überraschung. Er sagte:

»Wir brauchen das Geld nicht mehr. Wir haben bald ein ganz großes Haus, und das kostet uns keinen Penny.«

»Wo denn?« fragte ich. »Ich wünschte doch, du würdest mich mehr ins Vertrauen ziehn, Howard. Hast du schon wieder irgendwo einen Preis gewonnen und ein Geheimnis draus gemacht? Ich meine, ein Mann sollte vor seiner Frau keine Geheimnisse haben. Du hast mir zu vieles verschwiegen. Da ist die Geschichte mit dieser Sache da, weiß ich, was es ist, die Red für dich machen sollte. Wenn er das weiß, warum darf ich es nicht wissen?«

»Red?« sagte er stirnrunzelnd.

»Oh, Redvers Glass.«

»Ich versteh. Na, du wirst es noch früh genug erfahren.« Er lächelte. »Morgen hast du Geburtstag, und dann wird es keine Geheimnisse mehr geben. Morgen erfährst du alles. Ich meine, was ich sage. Morgen erfährst du alles, was es zu erfahren gibt.«

»Du bist mir ein Rätsel«, sagte ich. »Im Topf sind noch ein paar Spaghetti. Magst du noch welche?« Denn er war hungrig am Essen. Aber er schüttelte den Kopf, den Mund voll. Dann sagte ich: »Also was willst du dann mit dem Geld machen?« Als er mit dem Kauen aufgehört hatte, sagte er:

»Ich denke, ich werd es dem *Daily Window* schicken.«

»O nein«, sagte ich. Ich war nun wirklich erschrocken und sah ihn bloß mit offnem Mund an. »Sollen wir überhaupt nichts mehr davon haben? Meinst du, du willst alles wegschenken, einfach so? Du meinst, wir machen einfach wieder so weiter wie vorher und vergessen das alles?« Denn, nicht wahr, obwohl ich ganz froh gewesen wäre, wieder anständig und normal zu leben, ohne mich als feine Dame in feinen Hotels herumdienern zu lassen undsoweiter, sah ich doch nicht ein, warum wir nicht unser eigenes Haus haben sollten und vielleicht auch einen eigenen Wagen und noch so die eine oder andere kleine Annehmlichkeit. Ich war richtig erschrocken bei dem Gedanken, Howard könnte alles einfach so verschenken. Ich sagte: »Du hast doch immer gesagt, du magst das *Daily Window* gar nicht. Du hast immer gesagt, es verdirbt einen oder so, es ist schädlich, oder weiß ich, was du gesagt hast. Ich versteh das einfach nicht.«

»Sie kriegen's ja nicht *wirklich*«, sagte Howard. »Es geht darum, daß sie es weitergeben für allerlei wohltätige Zwecke. Für Sachen wie den Tierschutzverein und die Hungernden Kinder Chinas und den Hilfsfonds für Krebsforschung und lauter so Sachen. Dann könnten sie gleichzeitig vielleicht auch diese Sache veröffentlichen, die Redvers Glass geschrieben hat. Obwohl das ja ein bißchen lang ist. Vielleicht Teile davon.« Und er runzelte über diesen Blättern, die er aus seiner Tasche zog, und ich nahm an, das war so ein Gedicht oder was weiß ich. Ich wurde richtig wütend. Ich sagte:

»Oh, ich hab das so satt, nicht zu wissen, was los ist. Du sagst mir gar nichts. Du behandeltst mich nicht wie deine Frau oder Gefährtin oder was weiß ich. Du behältst einfach alles für dich und sagst mir gar nichts. Ich hab das so satt. Kann ich dir sagen. So satt.« Dann weinte ich ein bißchen. Howard kam zu mir und sagte:

»Nu, nu, ist doch alles nur zu unserm Besten, wirst du sehn. Ich lieb dich, doch, ich lieb dich, ich will dich nicht unglücklich machen, aber einer von uns muß doch unser Leben in die Hand nehmen, und es ist schon besser so, wenn ich das mache. Nu, nu.« Und er küßte mir die Tränen aus dem Gesicht und war lieb. »Komm rüber auf den Sessel«, sagte er, »und setz dich mir auf den Schoß.« Und er setzte sich da hin, und ich setzte mich ihm auf den Schoß, und dann erzählte er mir ganz leis und sanft ein paar Dinge, die er sich überlegt hatte. »Versteh«, sagte er, »wir hatten doch vor, mal zu sehn, was man für Geld alles kaufen kann. Es gab mal einen Mann, der hat gesagt, wenn wir uns über den Zustand der Welt grämen wollten, müßten wir verrückt werden, und wir sollten uns lieber bemühen, angenehm zu leben. Lebt angenehm! so hat er selbst gesagt. Darum dachte ich, am besten sollten wir uns bei nächstbester Gelegenheit etwas Geld verschaffen und dann sehn, wieweit das Geld uns helfen kann, angenehm zu leben. Was ich wirklich gewollt hab, war, sozusagen beweisen, dir und mir, daß man mit Geld so viel denn doch nicht anfangen kann und daß die Sache mit dem angenehmen Leben in Wirklichkeit ein Riesenunsinn ist. Denn die Welt ist ein scheußlicher Ort und wird jeden Tag schlimmer und schlimmer, und wie sehr du dich auch anstrengst, angenehm zu leben, du kommst nicht an der Tatsache vorbei, daß es eine miserable Welt ist und daß es sich nicht lohnt, darin zu leben. Also, versucht haben wir's, nicht? Wir haben soviel Geld ausgegeben, wie in einem sehr kurzen Zeitraum irgend möglich war, und was haben wir dafür gekriegt? Nichts im Grunde. Vermanschtes Essen, Kellner, die sich über dich lustig machen, je mehr Trinkgeld du ihnen gibst, desto frecher. Und ein bißchen Reisen, aber die Welt ist überall gleich, egal wo du hinkommst. Und ein bißchen Sonne im Winter, aber die kannst du leichter haben, wenn du bis zum Sommer wartest, was auch moralischer und anständiger ist. Und anständige Kleider und so Sachen. Du mußt zugeben, wir haben von allem das Beste gehabt.«

»Oh, ja«, sagte ich, denn es stimmte, hatten wir gehabt.

»Also«, sagte Howard, »nichts hat uns gefehlt außer den Dingen, die man nicht für Geld kaufen kann.«

»Liebe«, sagte ich, »geliebt haben wir uns noch und noch.«

»Ich hab nicht die Liebe gemeint«, sagte er und lächelte ein bißchen, um zu zeigen, daß wir uns gewiß auch geliebt hatten und daß ihn das freute. »Ich hab gemeint, Dinge wie Erkenntnis und Philosophie und Musik. Ich meine, aufrichtig sein gegen die großen Menschen, die uns vorangegangen sind, und ihnen nicht in ihre armen toten Gesichter spucken, wie wir es gemacht haben. So wie dieses Quiz.«

Ich verstand bloß ein bißchen, aber nicht alles, was er sagte. Und es war etwas ganz Komisches, was vielleicht nur eine Frau verstehen kann und auch dann nicht richtig, aber ich hatte einen sehr starken Wunsch, ganz plötzlich, ich wollte ein Kind haben. Ich hatte einen sehr mächtigen Wunsch irgendwie im ganzen Körper, ich wollte ein eigenes Kind haben. Das war sonderbar, aber ich sagte nichts davon zu Howard. Howard sagte: »Ist zu spät jetzt. Es gibt bestimmte Dinge, das weiß ich, die hätte ich nie haben können, zum Beispiel Menschen wie Einstein und Bertrand Russel verstehen können und so weiter. Oder in Oxford oder Cambridge studieren. Oder die großen Komponisten richtig hören können, Beethoven und Bach und so weiter. Und Bücher verstehn, das auch. Und nichts hab ich gehabt als so ein fotografisches Gehirn, ein schlechter Witz, sowas wie wenn du dir einen Apparat in den Kopf schrauben läßt.« Er sah nun so aus, als ob er gleich weinen würde. Ich sagte und strich ihm dabei über den Hinterkopf:

»Ach, laß doch, Liebling, ist doch nichts, um traurig zu sein. Wir haben wohl nicht viel von all den Dingen abgekriegt, Studium und was du noch gesagt hast, aber wir haben doch gut gelebt, und wir haben gesehn, was man für Geld kaufen kann und was nicht. Und es gibt doch allerhand auf der Welt, was sehr gut ist. Ich meine, wie die Vögel singen und die Sonne scheint und die Blumen blühn, ist das nichts? Und wir zwei und die Liebe, ist das nichts? Es gibt allerhand Gutes, würd ich sagen. Und wir sind doch noch jung und haben noch allerhand vor uns.« Und ich streichelte weiter seinen Hinterkopf. Howard sagte:

»Ist sehr schwer zu erklären, was ich genau meine. Was ich meine, ist nicht bloß, daß du und ich ein bißchen unsern Spaß haben müssen im Leben, bevor wir abschniefen. Was ich meine, ist sowas wie ein Verrat. Und wir sind's, die alles verraten haben. Wir haben die Welt verraten, so wie diese Menschen in der Vergangenheit sie sich vorstellten, die Welt, so wie diese Menschen sie bauen wollten. Wir haben sie im Stich gelassen, du und ich und alle. Verstehst du, auf was ich raus will?«

»Nein«, sagte ich, denn ich verstand nicht.

»Na ja, schon gut«, sagte er, irgendwie überdrüssig.

»Gehn wir zu Bett«, sagte ich. »Ich wasch bloß noch ab, und dann steck ich eine Wärmflasche ins Bett, und dann gehen wir ins Bett. Ja?« Und ich drückte ihn kräftig, damit er auch wußte, wie ich's meinte.

In den ganzen Ferien hatten wir immer nur Einzelbetten gehabt. Es schien eine Ewigkeit her zu sein, daß wir richtig zusammen in einem Doppelbett geschlafen hatten, und es geht nichts über ein Doppelbett. Als wir uns gerade so schön liebten, kam ein fürchterliches Gehämmer unten von der Tür. »Nicht drum kümmern«, sagte ich. Howard kümmerte sich auch nicht drum. Ich hörte bloß von unten herauf diesen Lärm. Es war Redvers Glass. Er brüllte:

»Lassen Sie mich rein. Ich will mit Ihnen beiden reden. Machen Sie das nicht. Bitte machen Sie das nicht. Lassen Sie mich rein!« Ein Glück, daß Howard sich den Schlüssel von ihm hatte wiedergeben lassen, sonst wäre er einfach reingeplatzt und die Treppe rauf bis in unser Schlafzimmer gestürmt. Der hatte überhaupt kein Schamgefühl. Howard und ich, wir waren vorläufig nicht in der Lage, etwas dagegen zu tun, daß er so rumbrüllte, und als wir's dann waren, war er weg. Er war offensichtlich betrunken. Die Nachbarn sagten ihm, er solle still sein, und da ging er weg.

22

Howard muß schon lange vor mir wach gewesen sein, denn als ich die Augen aufmachte, lehnte er über mir, auf den Ellbogen gestützt, sowas wie Lächeln in den Augen, und als ich wach war und um mich kuckte, wie man so kuckt, wenn man wach wird, da gab er mir einen ganz leichten Kuß auf die Stirn und sagte: »Gratulier dir, Liebchen, hast Geburtstag.«

»Oh«, sagte ich. »Oh.« Und dann wußte ich, ich hatte Geburtstag. Ich war noch nicht so alt, daß mich Geburtstage ängstlich oder traurig machten, nicht im mindesten, aber schon wieder war ein Jahr rum, und die Jahre vergingen die ganze Zeit. Howard sagte:

»Bleib du noch liegen, und ich geh runter und mach dir eine gute Tasse Tee.« Und er stand auf und zog den hübschen Bademantel an, den ich ihm in New York zu Weihnachten gekauft hatte, und ging hinunter. Er war sehr lieb, und ich war gespannt, was für Geschenke er mir mit dem Tee heraufbringen würde. Aber er hatte ja gesagt, es sollte was ganz Großes und Besonderes sein oder sowas. Als er mit dem Tee kam und mich weckte, weil ich noch mal eingedöst war, hatte er nichts mitgebracht als die Tasse Tee und ein paar Glückwunschkarten, eine von Mama und Papa, eine von Myrtle und eine von meinem Tantchen in St. Leonards in Sussex. Sie vergaß nie, mir eine Karte zu schreiben, schickte aber nie irgendwas als Geschenk. Howard konnte sehen, daß ich ein bißchen enttäuscht war, daß ich nichts von ihm bekam. Schließlich ist es doch die Absicht, auf die es ankommt, da kann man reden, was man will, und daß ich ja so gut wie alles hatte, was eine Frau sich nur wünschen kann, tat gar nichts zur Sache. Jedenfalls, Howard lächelte bloß und sagte: »Etwas später. Heute nachmittag. Warte noch. Etwas Geduld.« Und er sagte, er würde das Frühstück machen und mich rufen, wenn es fertig war. Und ich gähnte und reckte mich ein bißchen, hörte unten das Fett brutzeln und die Bestecke und Teller klappern, als Howard den Tisch deckte. Ich will's lieber erklären, wir hatten im Wohnzimmer die ganze Nacht durch Feuer im Ofen, und wenn man am Abend vorher richtig angeheizt hatte, brauchte man es morgens nur noch aufzudrehen, indem man die Klappen umlegte, und die Asche aus dem großen Blech darunter auszuschütten. Ich konnte hören, wie Howard das machte und gleichzeitig Frühstück zu machen versuchte, und da mußte ich ein bißchen grinsen. Als ich mich im Bett umwälzte, im Gefühl tiefer Faulheit, streckte ich den Arm aus dem Bett, und meine Hand berührte irgendwelches Papier unterm Bett. Ich nahm das Papier auf und sah es an. Es war ein Blatt mit sehr schlechter Maschinenschrift und schien ein Teil von einer Geschichte zu sein. Jedenfalls, ich las es. Es ging so: »Soweit würde es mit mir nicht kommen, das kann ich Ihnen sagen. Ich hatte meinen Vater erzählen hören von den alten Zeiten unter Tage, von den ungesunden Zuständen, der täglichen Lebensgefahr, der Knute des Eigentümers. Mit einem feinen knotigen Körper lief er herum, männliche Kraft gemasert durch das eingefressene Blau, und hatte in den alten Tugenden geglänzt mit dem Zahltagabendbesäufnis im Kreis der Kumpels als einzigem Laster, aber zu sehr Ritual, um wirklich eines zu sein. Aber soweit würde es mit mir nicht kommen. Die Bergwerke hatten jetzt die Besitzer gewechselt. Da war jetzt der fade Eierkopf von der Kohlenbehörde statt der alten Giftnudeln Lord Kack oder Sir Scheißhaus Furzwert, da waren jetzt Bäder am Schachteingang und Prefects und Zodiacs davor geparkt, aber darauf würde ich nicht reinfallen. Ich wollte vom Besten, aber das Beste ist nicht für den Mann mit den knotigen Arbeiterschultern, mit der unauslöschlichen Tinte des Kohlenstaubs, eintätowiert in Rumpf und

Rücken. Ich wollte vom Besten – Kleidung, Wagen, Frau. Ich würde es . . .«

Da hörte es auf. Das muß dieser Higgins sein, dachte ich, und ich sah ihn ganz klar vor mir, wie er gestern da unten über seiner zerschlagenen Schreibmaschine geweint hatte, mit Red daneben, wie er Howard anstierte. Dann wünschte ich mir, Red wäre bei mir im Bett, ganz heiß, und ich nahm es mir selbst übel, daß ich das wollte. Wäre ich ein Mann gewesen, ich hätte gesagt, ich sei geil. Ich war froh, als Howard heraufrief, das Frühstück sei fertig. Ich sprang aus dem Bett, als ob es darin spukte, und packte mich warm ein in meinen neuen prächtigen, pelzbesetzten Morgenrock und steckte meine warmen Zehen in meine Nerzpantoffeln. Dann ging ich runter, immer noch in der Hoffnung, Howard hätte vielleicht nur geulkt, und dort auf dem Tisch würde ein herrliches Geschenk auf mich warten. Aber nichts. Nur Eier mit Speck, und mein Ei war ein bißchen zu lange gekocht, überhaupt nicht mehr weich. Trotzdem, hatte sich alle Mühe gegeben, dachte ich. Ich glaube nicht, daß Howard merkte, daß ich ein bißchen beleidigt war, denn er las das *Daily Window* beim Essen. Jedenfalls, so um es Howard zu zeigen und weil ich wirklich nicht viel Appetit hatte, ließ ich das meiste von meinem Frühstück auf dem Teller und trank bloß die große Teetasse leer und legte beide Hände darüber und die Ellbogen auf den Tisch. Howard sagte:

»Immer wieder dieselbe Sorte Nachrichten. Zehntausend Obdachlose bei einer Überschwemmung, aber die Titelseite voll mit alldem hier über so einen halbwüchsigen Popsänger, wie er in Doncaster von der Bühne gefallen ist. Einfach ein Tag wie jeder andere.«

»Warum, soll denn irgendwas Besondres sein heut?« sagte ich, auf die stachlige Art.

»Heute ist ein ganz besonderer Tag«, sagte Howard.

»Viel besonderer, als du denkst.« Er hatte so ein Bubenlächeln im Gesicht, als ob er wirklich noch was im Ärmel hatte, darum mußte ich ihm im Herzen sozusagen verzeihen, aber nach außen hin maulte ich weiter. »Wenn du dich angezogen hast«, sagte Howard, »und ich mich auch, dann erfährst du erst mal eines von den Geheimnissen.«

»Welches denn?«

»Das mit der Sache, die Glass für mich gemacht hat.« Also da war ich natürlich sowas wie gespannt, und ich erledigte den Abwasch und ging dann rauf die Betten machen und mich anziehen. Howard rasierte sich und zog sich an, und dann kamen wir beide wieder runter. Es kam mir ein bißchen komisch vor, all das hier, als ob ein Testament verlesen wird oder so, und ich war ziemlich aufgeregt. Wir setzten uns im Wohnzimmer vor das Feuer, das tüchtig brannte, und steckten uns Zigaretten an, und dann strich Howard diese Blätter glatt. »Ist sehr gut, das hier, wirklich«, sagte er, »obwohl auch manches drinsteht, was ich nicht verstehe. Soll ich mal anfangen und es vorlesen?« Ich sagte, klar, und setzte mich zurecht, um es anzuhören. Dies war's:

Keiner natürlich hat von uns gedacht,
Wir wären zu gut für diese Welt. Kein Gedanke
Daran in unseren Köpfen, überhaupt nicht viel Gedanken.
Doch, ich würd sagen, da war so eine Hoffnungslosigkeit, so eine
Krankheit, die weitres Leben nicht heilen könnte,
Nur verschlimmern. Wir liebten anfangs so gewisse Dinge,
Oder wollten sie lieben, die man so liebt, zum Beispiel
Engländer sein, wir wollten England lieben.

Aber wir sahen England ausgeliefert
Den Laffen und Lümmeln, Spöttern und Halunken,
England, ein trüb erhellter
Mond Amerikas, bis in die Sprache
Geschändet, quäkig, Kaugummi im Maul.
Ach, und die Großen, die man ausscharrt, ihre Köpfe
Werden als Fußbälle gebraucht. Wir sahen die Gemeinheit
Angepriesen als reiche Blüte der Natur, Viertklassigkeit verehrt,
Wenn sie nur große Titten hat. Schad
Um England. England ist kein England,
Bei dem wir zusehn möchten, wie man's weiter schändet . . .

»Und das soll ein Gedicht sein«, sagte ich, »das ist doch nicht richtig mit so einem Wort drin.«

»Was für ein Wort?« fragte Howard.

»Das scheußliche Wort da«, sagte ich. »Du weißt schon, welches ich meine. Das gehört sich doch nicht.« Aber Howard kümmerte sich nicht drum und las laut weiter:

Wir haben alle das Vergangene verraten, den Traum getötet,
Den unsre Väter träumten. Seht uns doch an jetzt, seht uns an:
Bebend, wartend, daß die Bombe platzt,
Die endgültige, doch nicht mit Würde, nein.
Grinsend wie Affen in Schnabelschuhn, grinsende
Kassengebisse, fingerschnalzend
Zu Jukebox-Klischees, wartend,
Daß der Tod uns einholt, das andere verwerfend,
Weil's nichts anders mehr zu geben scheint. Aber zweien zumindest,

Hat er geglänzt, der Stern des andern, Sonne stoischen
Tods.
Besser draußen sein mit Hack und Niere
Hack trifft Niere und bittet zum Tanz
KLOPF KLOPF
Die Kapelle setzt mit Einszweidrei ein
Nierenhackpudding ginge genauso ich kann immer noch
Paar Kartoffeln kochen brauchten dann kein zweites
Gemüse
KLOPF KLOPF KLOPF

Da erwachte ich, schrak ein bißchen zusammen. Ich muß irgendwie dabei eingenickt sein, als Howard dieses Gedicht vorlas. Mir schien es ein sehr langweiliges Gedicht zu sein, keine Reime und kein Rhythmus drin, und ich muß einfach eingedöst sein. Dann begriff ich, daß jemand an die Tür klopfte, und Howard war schon aufgestanden, um zu sehn, wer es war. Ich hörte Stimmen, drei insgesamt, und die andere, die ich kannte, war die von Redvers Glass. Ich ging in den Flur hinaus, um zu sehn, was da los war, und ich schlang meine Wolljacke dicht um mich, denn ein kalter Wind blies in den Flur hinein.

Howard sagte gerade:

»Das ist alles vollkommener Unsinn.« Und dann konnte ich sehn, daß Red einen Polizisten mitgebracht hatte, umgekehrt wie letztes Mal, als der Polizist Red hergebracht hatte, und ich sah, daß es derselbe Polizist war. Ich rief dazwischen:

»Laß sie doch rein! Ich möchte wissen, was hier los ist.«

»Ach«, sagte Howard und drehte sich zu mir um. »Das ist doch alles ein gefährlicher Unfug. Na schön, also kommen Sie rein.«

Und Red kam herein, sah ganz wütend und aufgeregt

aus, und der Polizist hinterdrein, sah aus, als ob er sich fragte, was los war. Fragte ich mich auch.

»Hören Sie«, sagte Red zu mir, »Sie müssen machen, daß Sie hier rauskommen. Sie sind nicht mehr sicher. Er will Sie umbringen.«

»Wer will das?« sagte ich.

»*Er*, Ihr Mann. Er will Sie umbringen, und dann will er sich selbst umbringen. Ich weiß das. Steht in dem Gedicht. Ich hab's erst richtig begriffen, als ich es fertig hatte. Aber jetzt weiß ich's.«

»Warum soll er mich denn umbringen?« sagte ich, mächtig erstaunt, was ich da hörte.

»Ist egal. Sie müssen hier raus.«

»Das laß ich mir nicht bieten, Herr Wachtmeister«, sagte Howard in seinem ganz strengen Ton. »Dieser Herr hier erhebt eine sehr schwere Beschuldigung. Ich habe diesem jungen Mann geholfen mit Geld und mit Gastfreundschaft, wie Sie ja wissen, denn Sie haben ihn selbst hergebracht, als er stockbetrunken war, und sowas laß ich mir nicht gefallen.«

Der Polizist sah nicht gerade erfreut aus. »Alles klar hier«, sagte er. »Keiner will wen umbringen. Gehnse man lieber, ehs 'n Krach gibt, mein Junge.«

»Aber es stimmt«, brüllte Red. »Steht alles in dem Gedicht.«

»Ach, 'n Gedicht«, sagte der Polizist. »Na, kommse schonn mit zur Wache, mein Junge. 'n orntlicher heißer starker Kaffee, und denn gibt sich des schonn.«

»Mal ehrlich, Herr Wachtmeister«, lächelte Howard, »seh ich denn aus wie so einer, der seine Frau umbringen will?« Er legte den Arm um mich.

»Ganz richtig«, sagte ich. »Sieht er aus wie so einer, der seine Frau umbringen will?« Ich dachte ehrlich, daß Red ein bißchen einen Knacks hatte, und war froh, daß ich mich nicht zu viel mit ihm eingelassen hatte. »Howard ist ein Mensch«, sagte ich, »der keiner Fliege was zuleide tun würde. Nicht, Schatz?« Und dieses Gedicht da war richtig eine Enttäuschung. Wenn das so die Gedichte waren, wie sie Mister Redvers Glass schrieb, dann hatte er mehr als bloß ein bißchen einen Knacks.

»Ich warne Sie«, sagte Red. »Ich komm wieder vorbei. Ich werd nicht dabeistehn und zusehn, wie ein Mord geschieht. Ich hab immer noch ein bißchen gesundes Gefühl.«

»Nu kommse man lieber, mein Junge«, sagte der Polizist. »Wir könn des nich zulassen, desse hier noch mal ankomm und bein Leuten im Haus Krach schlagen.« Und er machte Anstalten, Red bei der Jacke zu packen.

»Schon gut«, sagte Howard, »ich will gar keine Anzeige machen oder irgendsowas.« Konnte er auch gar nicht, oder doch? »Ich möchte bloß nicht mehr gestört werden, weiter nichts.«

»Ich mach mir einen Dreck draus«, brüllte Redvers Glass. »Da ist was faul hier, und mir gefällt das gar nicht.«

»Ob Ihn des gefällt«, sagte der Polizist und wurde jetzt sehr zudringlich, »interessiert gar nich. Kommse mit.« Und er stellte Red irgendwie auf die Zehenspitzen und drängte ihn raus, und Red protestierte die ganze Zeit. Ich sagte zu Howard:

»Was hat er bloß gemeint? Wie kommt er bloß auf die Idee, du wolltest mich umbringen oder sowas?«

»Er ist ein bißchen ein Esel«, sagte Howard, »obwohl, Gedichte schreiben kann er.«

»Finde ich nicht, daß er das kann«, sagte ich. »Ich konnte nichts davon verstehn. Ein Haufen Quatsch, so kam's mir vor.«

Howard ging raus, um zu sehen, wie Redvers Glass auf

der Straße weggeführt wurde, immer noch laut schimpfend. Etliche Leute kuckten zu, denn es war Samstag, und viele Leute waren zu Hause. Dann machte er die Haustür zu und kam wieder zu mir. Er sagte:

»Du hast doch Vertrauen zu mir, nicht? In allem?«

»Na klar doch«, sagte ich.

»Wirklich und ehrlich?«

»Na klar doch«, sagte ich.

»Und du willst bei mir sein? Willst du, daß wir immer und immer zusammenbleiben?«

»Na klar doch. Ich denk nicht dran, irgendwas zu glauben, was Redvers Glass sagt. Ich trau dir und hab dich lieb.« Und so empfand ich wirklich. Ich machte mir klar, wie blöd ich gewesen war, daß ich was mit Redvers Glass hatte anfangen wollen. Ein bißchen Flirten kann nicht schaden, aber so weit darf's nicht gehn, daß man die Ehe kaputtmachen will. Die Ehe, das ist was ganz Ernstes.

»Dann ist's ja gut«, sagte Howard.

23

»Dann ist's ja gut«, sagte Howard. »Dann sehn wir mal zu, daß wir diesen Scheck an das *Daily Window* abschicken, mit einem Brief dazu und mit diesem Gedicht, das Glass geschrieben hat.«

»Oh, du bist ein Esel, Howard!« sagte ich.

»Meinst du?« sagte Howard. »Wirst schon sehn, ob ich ein Esel bin oder nicht.« Und er setzte sich gleich an den Tisch und fing an, in sein Scheckbuch zu schreiben. Ich wandte mich ein bißchen ärgerlich von ihm weg, und dann dachte ich: ›Naja, der Herr hat's gegeben, und der Herr wird's wieder nehmen‹ und ›wie gewonnen, so zerronnen‹. Ich hatte ja auch alles, was ich wollte, mitsamt meinem kuschligen, wunderbaren Nerz oben und meinen paar Juwelen und noch so einigem. Tatsache war, daß wir immer noch viel, viel mehr hatten als vor drei Monaten und daß Geld nicht glücklich macht, das hatte Howard mir ja bewiesen, weiß Gott. Und im Geiste sah ich auch wie in einem Film all die herrenlosen Hunde und die weinenden Kinder vor mir, denen Howard auf diese Weise half, und auch die Leidenden, an Krebs und Rheumatismus, wie sie vor Qualen schrien, und da kam mein Howard und half ihnen allen und war ein Held. Und so ging ich ein bißchen vor mich hinsingend durchs Haus, wischte ein bißchen Staub, und all die Farbtuben und das unfertige Bild im Vorderzimmer steckte ich in unsern Kohlenbunker. Dann dachte ich an das Essen für morgen und überlegte, was es geben sollte. Ich rief zu Howard rein:

»Was wollen wir zum Sonntagabend essen?«

»Ach, irgendwas«, rief er zurück. »Was aus der Büchse oder so. Ich hab keinen Hunger.«

Blöder Affe, hörte gar nicht richtig zu. ›Na gut‹, dachte ich, ›wo ich heute Geburtstag habe, kann er morgen mittag mit mir in den »Grünen Mann« zum Essen gehn.‹ Er war ja derjenige, der gesagt hatte, ich brauchte nicht mehr zu kochen und so weiter. Als ich wieder ins Wohnzimmer kam, leckte Howard gerade an dem großen Briefumschlag. Dann sagte er: »So, das wär erledigt. Nun hol dir mal deinen Hut und Mantel, und wir gehn mal rum und besuchen deine Mama und deinen Papa und deine Schwester Myrtle auch.«

»Ach, warum denn das, Howard?« sagte ich. Denn ich hatte nicht viel Lust, Besuche zu machen bei der Kälte und wo wir gerade erst aus der Hitze gekommen waren. Außerdem, ich hatte Geburtstag und wenn schon Besuche, dann sollten die Leute eigentlich zu *mir* kommen. Aber Howard sagte:

»Wir sind ein paar Monate lang fort gewesen, und es ist nur recht und billig, daß wir nun hingehen und unsre Verwandten besuchen und so weiter. Die wollen uns doch sehn, damit sie uns sagen können, wie gut wir aussehn, und wollen hören, wie unsere Reise war.«

»Die werden bloß neidisch sein«, sagte ich. Aber das war typisch Howard, wirklich. Er konnte furchtbar rücksichtsvoll sein, aber nur wenn er wollte. Dann fand ich es komisch, daß er nicht gesagt hatte, wir sollten auch sein Tantchen besuchen, das immer noch im Krankenhaus lag, aber das war schon ein bißchen sehr weit, und vielleicht würde er da ein andermal allein hinfahren. Also zog ich meinen Nerz an, und wir gingen los und nahmen den Bus und fuhren zu Mama und Papa. Sie waren ein bißchen überrascht, uns zu sehn, aber sehr froh, obwohl es Samstagvormittag war und Mama gerad ein bißchen saubermachte und Papa etwas am Radio reparierte. Sie wollten alles genau wissen und waren sehr interessiert. Sie sahen beide ebenfalls gut aus und freuten sich über den Kühlschrank, der von Howards Geld angeschafft worden war. Sie baten uns, doch zum Mittagessen zu bleiben, sagten, zumindest Mama sagte, daß es bloß einen Teller Rindfleischeintopf gebe, aber wir seien herzlich eingeladen. Howard sagte: »Nichts auf der Welt wäre mir lieber als ein Teller von eurem herrlichen Rindereintopf. Nach all dem aufgeputzten Schund, den wir auf Reisen gegessen haben, wär das doch mal was richtig Leckres.«

»Schund hast du gesagt?« sagte Papa und nahm seine Pfeife aus dem Mund. »Schund habt ihr gekriegt da im Ausland?«

»Das war noch fein ausgedrückt«, sagte Howard. »Jauche hätte ich auch sagen können, denn eine ganze Menge davon war wirklich bloß eine Menge fein garnierter Mist, nicht ein Hundertstel davon wert, was wir bezahlt haben.«

»Oh, Howard«, sagte ich, »das Hühnchen in dem Dingsda in Chicago war doch sehr ordentlich, gleich an der State Street, weißt du noch?« Das schien mir sehr komisch, und fast mußte ich kichern, wenn ich daran dachte, wie ich so daherredete, was wir in Chicago gegessen hatten und dergleichen. Stell sich das einer vor, waren wir in ganz Amerika gewesen, einfach so!

»In Philadelphia seid ihr also nicht gewesen«, sagte mein lieber Papa. »Tante Ediths Cousin hat sich da niedergelassen und soll ihm sehr gut gegangen sein in der Politik. Da könnt ihr mal sehn, nicht?« Konnten wir in gewisser Weise, denn da redeten wir von Amerika als vom Ausland, und es ist doch in Wirklichkeit bloß eine Gegend, wo Tante Ediths Cousin (Tante Edith war eigentlich bloß eine angeheiratete Tante) hingehen konnte und sich niederlassen. Überhaupt kein Ausland. Aber meiner Meinung nach ist nirgends mehr Ausland. Der Mars, ja, das ist Ausland und der Saturn und der Mond auch und so weiter, aber auf der Erde ist kein Land mehr so richtig Ausland. Wir hatten's bewiesen, gewissermaßen.

Also wir aßen einen Teller von Mamas leckrem Rindseintropf zu Mittag, und Papa hatte ein paar Büchsen Bier im Kühlschrank, und zum Nachtisch gab es Eis, eine Familienpackung, aufgeteilt, und es war alles sehr nett. Dann sagte Howard: »Und nun gehn wir mal und sehn, was Myrtle und Michael machen.« Papa sagte:

»Oh, Michael wird nicht da sein, ist doch Samstagnachmittag. Ist ein großer Anhänger von United geworden in letzter Zeit, und die haben heut Heimspiel. Aber Myrtle wird wohl da sein.«

»Ein hübscher Mantel«, sagte Mama und strich über meinen Nerz, als ich ihn anzog. »Hat dich sicher um ein paar Hunderter ärmer gemacht.« Die arme Mama. Dann schüttelte Howard Papa die Hand und küßte Mama sehr zärtlich und sagte: »Gott segne euch beide!« Er konnte sehr lieb sein, wie schon gesagt. Und los gingen wir zu Myrtle. Es war mal ein Fräulein von Myrtle, das hatte 'n Frosch unterm Gürtel. Sie wurde immer recht wütend, wenn man ihr das aufsagte. Wir mußten ein Weilchen auf den Bus warten, und es war richtig kalt, aber Taxis fahren in Bradcaster nicht frei herum. Aber wie wir auf den Bus warteten und einstiegen und es ganz schön voll war darin, konnte ich meinen Nerz besser vorführen, und ich sah eine ganze Reihe Leute, wie sie ihn von oben bis unten musterten.

Myrtle und Michael hatten eine Gemeinderatswohnung ganz oben in einer Mietskaserne in der Sunnyvale Road, und es war schon ein bißchen mitleiderweckend, was Myrtle und Michael für Rosinen im Kopf hatten wegen dieser Wohnung, sollte so sein wie im Fernsehn. Sie hatten das eine große Wohnzimmer mit einer Art Eßnische, und am einen Ende hatten sie eine kleine Bar mit zwei Hokkern, und die hatte ihnen ein Tischler gemacht. Aber das einzige, was sie in der Bar hatten, waren ein paar Flaschen

Bitter Lemon und ein bißchen portugiesischer Burgunder, also ziemlich mitleiderweckend. Myrtle hatte sich so eine Art quadratische Regale an die Wände schrauben lassen, ganz modern mit künstlichen Blumen und Kletterpflanzen drauf. Als sie uns die Tür aufmachte, trug sie schwarze Ballerina-Trikothosen und einen schwarzen Pullover, sah aber viel besser aus als damals, als sie sich hatte umbringen wollen, muß ich sagen. Sie war sehr überrascht, uns zu sehen, sagte aber: »Kommt rein, wie nett«, und sie schaltete die Musiktruhe aus, die sie hatten, so lauter Gitarrengejaul, ganz auf teenage.

Howard sagte:

Wir dachten, wir kommen euch mal besuchen, wo wir doch eine Weile fort gewesen sind.«

»Ja«, sagte Myrtle, »sehr nett. Setzt euch doch. Zieh den Mantel aus, Jan«, sagte sie zu mir, und ihre Augen verschlangen sozusagen meinen Nerz. Als ich ihn aus hatte, zog sie ihn über, schmiegte das Kinn hinein und wiegte sich hin und her, stellte sich's vor, wie sie aussah. »Herrlich, nicht?« sagte sie. »Oh, du hast schon ein Glück, unsre Jan.« Da war sie wirklich aufrichtig, nicht tückisch oder gemein, wie Myrtle so oft war.

Aber dann sagte Howard:

»Eines Tages kannst du ihn haben, Myrtle.«

»Was haben?« fragte Myrtle. »Diesen Mantel?« Sie kuckte Howard an, einigermaßen verwundert.

»Ich vermach ihn dir in meinem Testament«, sagte ich, nur zum Spaß, ein bißchen grinsend.

»Ja, tu das«, sagte Howard ernsthaft. »Du versprichst ihr's hier und jetzt, daß Myrtle ihn bekommt.«

»Ach«, sagte Myrtle, »ich werd vor ihr abgehn, keine Angst.«

»Damals wärst du's beinah«, sagte Howard. »Es heißt, auf die Weise kriegt man den zweiten Atem, so wie wenn die Zeitungen aus Versehen melden, du wärst tot. Du wirst länger leben als Janet, denke ich.«

»Hören wir auf mit diesem trübsinnigen Thema«, sagte Myrtle. »Trinkt lieber einen! Mal sehn, mal sehn, Bitter Lemon kann ich euch anbieten oder ein nettes Glas Rotwein.« Die arme Myrtle! Eigentlich hätten wir ihnen eine Flasche Gin oder sowas als Geschenk mitbringen können. Aber so ist das, wenn man reich ist. Wenn man reich ist, vergißt man irgendwie, was andern Leuten fehlt, und man glaubt irgendwie, daß alle so dran sind wie man selber und sich eine Flasche Gin kaufen können, ohne mit der Wimper zu zucken. Aber Howard sagte;

»Danke sehr, Myrtle, aber wir wollen doch nicht bleiben. Was wir dir nur sagen wollten, war, daß du und Michael morgen zu uns zum Tee kommen könntet. Ist doch richtig, nicht, Janet?« Ich kuckte ihn bloß mit offnem Mund an, denn mir hatte er vorher nichts davon gesagt, daß sie zum Tee kommen sollten. Da würde ich noch Kuchen und so Sachen kaufen müssen auf dem Heimweg. Aber ich mußte wohl sagen:

»Ganz richtig, ihr solltet zum Tee kommen. Dann können wir drüber reden, was wir für Ferien gemacht haben. Wir können euch alles über Hollywood und den Broadway und die Bahamas erzählen.«

»Danke sehr«, sagte Myrtle vornehm. »Ihr scheint ja allerhand angestellt zu haben«, redete sie weiter, »nicht, bloß mit diesen tausend Pfund? Ich meine, ich versteh nicht, wie ihr das könnt, wo doch allein schon dieser Nerz ein märchenhaftes Geld kostet.«

»Ich hab ein bißchen Geld auf ein Pferd gesetzt«, sagte Howard, und dann hielt er den Mund.

»Ich hab mir gedacht, daß es sowas sein muß«, sagte Myrtle. »Du bist schon ein ganz Heimlicher, kann ich nur sagen.«

»Und nun laß uns aber gehn«, sagte Howard und stand auf. Kaum angekommen, mußten wir wieder fort. Myrtle gab mir meinen Nerz wieder, verschlang ihn noch mal mit den Blicken und sagte: »Märchenhaft, oh, was hast du ein Glück, unsre Kleine!«

Als wir draußen waren, schimpfte ich mit Howard, weil er sie eingeladen hatte, ohne zuerst mir was zu sagen, und jetzt mußte ich los und Schinken und Zunge und feines Gebäck und einen großen Walnußkuchen oder sowas kaufen. »Das ist nicht richtig«, sagte ich. »Wir sind grad erst zurück, und heut ist mein Geburtstag, und ich hab weder Zeit noch Lust gehabt, die Speisekammer aufzufüllen und ordentlich sauberzumachen und all sowas.« Howard lächelte bloß und sagte: »Mach dir doch da nichts draus, Süße.« Manchmal konnte er mich rasend machen. Und als ich sagte, wir sollten lieber zur Hastings Road gehn, um was einzukaufen, wenn wir morgen Gäste zum Tee hatten, da sagte Howard:

»Kauf nichts extra ein. Sie werden nehmen müssen, was wir im Haus haben.« Und ich sagte, richtig wütend auf ihn:

»Warum machst du bloß solche Sachen? Warum? Warum? Warum?«

»Ach«, sagte Howard, »Myrtle gehört doch zur Familie, nicht? Sie hat damals bei uns gewohnt, als ob sie mit zur Familie gehörte, kam und ging, wie's ihr paßte. Sie klopft nie vorher an die Tür, nicht? Stapft immer gleich rein.«

»Oh, du bist unmöglich«, sagte ich. »Ich weiß manchmal nicht, warum ich dich geheiratet habe.«

»Mach dir nichts draus, Süße«, sagte er und drückte meinen Arm unter seinem. »Ich bring schon alles ins Lot, wart nur ab.«

»Und wo ist dieses ganz besondere Geschenk, das du

mir versprochen hast?« sagte ich. »Das ist wieder so eine Sache. Es scheint, du hast dir überhaupt lauter so merkwürdige Geburtstagsfreuden für mich ausgedacht.«

»Gleich, gleich Schatz«, sagte Howard, und wir kamen schon in die Cranmer Road. »Oh«, sagte er, »ich hab vergessen, diesen Brief einzuwerfen.« Und er holte diesen Umschlag hervor, und dann ließ er fünfzigtausend und einige Dinger in den Briefkasten an der Ecke plumpsen, einfach so. Es gab Zeiten, da hätte ich ihn prügeln können. Aber feste!

24

Nerz hin, Nerz her, es war hundekalt draußen, und als wir nach Hause kamen, heizten wir erst mal richtig ein. Dann sagte Howard: »Setz dich hin.« Ich setzte mich nur zu gern dicht ans Feuer, mir war so kalt. Er setzte sich an die andere Seite des Feuers und sagte: »Also. Vertraust du mir in allem?«

»Wenn du das meinst mit diesem Scheck, den du abgeschickt hast . . .«, sagte ich.

»Nein, nein, in *allem*«, sagte Howard. »Traust du mir?« Er sah mich so an wie ein armer Sünder, fast wie um Zuneigung bettelnd, und ich erinnerte mich daran, wie tüchtig er sich zurechtgefunden hatte in den USA mit Flughäfen und Dollars und Cents und so weiter, und ich mußte sagen: »Natürlich trau ich dir.« Und es stimmte auch, nahm ich an.

»Gut«, sagte Howard, und es war so, als hätte ich eine richtige Antwort beim Quiz gegeben oder sowas. »Und dann stehn wir wirklich zusammen, wir zwei gegen alle Welt, wir beide zusammen durch Himmel und Hölle? Ist das so?«

»Jaja, natürlich«, sagte ich, und ich ging zu ihm und setzte mich auf seinen Schoß. Howard streichelte mich irgendwie und sah auf seine Armbanduhr. »Ich hab dich lieb«, sagte ich. »Du bist wirklich der einzige Mann in meinem Leben gewesen.« Und ich küßte ihn aufs Ohr.

»Und du würdest lieber mit mir sterben als mit irgendwem anders leben?« sagte Howard.

»Ah, ja«, sagte ich, und dann sagte ich: »Aber das ist doch nur angenommen. Ich mag all dies Gerede übers Sterben nicht. Wir werden jetzt erst mal zusammen leben. Wir sind noch jung. Wir haben noch einen weiten Weg vor uns.«

»Nein«, sagte Howard sehr ruhig und mit sowas wie angewiderter Stimme. »Für uns ist Endstation. Zumindest für mich. Ich hab die Nase voll. Heute nachmittag steig ich aus der Zeit aus. Und wenn wir zusammenbleiben wollen, dann mußt du mit aussteigen. Diesen Tag heute hab ich festgesetzt, als ich das Geld gewonnen habe. Dein Geburtstag, damit man sich's leicht merken kann. Du bekommst jetzt sehr bald dein Geburtstagsgeschenk. Das Schönste, was man jemand nur schenken kann.« Ich spürte, wie mir sehr kalt wurde, und ich versuchte von Howards Schoß aufzustehn, damit ich ihn besser ansehn könnte, aber es schien, ich konnte mich kaum mehr rühren. Ich sagte: »Howard, ist dir ganz wohl? Bist du sicher, daß du dir keine Grippe geholt hast oder irgendwas?« Denn diese Art Depressionen gibt es manchmal bei einer Grippe, wenn auch meistens erst gegen Ende. Meine Stimme kam mir ganz schwach vor, als ich sagte, was ich sagte. Howard sagte:

»Ich bin ganz wohlauf. Körperlich bin ich auf dem Posten. Kannst meine Zunge sehn, da.« Er streckte mir die Zunge hin, und sie war glatt wie eine Hundezunge. »Und geistig bin ich auch in Ordnung. Mein Gehirn ist völlig klar. Ich hab mir das alles seit einiger Zeit überlegt. In einer Stunde sind wir beide entweder in einer besseren Welt oder in überhaupt keiner, was auf eins rausläuft.«

»Oh, Howard«, sagte ich, »du bist krank.« Denn es ging mir immer noch nicht ein, was er sagte. Aber ich war jetzt von seinem Schoß hochgekommen und stand auf dem Kaminvorleger, sah auf ihn hinab, sehr beunruhigt

»Die Welt stinkt, Schatz«, sagte er. »Wir haben ihr eine Chance gegeben. Wir haben Geld in sie reingesteckt wie in einen großen Automaten, und nichts ist rausgekommen. Und um uns her bricht sie zusammen, löst sich auf in Fäule. Sie hält nicht mehr lange, wenn es so weitergeht wie jetzt. Es ist bald aus mit ihr.«

»Na schön«, sagte ich. »Die Welt stinkt, sagst du.« Und ich stemmte so die Arme in die Hüften. »Ich hab's dir schon mal gesagt und sag dir's wieder, an der Welt liegt es nicht, sondern an den Menschen in ihr. Und du kannst die Welt nicht ändern, da kannst du gar nichts dran machen. Also finde dich damit ab, das kannst du machen. Und ich find mich damit ab.« Die ganze Zeit, während ich redete, sah er so zu mir auf mit dem Armsünderblick, und die Hände hingen so irgendwie schlaff runter. »Und außerdem«, sagte ich, »ist die Welt gar nicht so schlecht, wenn du's recht besiehst. Sie ist besser als damals, als diese Männer mit den Bärten gelebt haben.«

»Was für Männer?« fragte er.

»Na, die in dem Quiz, so alte Schriftsteller und dergleichen, mit denen du das große Geld gewonnen hast. Sie ist besser, als sie damals war. Sie ist gesünder, das ist schon mal eins. Die Straßen sind nicht mehr so eng, voller Gerüche und Krankheiten, wie sie damals waren. Und die Leute haben nicht gebadet damals. Von Anfang bis Ende des Jahres haben die keinmal gebadet. Wie die Königin Elizabeth, über die hab ich mal in einer Frauenzeitschrift gelesen, die hat so gut wie nie gebadet. Was meinst du, wie die gerochen hat, wenn sie über ein Jahr nicht gebadet hat? Eine dreckige alte Hexe, das ist sie gewesen.«

»Nimm dich in acht, was du redest«, sagte Howard, und man konnte sehen, daß er ein bißchen schockiert war. »Das ist Hochverrat, sowas zu sagen.«

»Sie ist doch tot«, sagte ich. »Die Königin Elizabeth ist tot. Die Erste, meine ich. Das ist die Zweite, die wir jetzt haben, und zwischen den beiden ist ein himmelweiter Unterschied. Unsere, die ist ganz anders, lieb und hübsch und eine gute Mutter und kann so freundlich lächeln, und mich würde's nicht wundern, wenn sie viermal am Tag badet, also bitte!« Ich merkte, ich war richtig am Kochen.

»Macht nichts«, sagte Howard und schüttelte so langsam, müde den Kopf. »Du gehst an der Sache vorbei, wirklich. Die Sache ist die, daß jemand gegen die Welt, so wie sie ist, protestieren muß, und das werden wir tun.«

»Ach, Quatsch«, sagte ich. »Überlaß doch die ganze Protestiererei den Leuten, die dafür bezahlt werden, so Abgeordneten und solchen. Leuten, die in den Zeitungen schreiben und solchen. Obwohl«, sagte ich, »nichts soll dich hindern, auch an die Zeitungen schreiben und wegen Sachen zu protestieren, wenn du das willst. Aber weswegen willst du denn protestieren?«

»Wegen allem«, sagte Howard. »Alles. Die Billigkeit und die Vulgarität und Dummheit und Roheit und Gemeinheit von allen Dingen und allen Leuten. Das *Daily Window* bringt das alles zusammen, wahrhaftig. Wir haben's nie abbestellt, und mir wurde schlecht davon, wenn ich's las, aber es ist wirklich ein Stück von unserm Leben geworden, und darum kriegt auch das *Daily Window* dieses Geld, um es für gute Zwecke zu verwenden. Das war alles da drin im *Daily Window*, Leute von Orten wie Bermondsey und Stoke-on-Trent, die so taten und so schrieben, als wären sie Amerikaner. Ich hab nichts gegen Amerikaner, und wir haben sie selbst an Ort und Stelle gesehn, aber ich will keine Engländer sehn, die sich in nachgemachte Amerikaner verwandeln. Aber es ist nicht bloß das. Allem wird ins Gesicht gespuckt, wofür wir früher einmal eingestanden sind. Es gab mal einen Schriftsteller, D. H. Lawrence, weißt du, und der hat gesagt, dieses furchtbare Old England sei wie ein alter Löwe, den die Kinder durchs Gitter mit Stöcken ärgern, und der Löwe brüllt und brüllt, und er ist ganz räudig und alt.«

»Der hat über Lady Chatterley geschrieben, der Kerl«, sagte ich, »wenn es derselbe ist, von dem du sprichst. Ein Buch mit lauter Sex, wo genau drin beschrieben wird, wie zwei Leute es machen. Ist voriges Jahr bei den Penguins rausgekommen.«

»Du redst dran vorbei«, brüllte Howard und brachte mich zum Verstummen. »Es geht darum, daß der englische Löwe die Räude hat und verhöhnt wird und stirbt, weil die Leute mit Steinen nach ihm schmeißen. Wir werden das nicht mehr länger mitansehn, du und ich. Wir steigen aus, solange der Zug noch fährt.«

Es war ein bißchen zu sehr wie ein Fernsehstück oder ein Film, als daß mir's eingegangen wäre, worauf Howard hinauswollte. Und ganz langsam erst dämmerte es mir, daß Howard vielleicht ein bißchen einen Knacks bekommen hatte, weil er doch schon immer dieses fotografische Gehirn gehabt hatte, und das ging nun mit ihm durch, aber ich konnte es immer noch nicht so aufnehmen, als ob es Wirklichkeit wäre, für mich war es immer noch wie eine Sache im Fernsehen. »Na schön«, sagte ich, »dann fahren wir wieder los und bleiben lange Zeit von England weg, wenn du meinst, dann fühlst du dich wohler, aber wie ein Idiot bist du jetzt unser ganzes Geld losgeworden, und wie sollen wir denn im Ausland einen Job finden, nicht, wo wir doch keine Fremdsprachen können?«

Da schüttelte mich Howard ein bißchen. »Du verstehst immer noch nicht«, sagte er. »Wir müssen sowas wie Zeugen sein, wie Märtyrer. Wir müssen dem *Daily Window* und der ganzen Welt zeigen, daß wir aus der Welt aussteigen, aus sowas wie Protest. Unser Tod wird sowas wie zeigen, was zwei normale, anständige Leute, die jede Chance gehabt haben, die man für Geld haben kann, aber keine andre Chance, überhaupt keine andre, was zwei solche Leute von dieser gräßlichen, stinkenden Welt gehalten haben. Der Tod, Mädchen, der Tod«, brüllte er, und seine Zungenspitze war zwischen seinen Zähnen, und ich sah, daß einer von den Schneidezähnen am Ausfallen war,

»davon red ich, der Tod, der freundliche Tod. Wir wollen sterben, Mädchen.«

»Nein«, sagte ich, »nein«, jetzt erst richtig erschrocken, versuchte mich loszumachen, aber er hielt mich ganz fest bei den Schultern, »nein, nein.«

»Doch«, sagte Howard so ganz ruhig, aber wild und roh zur gleichen Zeit, »wir wollen sterben, und zwar im Lauf der nächsten Stunde. Also finde dich lieber damit ab, denn wir wollen doch jetzt zum Schluß keinen Zank, nicht? Wir wollen Liebe und Stille, wie wir es immer miteinander gehalten haben. Wir wollen Ruhe und Frieden am Ende wie zu Anfang und in der Mitte.«

»Nein«, rief ich und versuchte immer noch, mich loszumachen. »Ich will noch nicht sterben. Noch nicht, noch lange nicht. Laß mich los, laß mich los, laß mich los!«

»Du hast es selber gesagt«, sagte Howard, »daß wir zwei zusammenbleiben, ist das Wichtigste, und das kannst du nicht bestreiten, daß du das gesagt hast. Und da ist es doch nur richtig, daß wir im Tod zusammenbleiben wie im Leben, nicht? Also wir gehn zusammen, und wir machen lieber nicht zu lange. Ziehn wir uns hier am Feuer aus, damit wir warm sind, und dann ziehn wir uns zum Schlafen an und machen's uns im Bett bequem und sterben.«

Es gelang mir, mich soweit loszumachen, daß ich an die Wand hämmern konnte, denn jetzt war ich vor Angst von Sinnen, und ich hämmerte und hämmerte mit den Fäusten, aber das interessierte niemanden, und ich schrie: »Hilfe!« Dann fiel mir ein, daß Samstag war, und die Leute nebenan, die Hodgkinsons, gingen samstagnachmittags immer fort, er zum Fußball und sie mit den Kindern ins Kino, also hatte das gar keinen Zweck, und ich dachte mir, es wäre auch ziemlich dasselbe, wenn ich bis zur Hintertür käme und sie aufkriegte und schreien würde wie am Spieß, weil alle Leute irgendwohin waren.

»Es nützt doch nichts, daß du tobst und schreist«, sagte Howard so ganz traurig und enttäuscht. »Du mußt mit, denn wir zwei müssen zusammenbleiben, aber ich hatte doch gehofft, du würdest es gleich einsehen und ruhig mitkommen, sozusagen ohne Krach und Getue. Also wenn du mich so lieb hast, wie du sagst, dann sei jetzt bitte still und denk dran, daß ich dein Mann bin und der Herr im Haus, und was ich sage, das geschieht. Ja?«

»Oh, Howard«, rief ich, »ich will nicht, daß einer von uns stirbt. Ich will, daß wir beide leben und zusammen glücklich sind und vielleicht ein Kind haben und anständig leben und das Kind anständig erziehen und in Frieden sterben, wenn wir alt sind.« Ich war jetzt richtig am Schluchzen. »Doch«, sagte ich, »ich hab dich lieb, und darum will ich mich nicht von dir trennen, weil es doch hieß ›bis daß der Tod uns scheidet‹, als wir geheiratet haben, und dann ist alles aus, oh, Howard, Howard!« Ich schluchzte jetzt schier zum Herzzerreißen, und Howard drückte mich sehr sanft auf meinen Sessel nieder und knicte sich vor mich hin, hielt mich aber immer noch mit den Händen gepackt, so daß ich nicht weg konnte, traute mir überhaupt nicht.

»Ist nicht alles aus«, sagte er. »Dann kommt eine andre Welt, höchstwahrscheinlich, und dann sind wir zusammen in dieser andren Welt, glücklich für immer, wir beide. Und wenn nachher keine andre Welt kommt, dann haben wir doch im Grab unsern Frieden, liegen da beisammen in ewiger Ruhe.« Das sollte mich vermutlich wohl trösten, aber ich heulte nur um so schlimmer. »Schon gut«, sagte er. »Diese alten Schriftsteller, mit denen ich das Quiz gewonnen habe, die wußten darüber Bescheid, die glaubten alle an ein Leben nach dem Tode, den Himmel sozusagen, wo die Liebenden immer und ewig glücklich beisammen sein könnten.«

»Die Hölle gibt's aber auch«, schrie ich, weinend und weinend. »Das ewige Feuer und die Qualen, und sich umbringen ist was Furchtbares, und dafür gibt's so ein Feuer und ewige Strafe. Das ist nicht fair«, brüllte ich. »Ich will nicht. Ich will nicht in die Hölle kommen, ich will am Leben bleiben.« Und wie ich durch meine Tränen ins Feuer schaute, konnte ich sehn, daß Kohlen nachgelegt werden mußten, bescheuert wie ich war. Howard lächelte mich tieftraurig an, so als ob ich nicht richtig im Kopf wäre, weil ich nicht sterben wollte, sondern leben, und er strich mir mit der einen Hand übers Haar, während er mich mit der andern festhielt, daß ich nicht weg konnte. Er sagte:

»Jetzt machen wir's so. Wir holen unsre Pyjamas hier herunter und machen uns zum Schlafen fertig, denn der Tod ist doch letzten Endes nur eine Art Schlaf, und dann legst zuerst du dich hin, und wenn du im Bett liegst, geb ich dir deine Tabletten. Dann, wenn du deine Tabletten genommen hast, etwa in zwanzig Minuten, wirst du dich ganz, ganz schläfrig fühlen, und dann nickst du einfach so ein und bist weg, und dann ist alles aus. Und wenn ich ganz sicher bin, daß du schön schläfst, dann nehm ich meine Tabletten und leg mich neben dir schlafen, vielleicht mit den Armen um dich, und dann ist es aus mit uns beiden.«

»Nein«, sagte ich. »O nein, nein, nein.« Und dann, weil ich nun mal eine Frau bin und ein bißchen neugierig auch noch in so einer Lage, fragte ich: »Was für Tabletten? Von was für Tabletten redst du denn?«

Howard, er hielt mich immer noch mit der einen Hand fest, steckte die andre Hand in die Hosentasche und zog ein Fläschchen mit so braunen Kapseln hervor. »Die hier«, sagte er. »Kennst du sie noch?« Ja, ich erkannte sie. Ich sagte:

»Das sind die, die Myrtle damals genommen hat. Die hast du geklaut«, sagte ich. »Du hast das schon die ganze

Zeit vorgehabt, stimmt's? Ein richtig gemeiner Trick, will ich dir mal sagen. Die sind gar nicht dein Eigentum. Die gehören Myrtle. Die kannst du gar nicht nehmen, weil sie dir nicht gehören.«

»Bei Myrtle haben sie ganz schön gewirkt«, sagte Howard, »oder hätten gewirkt, wenn du dich nicht eingemischt hättest. Darum hab ich sie genommen und behalten. Sie schienen sehr glatt zu wirken. Hätte ich andere besorgt, die würden vielleicht nicht so wirken. Darum hab ich die hier genommen und behalten. Ich denke, wenn wir jeder etwa dreißig nehmen, müßte das reichen. Myrtle hat etwa zwanzig genommen.«

»Du bist nicht fair«, sagte ich. »Sie ist meine Schwester.« Ich weiß auch nicht, warum es mir so vorkam, als wäre es nicht fair gegen Myrtle. Dann sagte ich: »Das kannst du sowieso nicht machen. Jedenfalls nicht heute. Du hast Myrtle für morgen zum Tee eingeladen.« Ich triumphierte irgendwie. Howard lächelte wieder so traurig und sagte:

»Ich hab schon gewußt, was ich tue. Die Vordertür wird auf sein, und Myrtle kommt ja immer einfach so rein, als ob sie zur Familie gehörte . . .«

»Gehört sie auch«, sagte ich. »Sie *gehört* zur Familie. Sie gehört zu meiner Familie. Da gehört sie dazu.«

». . . also kommt sie morgen rein, ruft unsre Namen, und wenn sie uns dann unten nicht sieht, ruft sie die Treppe rauf und kriegt keine Antwort, also kommt sie rauf, und dann sieht sie uns beide im Bett liegen, und dann sagt sie: ›Nun macht schon, ihr zwei Faulenzer‹, und dann sieht sie, daß wir nicht mehr aufwachen werden, und dann ruft sie die Polizei und den Arzt und so weiter, und dann dauert's nicht mehr lange, und wir liegen im Grab, und alles ist vorbei.«

»Das ist nicht fair gegen Myrtle«, sagte ich, »ihr so einen

Schreck einzujagen. Und wer soll das alles bezahlen, die Beerdigung und die Gräber und wer weiß was noch alles?« Ich redete auf Howard ein, als ob es um zwei andere Leute ginge, die sterben sollten, und nicht um mich und um ihn.

»Das geht in Ordnung«, sagte Howard. »Es sind noch rund fünfhundert Pfund auf der Bank für das alles. Ich hab sie absichtlich draufgelassen. Und es besteht auch keine Gefahr, daß sich die Milchflaschen vor der Tür sammeln und die Zeitungen auf der Fußmatte und wir zwei hier oben verfaulen. Nein, das wird alles ordentlich erledigt. Und jetzt«, sagte er, »wollen wir uns lieber fertigmachen.«

»Ich tu's nicht«, sagte ich. »Ich kann einfach nicht.«

»Schau, Herzchen«, sagte er, »wenn du deine Tabletten nicht nehmen willst und sterben wie ein braves Mädchen, weißt du denn nicht, was ich dann machen muß? Dann werde ich dich umbringen müssen, auf irgendeine häßliche Art.«

»O nein«, sagte ich. Von diesem Moment an war er eigentlich nicht mehr der Howard, den ich liebte. »Nein.«

»Einen Revolver hab ich nicht«, sagte er. »Nur einen Feuerhaken oder einen Hammer oder die schwere Zange, die ich mal gekauft habe. Ich will das nicht machen. Es würde scheußlich aussehn, und mir würde es sehr weh tun, wenn ich das machen müßte mit dem Mädchen, das ich liebhabe. Denn ich hab dich doch lieb, und das wird immer so bleiben bis ans Ende der Zeit und bis ans Ende der Ewigkeit, wenn man das sagen kann, daß die Ewigkeit ein Ende hat. Ich könnte das nicht ertragen, dich zurückzulassen für irgendeinen andern Mann.« Also das war's, dachte ich, Egoismus. »Wir müssen zusammen fort, also gehn wir doch freundlich und ruhig und ohne Streit.« Und er zerrte mich aus dem Wohnzimmer hinaus auf den Flur und zog mich irgendwie hinter sich her die Treppe rauf. Dann nahm er seinen Pyjama und mein Nachthemd und unsre Bademäntel, alles in einer Hand, während er mich mit der anderen festhielt, und zerrte mich wieder treppab zum Feuer. »Man merkt gar nicht, wie kalt das ist«, sagte er, »erst wenn man vom Feuer weggeht.«

25

Was konnte ich schon anders tun als das, was er sagte? Ich zog mich am Feuer aus und zog mein Nachthemd an, und dann fiel mir lauter verdrehtes Zeug ein, wie bescheuert; sah mich tot im Bett liegen und hoffte, ich würde nicht zu blöd aussehen mit dem schlaffen Kiefer, müßte ein Band um mein Haar tun, damit es ordentlich aussähe, wenn ich tot war, und sogar ein bißchen Lippenstift könnte ich auflegen, damit ich eine hübsche Leiche abgab. Sie können lachen, wenn Sie wollen, alle, die Sie sowas nie erlebt haben, aber warten Sie mal ab, wie das ist, wenn es Ihnen passiert. Als ich mein Haar im Spiegel anschaute, sagte ich zu meinem Haar: »Wiedersehn, mein goldnes Haar, wirst nie mehr bewundert werden, nur von den Würmern unter der Erde.« Das hab ich gesagt, und es ist mir egal, ob Sie's glauben oder nicht. Und eine andere Idee war, daß mein Leben sehr ordentlich war, was die Pünktlichkeit anging, denn ich starb ja auf den Tag vierundzwanzig Jahre nachdem ich geboren war, und es gab nicht viele Leute, von denen man das sagen konnte. Es waren keine Monate, Wochen und Tage übrig, und irgendwie befriedigte mich das, ich weiß auch nicht, warum. Außerdem überlegte ich natürlich die ganze Zeit, wie ich wegkommen oder vielleicht Howard eins über den Kopf hauen könnte, und Howard, obwohl er mich nun nicht mehr festhielt, kuckte mir die ganze Zeit sehr wachsam zu. Als er fertig war und ich auch, kam er zu mir rüber und sah mich bloß so an und lächelte, und ich sagte: »Na, dann gehn wir vielleicht lieber nach oben.« Howard sagte:

»Schön.« Und ich tat so, als ob ich vorgangehen wollte. Dann stürzte ich in den Flur hinaus, brüllte wie verrückt: »Hilfe, Hilfe, Hilfe!« und wollte die Haustür aufreißen, aber sie war abgeschlossen. Howard packte mich und sagte: »Dummes Ding, ich dachte, wir haben uns geeinigt, daß wir keinen Krach machen wollen, und da machst du schon wieder so ein Theater« und zog mich von der Tür weg. »Wenn du erst schön schläfst«, sagte er, »dann komm ich runter und schließ die Tür auf, damit Myrtle und Michael uns morgen ohne weiteres finden können. Aber du kommst mir nicht aus dem Haus, soviel ist sicher. Du gehst jetzt rauf und ins Bett zu deinem letzten und ewigen Schlaf.« Und dann schob er mich die Treppe rauf, sehr grob und überhaupt nicht mehr lieb. Da sagte ich:

»Oh, oh, mir wird schlecht.« Und ich torkelte ein bißchen auf dem Treppenabsatz herum.

»Das hast du bald alles hinter dir«, sagte Howard, nicht sehr mitleidig. »Bald wird dir nie mehr schlecht sein und mir auch nicht. Und am besten aufgehoben, wenn dir schlecht ist, bist du im Bett, also rein mit dir!« Und er schob mich ins Schlafzimmer, sehr grob, überhaupt nicht mehr mein Howard, den ich geheiratet hatte. »Mach schon«, sagte er, »ins Bett mit dir!«

»Oh«, sagte ich und dachte und dachte in Eile, »laß mir ein paar Minuten, bis mir's besser ist.« Ich stieg ins Bett, und ich bin ganz sicher, daß ich sehr elend aussah. »Wenn mir schlecht ist«, sagte ich, »werd ich doch die Tabletten nicht unten behalten können, nicht? Die kommen dann alle hoch, klar? Dann sind die alle umsonst.« Und ich machte so ein Geräusch, wie wenn mir schlecht würde. Was ich brauchte, war Zeit zum Denken, und ich dachte und dachte wie wild die ganze Zeit.

»Schön«, sagte Howard. »Ich geh bloß mal und hol dir dein Glas Wasser, damit es bereitsteht, wenn dir nicht mehr schlecht ist.« Und er ging hinaus ins Badezimmer, das auf dem Treppenflur gegenüber lag. Was ich dann zu tun hatte, mußte sehr schnell gehn, also sprang ich zuerst mal aus dem Bett, obwohl mir nun wirklich schlecht war und die Glieder mir wie Pudding vorkamen. Ich konnte hören, wie Howard das Glas mehrmals ausspülte, und von da, wo er war, wußte ich, konnte er mich nicht sehen, und Gott sei Dank war ich barfuß. Furchtbar keuchend stürmte ich los und fegte die Treppe runter, und dabei kam mir ein eigenartiger Gedanke, einer, das wußte ich, den ich jetzt nicht Zeit hatte, mir zu überlegen und hin und her zu wenden, nämlich daß das Haus irgendwie mit mir sympathisierte, alle Zimmer darin und alle Möbel versuchten sowas wie mir zu sagen, daß sie mir helfen würden, wenn sie könnten, aber sie waren alle irgendwie festgebunden durch Magie und konnten nichts machen. Dann, ich kam grad in den Flur gerannt und wußte nicht wohin mich wenden, hörte ich, wie Howard aus dem Badezimmer kam, und er rief: »Janet, wo bist du? Wo bist du, Jan? Laß doch den Unsinn, Jan, ich weiß doch, du bist unterm Bett, komm schon raus, sei doch vernünftig, Mädchen.« Das ließ mir wieder Zeit, und ich bebte und stöhnte in mich hinein, und am liebsten wäre ich gerannt und gerannt, aber er hatte das ganze Haus abgeschlossen, und Schreien hatte keinen Zweck, wie ich wußte, und da fiel mir ein, ich würde dem armen Howard einen Schlag geben müssen, gleich so, daß er weg war, und dann die Polizei rufen, und darum mußte ich etwas finden, womit ich ihn schlagen konnte. Ich war immer ganz schön kräftig gewesen, und das war schon mal gut, obwohl wir doch in der Schule nie viel Sport gehabt hatten, weil sie uns Mädchen ja hauptsächlich für Gesellschaftstanz interessieren wollten. Ich fegte in die Küche und sah ringsumher wie eine Verrückte, konnte mich irgendwie selbst sehn, wie ich mit ganz stieren Augen nach etwas suchte, womit ich ihn schlagen könnte. Und, wie bescheuert wieder, fiel mir ein, daß ich vergessen hatte, Tee einzukaufen, als ich die Büchse sah auf dem Seitentisch in der Küche. Das aber war mein Glück jetzt, denn auf dem Kohleneimer lag ein Hammer zum Kleinschlagen der großen Stücke, und ich hatte Howard immer gesagt, er sollte das nicht in der Küche machen, wegen des Drecks, aber er hörte nicht, er machte es weiter da. Und ich sah, daß es richtig Verschwendung war, das Feuer so aufzuheizen, wie wir es gemacht hatten, wenn wir doch zu Bett gingen, um abzuschniefen. Ist schon erstaunlich, was für Gedanken einem durch den Kopf flattern, als ob der Kopf sowas wie ein Tier geworden wäre, ein junger Hund oder ein Kätzchen, und allein herumspielen würde; kann man sich vorstellen wie ein Kätzchen, das mit einem Stück Schnur spielt, wenn es im Radio geheißen hat, in zehn Minuten geht die Welt unter und alle müssen sich drauf gefaßt machen. Und war das hier vielleicht nicht ganz schön dicht dran am Weltuntergang?

Ich stand hinter der Küchentür mit diesem Hammer ganz fest in der rechten Hand, und ich konnte hören, wie Howard die Treppe runterkam und rief: »Jan, Jan, Herzchen, spiel doch nicht verrückt, es wird Zeit.« Spiel nicht verrückt; mußte er grad sagen. »Jan, Jan«, rief er in dem Stückchen Flur zwischen der Wohnzimmertür und dem Schrank unter der Treppe, wo der Staubsauger drin war und die elektrischen Sicherungen. »Jan«, rief er, als er in die Küche kam, und ich konnte sehen, daß er ein bißchen verdattert war. Ich erinnerte mich, ich hatte im Fernsehen mal ein Stück gesehen, in dem die Frau ihren Mann tötete, indem sie ihn auf eine Stelle dicht hinterm Ohr schlug. Ich wollte Howard nicht töten, natürlich nicht, ich wollte ihn bloß niederschlagen, damit er mit diesem Unfug aufhörte, und dann die Polizei holen und einen Arzt und so weiter, aber ich mußte sicher sein, daß ich ihn gleich richtig betäubte. Es war ganz einfach, so wie er da in der Küche stand mit dem Gesicht zum Elektroherd, mit offenem Mund, und sich wunderte, wo ich nur sein konnte, und da kam ich hinter der Tür vor mit meinem Hammer in der Hand und verpaßte ihm so einen schönen Wumms genau hinter sein rechtes Ohr. Er fiel nicht um oder sonst was, und ich hatte eine Heidenangst, daß es nun keine zweite Chance mehr geben würde und daß es diesmal wirklich aus wäre mit mir, wenn ich meine Sache nicht ordentlich machte, und darum gab ich ihm noch einen satten Hieb, und diesmal fiel er um. Er schlug schwer auf den Boden, und ich erinnere mich, ich dachte, daß noch niemals in unserm Haus einer so hingeschlagen war und daß man da mal sehn konnte, wie schlecht diese Gemeinderatshäuser gebaut waren, denn das ganze Haus wackelte, Kristall klapperte und klirrte, und eine Teetasse fiel vom Regal und zersplitterte in lauter Scherben auf dem Boden neben Howard. Es sah aus wie kleine harte Blütenblätter für Howard. Ich schwör's bei Gott dem Allmächtigen, ich wollte ihn nicht töten. Er selber wollte sich töten, aber ich wollte ihn nicht töten. Meine Absicht war nur, ihn so niederzuschlagen, daß er später wieder zu sich kommen würde. Er war ein bißchen verrückt geworden, das war's, und das hing alles mit seinem fotografischen Gehirn zusammen. Aber da lag er nun auf dem Küchenfußboden, tot, und kein Blut war zu sehn, kein Tropfen, aber er war sicher tot. Ich konnte sehn, daß er tot war, denn er atmete nicht mehr. Das letzte bißchen Atem hatte er geholt, als ich ihm den zweiten Schlag gab, und da stöhnte er so irgendwie. Sein Atem hatte ausgesetzt und sein Puls auch. Ich fühlte überall nach seinem Puls herum, und es kam überhaupt kein Schlag mehr. Ich schwör's bei Gott dem Allmächtigen, daß es überhaupt nicht meine Absicht war, ihn zu töten. Aber da lag er nun auf dem Küchenfußboden, totgeschlagen mit so einem Kohlenhammer.

26

Als erstes, wenn Sie eine Leiche auf dem Küchenboden liegen haben und wenn das Ihr Mann ist und Sie wissen nicht, was Sie mit ihm anfangen sollen, machen Sie sich am besten eine Tasse guten, starken Tee. Darum setzte ich den Kessel auf und holte das Teezeug vom Regal, wozu ich um Howard herumgehen mußte. Ich machte mir eine Tasse richtig starken Tee, und dazu machte ich mir eine Büchse Kondensmilch auf, mehr Sahne als Milch. Ich weiß auch nicht, warum ich die lieber wollte als Milch, nahmen wir normalerweise nur zum Obstsalat, aber ich hatte das Gefühl, ich hatte mir eine Tasse ganz besonderen Tee irgendwie verdient. Dann setzte ich mich ins Wohnzimmer, trank diesen Tee und fragte mich, was am besten zu tun sei. Ich hätte mich eigentlich anziehn sollen und zur Polizei gehn, war aber wieder wie bescheuert, sah das so vor mir, wie die Polizisten auf der Wache saßen, das Radio an, die Fußballergebnisse hörten und auf ihren Tippscheinen nachsahen, und ich sah, was sie für Gesichter machten, wie das Telefon klingelte oder wie ich einfach reinkam und sagte, es wäre dringend. Würde ihnen überhaupt nicht passen. Dann dachte ich, vielleicht wär's besser, ich versuchte gleich nach London durchzukommen, Scotland Yard, Whitehall 1212, denn eine Leiche in der Küche, das war mehr denen ihr Fach, und die würden sicher nicht gerade auf ihren Tippscheinen nachsehn. Und dann dachte ich, daß ich einen brauchte, der mir half und mit dem ich das alles besprechen konnte, denn ich konnte in eine äußerst komische Lage kommen, das war mir klar. Beim Gedanken an diese äußerst komische Lage, wurden mir die Beine ganz schwach. Wie äußerst komisch meine Lage werden konnte, das begriff ich erst, als ich mir die zweite Tasse nachgoß, und dabei klapperte mir die Tasse auf der Untertasse. Mord. Mord. Mord. Aber er hatte doch mich ermorden wollen, und was ich getan hatte, war nur Notwehr. Seinen Mann ermordet man doch nur, wenn man ihn haßt, und ich liebte Howard, das wußten alle. Oder man ermordet ihn, wenn man sein Geld für sich will oder wenn man einen andern hat und ihn loswerden will. Und nichts davon stimmte bei mir. Und dann wurde mir ganz schlecht, als ich mich an Red erinnerte, Redvers Glass, und wie ich damals in meinem Nerz losgegangen war zu ihm ins Hotel und gesagt hatte, ich wäre seine Schwester, und wie die Ziege am Schalter sich meinen Nerz so lange und gründlich angeschaut hatte und sich dran erinnern würde. Oje, oje, oje. Und doch, Red war's, der mir helfen konnte, wenn überhaupt einer. Aber wo würde der jetzt sein? Noch in dem Hotel? Konnte sogar sein, daß er wieder nach London zurück war. Auf der Polizeiwache würden sie vielleicht seine Adresse wissen, aber das würde ein bißchen schief aussehn, wenn ich zur Polizei ging, um danach zu fragen, und nichts davon sagte, wie ich Howard getötet hatte und daß er da auf dem Küchenfußboden lag.

Was ich machte, als ich meinen Tee ausgetrunken hatte und die Teekanne geleert und die Tasse und Untertasse und den Teller gespült hatte, von dem ich ein paar Ingwerplätzchen gegessen hatte, war, nach oben gehen und mich wieder anziehen. Jetzt kam es mir ein bißchen komisch vor, daß ich meine Sachen, als ich mich zum Sterben auszog (ein beiges Kostüm hatte ich angehabt), ganz ordentlich in den Schrank gehängt hatte. Aber so hatte ich's gemacht, und so hatte Howard es auch gemacht. Wir waren schon zwei sehr ordentliche Menschen. Ich zog das beige Kostüm wieder an, machte mich ein bißchen zurecht und ging wieder nach unten. Die Lichter im Haus waren an jetzt, natürlich, und das Küchenlicht leuchtete sehr stark auf den armen Howard herab, wie er in Pyjama und Bademantel auf dem Fußboden lag. Er war irgendwie zusammengerollt, aber seine Augen waren halb offen. Der arme Howard. Dann fiel mir wieder ein, daß Howard das Haus abgeschlossen hatte, Hintertür und Vordertür, und mein Schlüssel für die Vordertür – der, den Red gehabt hatte, als er im Haus wohnte – war ihm von Howard abgenommen worden, als er aus dem Haus gegangen war, und ich wußte nicht, wo die beiden Vordertürschlüssel waren. Ich suchte lange herum, und dann dämmerte es mir endlich, daß Howard, wenn er vorgehabt hatte, die Vordertür aufzuschließen, sobald ich erst im letzten Schlafe schnarchte, den Schlüssel vielleicht bei sich hätte. Und so war's. Er steckte in der Tasche seines Bademantels, und Howard lag darauf. Ich mußte seinen Körper auf den Rücken drehen, um an die Tasche heranzukommen, und der Körper (ich konnte das jetzt nicht mehr als Howard ansehn) ächzte ein bißchen. Ich hätte Howard prügeln können, so dumm hatte er alles angestellt, und in was für einen Schlamassel hatte er mich da gebracht! Aber Howard, der war nun woanders, und da lag nur noch dieser große Klumpen von einem Körper, sehr schwer und nur mit Mühe zu bewegen.

Ich zog meinen Nerz an und ging raus. Ich hatte vor, erst mal zum »Pendelnden Leuchter« zu gehen, um zu sehn, ob Red da war oder eine Adresse oder irgendwas dagelassen hatte, und ich ging schnell, war sehr kalt, zur Haltestelle für den Bus in die Stadt. Und wen treff ich da, wie er ganz langsam dahinstapft, wenn nicht unsern Polizisten, der schon zweimal bei uns zu Hause gewesen war und beidemal mit Red. Es war unter einer Laterne an der Haltestelle, und ich war eben da angekommen, als dieser Schupo ganz stolz zu mir sagte: »Ich denk, Sie haben kein Ärger mehr gehabt, Missis? Mit dem, mein ich. Ähmm, mmh, ähmm.«

»Wer?« sagte ich. »Was denn?«

»Der Dichterfritze, der Se belästigt hat. Ist noch mal

dagewesen den Abend, und ich, ich hab ihn wieder weggeschickt. Ruhestörung, hab ich ihm gesagt, ja. Ähmm, ähmm.« Dieser Polizist war mit sich selbst hochzufrieden.

»Wo ist der denn?« fragte ich. »Muß ihn suchen.« Ich mußte mir einen Grund ausdenken, warum ich ihn suchen mußte, darum sagte ich: »Er hat noch unsern Hausschlüssel.«

»Was, den hatter? Na, des geht nicht, Missis. Vorne halbe Stunde hab ich gesehn, wie er inn ›Hirsch mit Hunde‹ rein ist und ist noch nicht wieder raus.« Der »Hirsch mit Hunden« war eine Kneipe, wo Howard und ich nie reingingen, weil's ein bißchen ruppig war. Aber heute abend würde ich da rein müssen. Also ich dankte dem Schupo und ging los zum »Hirsch mit Hunden«, der an der Schuhgasse lag. Ich hatte nicht viel Lust, da reinzugehn, aber es war ganz früh am Abend, und die Kneipe war sicher noch nicht lange auf, und da würden nicht viele Betrunkene drin sein. Also ich ging los, war ja nicht weit. Und da war der »Hirsch mit Hunden« mit einer Lampe davor, die das Wirtshausschild anleuchtete, ein Hirschkopf und ein, zwei Hunde, die ihn anbellten. Ich ging in die Gaststube, und da waren drei Männer, tranken Helles und redeten irgendwie wütend über die Fußballspiele vom Nachmittag. Sie drehten sich um, als ich reinschaute, und bekuckten mich ausführlich, also schnitt ich ihnen so ein Gesicht und ging raus, denn Red war nicht da. Ich ging um die Ecke in die öffentliche Bar, wo Frauen nicht rein sollten, und da war ich sehr erleichtert, Red mit einem Bier vor sich an einem Tisch sitzen zu sehn, und er redete eifrig mit diesem andern, dem, der das über die Kohlenbergwerke geschrieben hatte und daß er sich so ein Leben nicht gefallen lassen wollte, kam nicht in Frage, Higgins hieß er, fiel mir wieder ein. Außer Red und Higgins waren nur noch ein paar junge

Burschen da, spielten Pfeilwerfen, und ich ging gleich zu Red hin, der beim Sprechen den Kopf von mir weggedreht hatte, und tippte ihm an die Schulter. Er sah überrascht und ein bißchen erleichtert aus, mich zu sehen. Ich sagte: »Komm mit, ich hab dir was zu erzählen. Ist sehr dringend.« Er sagte: »Setz dich hin, trink was, siehst verfroren aus.« Aber ich sagte:

»Keine Zeit, ist sehr dringend, hier drin können wir nicht reden.« Und jedenfalls, er entschuldigte sich bei Higgins, der abgerissen aussah wie der Teufel, wenn Sie gegen den Ausdruck nichts haben, und stürzte runter, was noch in seinem Bierglas war, und ging mit mir raus. Und als wir zu unserm Haus gingen, versuchte ich ihm ganz schonend beizubringen, was passiert war. Er hatte keinen Mantel an, bibberte ein bißchen und lief mir ein bißchen zu schnell, aber als ihm klargeworden war, was passiert war, blieb er plötzlich stehn und sagte:

»Du lieber Himmel.«

»Nix lieber Himmel«, sagte ich. Und dann kamen wir an dem Schupo vorbei, der gleich anfing: »Mhmm, mhmm, haben wir'n gefunden? Bin schon in der Nähe, Missis, man bloß keine Angst.« Danach rannten wir fast zu unserm Haus, und ich schloß die Vordertür auf und knipste im Flur das Licht an. Ich hoffte irgendwie, Howards Leiche wäre in der Zeit, wo ich weg war, verschwunden, so durch Magie, aber da lag er immer noch auf dem Fußboden. Red sah ein bißchen blaß aus und sagte immerzu »lieber Himmel«, noch mal und noch mal. Dann sagte er: »Du wirst die Polizei rufen müssen, mußt du einfach. Und mit dem Ding hier hast du ihn geschlagen, nicht?« Er hantierte mit dem Kohlenhammer, schwang ihn so in der Hand. »Übel, ganz übel.« Man konnte sehn, daß er nicht viel ins Fernsehen kuckte und auch nicht viel ins Kino ging, denn er bedeckte den Griff des Kohlenhammers mit seinen Fingerabdrücken; meine hatte ich natürlich mit dem Teehandtuch abgewischt, denn so macht man's eben, wenn man einen umbringt. Ich sagte:

»Ist ja ganz schön, was du sagst, von wegen Polizei rufen, aber was wird die Polizei sagen? Die werden sagen, wir hatten Streit oder sowas, und ich hab ihn umgebracht. Die glauben doch kein Stück von dem, daß er sich selbst umbringen wollte, aber erst mich. Ist doch klar. Und das ist alles überhaupt nicht fair, und allerhand Schwierigkeiten hat er mir schon gemacht, Howard, mit seinen blöden Ideen. Jedenfalls, er ist tot, und das hat er ja gewollt. Sterben wenigstens. Nicht gerade so, aber tot ist er genausogut, wie wenn er's anders gemacht hätte; aber nicht, daß es meine Absicht war. Die Polizei rufen macht allerhand Schwierigkeiten.«

»Ich mach's lieber«, sagte Red sehr laut und nervös und immer noch mit dem Hammer in der rechten Hand. »Ich sag lieber mal dem Polizisten da draußen auf der Straße, er soll reinkommen.«

»Du bist schlimmer dran als ich«, sagte ich. »Paß auf, was ich dir sage. Da stehst du mit dem Hammer mit lauter Fingerabdrücken von dir drauf und keinen von mir, ich hab's richtig gemacht.« Er ließ den Hammer auf den Boden knallen und fing dann an, sich überall an seinem Pullover die Hände abzuwischen. »Und die Polizei ist schon mißtrauisch«, sagte ich, »und dann hast du auch noch dieses Gedicht da geschrieben über den Tod für die Gute Sache und so weiter.«

»Ist doch Unsinn«, sagte Red. »Was sollte ich denn für einen Grund haben, ihn umzubringen? Außerdem hab ich Alibis für die Zeit vorher. Das ist doch alles Quatsch, das hier, und ich mach jetzt, daß ich hier rauskomm.«

»Nix Alibis«, sagte ich. »Du könntest ihn doch jetzt eben totgeschlagen haben, nicht? Ich könnte nach draußen rennen und alles rausschreien, klar?« Und der blöde Affe hatte immer noch seine Fingerabdrücke überall auf dem Hammer. »Denkst du vielleicht, die könnten beweisen, daß er nicht jetzt erst umgebracht worden ist?« Dann wurde ich sowas wie schwach. »Oh, Red«, sagte ich, »mir geht's so elend. Ich brauch Hilfe.« Und, Gott verzeih mir's, gegen ein bißchen Liebe hätte ich im Moment auch nichts gehabt, Gott, was sind wir eine Bande!

»Die Wahrheit«, Red schrie jetzt beinah, und Schweiß stand ihm im Gesicht, obwohl es so kalt war. Ich hatte noch meinen Nerz an, war hundekalt in der Küche. »Die Wahrheit kann dem Unschuldigen nicht weh tun«, schrie er. »Sag die Wahrheit, hol die Polizei rein und sag denen die Wahrheit. Die Wahrheit wird dir nichts schaden, die Wahrheit ist der einzige Weg. Die Wahrheit!« Er hörte sich an wie ein Illustriertenverkäufer auf einer Apfelsinenkiste an der Straßenecke. Aber ich verschwendete keine Worte jetzt, ich dachte ganz scharf nach, und während ich nachdachte und Red mit seiner Wahrheit loslegte, gab ich dem Kohlenhammer einen kleinen Tritt, und er rutschte genau unter den Elektroherd, denn unser Modell hatte unten kein Wärmfach, sondern kleine Beinchen, und zwischen dem Backofenteil des Herds und dem Boden war ein bißchen Raum. Red sah nicht, wie ich das machte, und hörte auch nichts, erzählte weiter so von der Wahrheit. Aber ich dachte, zum Teufel mit der Wahrheit, denn die würde doch keiner glauben. Die Sache war die, daß ich alles so einrichten mußte, daß ich nicht in Schwierigkeiten kam, denn das hatte ich nicht verdient, weiß Gott, ich hatte genug hinter mir. Ein Weilchen darauf hatte Red sich ein bißchen beruhigt und sagte:

»Also ich hab doch alle gewarnt, hab ich's nicht gesagt? Ich hab die Polizei gewarnt und überhaupt alle, was da passieren würde. Hätten die doch bloß auf mich gehört, hättest *du* doch bloß auf mich gehört, aber keiner hat auf mich hören wollen, haben alle gedacht, ich bin verrückt.«

»Die Sache ist die«, sagte ich, »was machen wir denn jetzt mit meinem armen Howard?« Das Komische daran war, wie Howard tot da auf dem Boden lag, daß ich gar nichts von Schmerz oder sowas spüren konnte, und ich wußte, das würde später kommen, wenn die Leiche erst aus dem Weg war. »Wir können doch die Leiche nicht so hier liegenlassen«, sagte ich. Red sagte:

»Laß mich aus dem Spiel, mich geht das nichts an, ich will nichts und kein bißchen damit zu tun haben, ich will bloß, daß du mich aus dem Spiel läßt.«

Inzwischen arbeitete mein Gehirn ganz schnell, ganz cool, richtig cool, Mann, blöder alter Affe war das gewesen, und ich sagte:

»Der ganze Hammer ist voller Fingerabdrücke von dir, und du weißt nicht, wo der Hammer ist.« Er sagte:

»Wo isser, wo isser, was haste mit gemacht, wo haste 'n versteckt?«

»Er ist hier in der Küche«, sagte ich, »und solange du danach suchst, geh ich schon mal raus und hol diesen Schupo rein. Nett wird das aussehn, nicht, du auf den Knien, wie du nach dem Hammer suchst, und ein Schupo kommt rein und sieht die Leiche hier und dich so ganz verdattert wie jetzt daneben. Komm schon«, sagte ich, »mach jetzt mal ganz auf cool.« Dumm von mir. Red war ja nicht allzu helle, wirklich nicht, konnte man sehn. Im Bett war er gut, und das war so ziemlich alles, aber ich nehme an, man muß dankbar sein für kleine Vorzüge. »Ich habe ein Scheckbuch«, sagte ich, »alles von Howard unterschrieben. Wenn ich Montagfrüh zur Bank gehe, kann ich so fünfzigtausend und noch ein paar Pfund abheben, ja?«

»Wieviel?« fragte Red.

Ich mußte's ihm noch mal sagen. »Und die vom *Daily*

Window«, sagte ich, »werden nicht schnell genug mit ihrem Scheck da sein, nicht? Die werden sich ein bißchen ärgern, aber was man nie gehabt hat, fehlt einem auch nicht; gilt für jeden.«

»Mir gefällt das kein bißchen«, sagte Red.

»Wird dir schon noch gefallen«, sagte ich. »Und es ist auch gar nichts dabei, weswegen wir uns Vorwürfe machen müßten, gar nichts! Howard hat sein Geld nicht gewollt, und er hat sterben wollen. Also brauchen wir uns gar keine Vorwürfe zu machen.«

»Was willst du denn tun?« fragte Red.

»Wir könnten ins Ausland gehn«, sagte ich, »und Howard mitnehmen. Ich hab ein paar hübsche neue Koffer. Einen hübschen Schrankkoffer, den wir noch nie gebraucht haben. Howard paßt da rein. Ehe er steif wird jedenfalls.« Ich machte das jetzt wirklich cool, ist wirklich der einzige Ausdruck, der einem da einfällt.

»Mir gefällt das kein bißchen«, sagte Red.

»Ach, hör schon auf damit«, sagte ich. Ich hatte jetzt wirklich die Dinge in der Hand. Ich hatte jetzt wirklich das Kommando; gefiel mir nicht schlecht. Ich wünschte bloß, alles könnte ein bißchen schneller vorangehen, wo nun auch noch morgen Sonntag und nirgends auf war. Und dann hatte Howard, dieser Affe, auch noch Myrtle und Michael zum Tee eingeladen. Na, die sollten nur wegbleiben. Meine Idee war das nicht gewesen. Morgen früh würde ich als erstes bei ihnen vorbeigehn und ihnen sagen, Howard wollte den ganzen Tag mit mir ausgehn, Art Nachgeburtstagsfeier, könnten sie ein andermal zum Tee kommen. ›Ach, mein armer dummer Howard‹, dachte ich die ganze Zeit, als Red und ich ihn später in diesen hübschen großen, schweinslederbezogenen Schrankkoffer stopften. Er ging ganz gut rein, natürlich zusammengebogen.

27

Ein bißchen was an einem Paß zu machen, ist so schwer nun auch nicht. Es war ein Glück in gewisser Hinsicht, daß Howard und ich nicht mit zwei getrennten Pässen gereist waren. Wir hatten's so gemacht, daß wir uns einen besorgt hatten, eigentlich Howards, mit unseren beiden Fotos auf der einen Seite und mir als Gattin oder *femme* und so einem Foreign-Office-Stempel über beide Fotos, aber nur ein ganz kleines Stückchen davon auf dem von Howard, nur so die Kurve von dem Oval, wo der Löwe und das Einhorn drin sind und das FOREIGN OFFICE. Darum hatte Red keine große Mühe, sich am Montag bei Bealby ein Paßfoto (gleich zum Mitnehmen) zu machen und es auf Seite 3 von Howards Paß zu stecken, natürlich nachdem er zuerst Howards Foto entfernt hatte. Es war ja sowieso nur, um über den Kanal zu kommen, und da würde niemand so genau hinsehen, und die Beschreibung auf Seite 3 ist ein bißchen vage, jedenfalls hat Red braunes Haar genau wie Howard, ist im gleichen Alter und nur eine Idee kleiner.

Ich hatte ein bißchen Schwierigkeiten auf der Bank am Montagmorgen, nicht eigentlich Schwierigkeiten, aber sie bekamen alle ein bißchen das Flattern, weil ich soviel Geld abheben wollte. Aber da stand Howards Unterschrift, und da kamen sie mir nicht drum rum, ging sie gar nichts an, war Howards Geld und jetzt von Rechts wegen meins. Ich mußte zum Vorsteher und erklärte, wir gingen wieder ins Ausland, und er sagte, das hätte er gar nicht gern, überhaupt nicht, einen großen Scheck einfach so in bar einzulösen, aber ich sagte, das sei nicht seine Sache, und ich würde die volle Verantwortung übernehmen. Er sagte, er hoffe, ich würde die Bestimmungen über den Export der Währung kennen, und ich sagte ihm, ja, darüber wüßte ich Bescheid, und dann hatte ich einen Geistesblitz und sagte, das

Geld wäre, um Juwelen zu kaufen, und Howard hätte diesbezüglich alles mir überlassen. Jedenfalls, nach dem großen Flattern und vielem Ähem und Achso bekam ich das Geld in sogenannten hohen Nennwerten und tat alles in einen von meinen Schweinslederkoffern. Also würde das *Daily Window* keinen Penny kriegen.

An das Wohnungsamt des Gemeinderats, oder weiß ich, wie das hieß, würde ich schreiben, wenn ich drüben in Frankreich war, daß wir das Haus nicht mehr brauchten, weil mein Mann und ich nun im Ausland leben würden, und mit dem Fernseher und den Möbeln und so weiter könnten sie machen, was sie wollten, vielleicht sie einem alten Rentner geben oder jemand, der sie gebrauchen konnte. Howard wär's so recht gewesen. So gut wie alles andere packte ich ein, auch den Kohlenhammer in einem gelben Staublappen, und Red nahm Howards Koffer und auch seine Kleidung, die ihm einigermaßen paßte. Wir hatten vor, erst für ein Weilchen nach Paris zu fahren, weil Red sagte, er würde Paris gut kennen und gut französisch sprechen, und dann irgendwo eine Villa oder sowas suchen. Jedenfalls, er war auch ganz tüchtig, rief die Festlandstransporte an und meldete uns *auf französisch* in einem Hotel an, das das »Superbe« oder so hieß, als Monsieur und Madame Shirley. Die Bahn holte anstandslos das Gepäck, obwohl die Leute bei dem Koffer, wo der arme Howard drin war, ein bißchen ins Schwitzen kamen. Der Koffer war im Packwagen, als wir nach Folkestone fuhren, und er war mit uns an Bord des Schiffs, als wir den Kanal überquerten, wobei mir sehr schlecht wurde.

In Boulogne, in Frankreich, schienen sich die Leute vom Zoll nicht sehr für unser Gepäck zu interessieren, und Red machte einen Witz über den Schrankkoffer, sagte, da sei eine Leiche drin, und alle lachten herzlich. Die Leiche von meinem armen Howard war erst ein paar Tage alt, und es war sehr kaltes Wetter Ende Januar, aber es war immer noch die Frage, wie wir ihn loswerden sollten, ohne daß jemand ein Verdacht kommen konnte, und Red sagte, Frankreich sei nicht wirklich Ausland, denn heutzutage gibt es die Interpol, und Scotland Yard hängt hübsch mit der Sûreté zusammen und so weiter. Darum sagte er, wir müßten vorsichtig sein.

Paris gefiel mir so richtig wegen der Läden und alldem, obwohl es ganz feucht und kalt war, und Red bekam auch wieder ein bißchen von seiner alten Laune und war sehr liebevoll. Er sah allmählich ein, daß wir uns nichts vorzuwerfen hatten, und mein Gewissen war ganz rein, nur war da noch die Frage, was wir mit der Leiche von meinem armen Howard anfangen sollten. Da lag er in diesem Schrankkoffer in unserm Schlafzimmer im Hotel, und manchmal kam es mir nicht ganz anständig vor, daß ich mit Red da zusammen war und mit Howard auch, obwohl er ja nicht mehr am Leben war. Wir dachten uns alles mögliche aus, zum Beispiel das Hotel in Brand zu stecken, aber das kam uns irgendwie nicht fair vor. Aber eines Tages hatte Red eine Idee, und es schien, als ob es so gehen könnte. Er sagte:

»Der Laden da in der Rue Wieheißtsiedoch. Der mit den Antiquitäten und so Sachen.«

»Ja?«

»Da gibt es eine chinesische Kampferholztruhe. Schön groß. Kampfer konserviert alles. Ein hübscher Geruch ist's auch. Wir gehn und kaufen die.«

»Na gut«, sagte ich. Also gingen wir zu diesem Laden, und Red sprach auf französisch mit dem alten Mann, der den Laden unter sich hatte. Die Truhe war eine hübsch geschnitzte große Kiste mit lauter Drachen drauf, sehr feine Arbeit. Sie war auch sehr groß, so groß wie mein Schrankkoffer. Armer Howard. Jedenfalls Red kriegte sie für tausend neue Franc, und er meinte, das sei nicht zu teuer, wenn man bedenkt. Die Kiste wurde uns mit einem Lieferwagen ins Hotel gebracht, und die Leute vom Personal bestaunten sie, sogar die, die sie zu unserm Zimmer hinauftragen mußten. Dann, nachdem wir die Tür verschlossen hatten, packten wir die Leiche von meinem armen Howard aus dem Koffer auf den Boden. Sie sah jetzt immer weniger nach Howard aus, aber mir wurde ein bißchen trübsinnig und schlecht dabei, als wir sie in die Kampferholztruhe steckten. Sie ging ganz gut hinein, und Red hatte recht mit dem schönen Kampfergeruch, der von dieser Kiste ausging. Also die Leiche war gut aufgehoben, und wir brauchten uns mit der Suche nach einer mehr oder weniger dauernden Bleibe nicht allzusehr zu beeilen.

Um die Geschichte nicht zu lange zu machen, und Sie müssen's zugeben, ich hab versucht, die ganze Sache kurz zu halten, wir mieteten für ein Jahr eine Art Bungalow auf dem Lande nicht allzuweit von einem Ort namens Montmorillon, der westlich von einem Fluß namens Vienne liegt. Natürlich nahmen wir unser ganzes Gepäck mit, und die zwei wichtigsten Gepäckstücke waren die Truhe mit Howards Leiche drin und mein Schweinslederkoffer voll englischen Geldes in hohen Nennwerten, wie das heißt. Die Truhe steht in einem Zimmer ganz für sich, denn wir haben eine ganze Menge Zimmer, keines davon mit viel Möbeln drin, aber natürlich können wir Howards Leiche da nicht ewig lassen. Red sagt, er wird anfangen, auf dem großen Stück Land hinterm Haus Samen auszusäen, und den armen Howard will er als Vogelscheuche aufstellen; sagt, die Krähen würden kurzen Prozeß mit ihm machen. Klingt ein bißchen schaurig, aber es ist ja nur noch eine Leiche, und Howard hat überhaupt nichts mehr damit zu tun. Ist vielleicht sogar so, wie Howard selber es sich gewünscht hätte; schwarze Vögel von den Saaten wegscheuchen.

Es fällt mir sehr schwer, wegen Howard richtigen Kummer zu empfinden. Manchmal fehlt er mir, besonders wo Red ein bißchen fremdgeht, wie ich glaube, mit einer Frau namens Madame Crébillon etwa sieben Meilen weiter an der Straße. Darum hab ich immer noch meinen Kohlenhammer. Denn ich kenne einen Herrn namens Henri Fournier, der etwas mit Wein zu tun hat und eigentlich ganz gut englisch spricht und sagt, er würde alles für mich tun. Was dem einen recht ist, ist dem andern billig. Denn nun braucht Red bloß noch zu sagen, er hat die moderne Welt satt und will sie verlassen und mich mitnehmen, und der gute alte Hammer kommt wieder ins Spiel, und das ist dann kein Mord, das ist Notwehr wie bei Howard. Aber, was ich sagen wollte, es ist schwer, wegen Howard Kummer zu empfinden, wirklich, denn er hat ja gekriegt, was er wollte, abgesehen davon natürlich, daß ich nicht mitgemacht habe. Howard war einfach eine hübsche Maschine, die sterben wollte, und Red sagt, so und nicht anders ist die Welt heutzutage. Wenn er's noch oft sagt, weiß ich, es wird Zeit, daß ich mir den Kohlenhammer zurechtlege. Nicht daß ich irgendwem was Schlechtes wünsche, denn ich will nichts weiter als ein nettes, anständiges Leben mit soviel Spaß, wie sich rausholen läßt. Dazu sind wir doch da, letzten Endes.

Ich bin nun mit meiner Geschichte fertig, und das ist meine Geschichte; und ob Sie's glauben oder nicht, ist Ihre Sache, nicht meine. Manche Leute haben häßliche Sachen gesagt über Red und mich, so von wegen Mord und Raub und so weiter, weiß nicht, wo diese Geschichten aufgekommen sind, würde mich nicht wundern, wenn's der Supermarkt Hastings Road wäre, denn die Welt ist ein Dorf heutzutage; aber die Geschichte, die ich Ihnen erzählt habe, bei der bleib ich. Und meine letzten Worte sind für die Leute, die sich grämen um die moderne Welt und um das Leben und so weiter. Sie sind eigentlich nicht von mir, sondern von Papa (das heißt meinem Vater), und von dem sind sie auch nicht, sondern er wiederholte sie bloß immer, und gesagt hatte sie ihm ein Feldwebel im Zweiten Weltkrieg. Dieser Feldwebel gab ihnen Unterricht am Gewehr oder irgendsowas, und jemand sagte: »Was meinen Sie, Feldwebel, wie lange der Krieg noch dauert?« Und der Feldwebel sagte: »Was hat denn das zu sagen, wie lange der dauert, solang es noch reichlich Bier gibt und Zigaretten?« Nun, aus den beiden Dingen mach ich mir nicht viel, aber ich versteh schon, was er gemeint hat. Und Howard, nebenbei gesagt, als er seinen Wehrdienst machte, soll kein großer Soldat gewesen sein, sagten alle. Mög ich wie ein Krieger fallen. Hat er nicht gesagt, das nun grad nicht. Armer blöder Howard.